HOLOCAUSTE HALUTIEN

DANS LA MÊME SÉRIE

1. *Opération Astrée*
2. *La Terre a peur*
3. *La Milice des mutants*
4. *Bases sur Vénus*
5. *Les vainqueurs de Véga*
6. *La forteresse des Six Lunes*
7. *La quête cosmique*
8. *Les glaces de Gol*
9. *Le traître de Tuglan*
10. *Le Maître des mutants*
11. *Le piège à pirates*
12. *L'empereur de New York*
13. *L'étoile en exil*
14. *Mutants en mission*
15. *L'offensive d'oubli*
16. *A l'assaut d'Arkonis*
17. *La menace des Moofs*
18. *La planète piégée*
19. *Les méduses de Moofar*
20. *Les grottes de Gom*
21. *La bataille de Bételgeuse*
22. *L'amiral d'Arkonis*
23. *Le sérum de survie*
24. *Le spectre du surmutant*
25. *Les exilés d'Elgir*
26. *L'invasion des Invisibles*
27. *Le poids du passé*
28. *La citadelle cachée*
29. *Les traquenards du temps*
30. *Délos a disparu*
31. *L'agonie d'Atlantis*
32. *La moisson de Myrtha VII*
33. *Les soleils de Siamed*
34. *L'errant de l'éternité*
35. *La revanche du Régent*
36. *Recrues pour le Régent*
37. *Le prix du pouvoir*
38. *La déroute des Droufs*
39. *Rhodan renie Rhodan*
40. *L'immortel et les Invisibles*
41. *Les Métamorphes de Moluk*
42. *L'arche des aïeux*
43. *Alerte aux Antis*
44. *Le caboteur cosmique*
45. *La flotte fantôme*
46. *Le barrage bleu*
47. *Le désert des décharnés*
48. *Opération « Okal »*
49. *L'homme aux deux visages*
50. *Les dieux oubliés*
51. *L'aventure akonide*
52. *Mannes éphémères*
53. *Complots arkonides*
54. *Opération dernière chance*
55. *Rencontres extragalactiques*
56. *La mort de Mécanica*
57. *Le captif du futur*
58. *La bataille de Panotol*
59. *Les astres noirs*
60. *Médiation protoplasmique*
61. *Opération surprise*
62. *Prisonnier du plasma*
63. *Le Monde-aux-Cent-Soleils*
64. *Le planétoïde hanté*
65. *Le combat des cent-soleils*

80. *Guérilla sur Greendoor*
81. *Pas de retour pour Rhodan*
82. *Les soldats stellaires*
83. *Mulots en mission*
84. *La fin de la fuite*
85. *Péril sur Plophos*
86. *Le déclin du dictateur*
87. *Arkonis assassiné*
88. *A l'assaut d'Andromède*
89. *Planète de pénitence*
90. *Les gardiens des galaxies*
91. *La guerre du gel*
92. *Héros de l'Horreur*
93. *Microcosme et Macrocosme*
94. *Les pyramides pourpres*
95. *Le triscaphe titanesque*
96. *Le péril surgi du passé*
97. *Téléporteurs dans les ténèbres*
98. *Les condamnés du Centre*
99. *La cinquième colonne*
100. *Les Coureurs d'ondes de Chrystal*
101. *Invasion interdite*
102. *L'armada akonide*
103. *Les astéroïdes d'Androbêta*
104. *Le satellite secret*
105. *La débâcle des Deux-Nez*
106. *Les sœurs stellaires*
107. *La ville vitrifiée*
108. *Le Monde des Marais*
109. *La sphère spatio-temporelle*
110. *La station de Saar Lun*
111. *Le messager des Maîtres*
112. *L'Ingénieur intergalactique*
113. *La revanche des Régénérés*
114. *L'être d'Emeraude*
115. *Tempête sur Téfrod*
116. *Les mercenaires des Maîtres*
117. *Le robot qui rit*
118. *La machine de Multika*
119. *Le transmetteur temporel*
120. *Les temples de Tarak*
121. *L'agent atemporel*
122. *L'Emir et l'éternité*
123. *Les transmuteurs de Tanos*
124. *Le seigneur de Sadlor*
125. *Le sarcophage stellaire*
126. *La piste parapsychique*
127. *La facture des faussaires*
128. *Iago l'Innocente*
129. *Miras le Maléfique*
130. *Naufrage dans le néant*
131. *Le pacte de paix*
132. *L'escapade de l'Emir*
133. *Illusions interstellaires*
134. *La faillite de Faktor IV*
135. *Multidon la maudite*
136. *Terreur sur Tamanium*
137. *Le sacrifice suprême*
138. *Au cœur de la démesure*
139. *L'énigme de Old Man*
140. *Sur la piste des hypno-cristaux*
141. *Cristal-catastrophe*
142. *Sur le fil du rasoir*
143. *Remous dans les Nuages de Magellan*
144. *Des Perlians aux hommes-lions*
145. *Les partisans du Grand Nuage*
146. *Assaut sur Danger-I*
147. *Dans les grottes des Gurrads*
148. *Missions magellaniques*
149. *Le réveil d'un Titan*
150. *Transgressions temporelles*
151. *Dérive intergalactique*
152. *Poison pour une planète*
153. *Le sosie du Stellarque*
154. *De Néréide à Neptune*
155. *Offensive sur* Old Man
156. *Cités spatiales skovars*
157. *Le commandeur des oubliés*
158. *Holocauste halutien*

K.-H. SCHEER
et CLARK DARLTON

HOLOCAUSTE HALUTIEN

PERRY RHODAN — 158

FLEUVE NOIR

Titres originaux :
KREUZWEGE IM KOSMOS de H.G. Ewers
DER PLANETARISCHE KERKER de Clark Darlton

Traduit et adapté de l'allemand
par Jean-Luc Blary

ISBN : 2-265-06641-9

Le nouvel équipement DpF (détecteur de para-énergie et distorseur fréquentiel) a permis aux Terraniens d'infliger une lourde déconvenue aux Policiers Temporels et Tro Khan, le seul de ces derniers à avoir échappé à l'enfer, s'est résolu à fuir sans demander son reste. Informés, deux Oxtorniens et un officier de l'Astromarine Solaire – uniques humains demeurés libres sur Triton, un satellite de Neptune peuplé de robots, après l'attaque des Bi-Conditionnés – ont alors pris une initiative démente, mais avec pour résultat que la gigantesque forteresse Old Man *et sa colossale flotte d'ultracroiseurs sont désormais en la possession de ceux auxquels ils étaient destinés : les Terraniens de l'Empire Solaire…*

Si dans la Voie Lactée la situation se rétablit en faveur de la Terre et de ses alliés, Perry Rhodan, Atlan, Roi Danton et leurs compagnons, expédiés avec le Krest IV *aux confins de l'Univers, poursuivent leur errance dans la galaxie sphérique géante dénommée M 87, à trente-deux millions d'années-lumière de chez eux. En ce 1er mars 2436, les voici à présent flanqués des trois cent quatre-vingts derniers Skovars qui, pendant trois siècles, ont attendu dans leurs astronefs fantômes rassemblés en hétéroclites cités spatiales que leur énigmatique chef suprême daigne enfin les rappeler. C'est chose faite depuis peu et la nef amirale terranienne, forte de ces passagers supplémentaires, s'est dirigée vers la planète d'où émanent les signaux d'appel au secours du Skovarto : Truuktan, le monde des plantations.*

Perry Rhodan et John Marshall, qui ont réussi à

pénétrer dans la forteresse planétaire, vont devoir chèrement défendre leur peau s'ils veulent sortir indemnes de ce titanesque labyrinthe d'acier. De son côté, le major Tschaï Kulu, transporté par une force mystérieuse dans une centrale énergétique de la taille d'une planète, a commencé à entrevoir des perspectives dont le caractère extraordinaire ne lui a pas échappé. Sa rencontre avec le gardien invisible sera le premier pas sur le chemin qui mène à la compréhension du mystère de la Radiance Bleue.

Icho Tolot et Fancan Teik, qui ont choisi une autre direction pour percer les énigmes de la galaxie géante M 87, se verront bientôt confrontés à une terrible surprise dont l'origine se perd dans la nuit des temps. En effet, ils ne vont pas tarder à découvrir les vestiges atroces d'un véritable HOLOCAUSTE HALUCIEN…

PREMIÈRE PARTIE

CARREFOURS COSMIQUES

CHAPITRE PREMIER

Tar Szator sentit le déplacement d'air provoqué par la rematérialisation d'un téléporteur, mais il n'ouvrit pas les yeux. Il se contenta de déduire la taille de l'arrivant en fonction de la force de la turbulence.

— Salut, Les Mirettes ! murmura-t-il d'une voix lasse.

Le mulot-castor planta ses petits poings sur ses hanches et soupira d'indignation.

— Quelle mouche t'a piqué, gentilhomme Szator ? Ou bien t'aurais-je offensé, pour que tu ne m'appelles plus L'Emir ?

— Négatif, répliqua le minuscule Auroranien en soulevant à peine ses épaisses paupières.

Nonobstant ce tressaillement, il demeura parfaitement immobile sur le dos convexe de son sensorobot au repos.

Les yeux de L'Emir étincelèrent. Il détailla les traits couleur bronze à l'apparence perpétuellement pincée de Szator ainsi que ses grandes paluches agrippées aux poignées de maintien saillant de la face supérieure de l'engin, tout en notant dans un coin de son esprit que le Libre-Marchand avait changé de véhicule porteur.

— Ah, bon ! laissa-t-il tomber, rassuré. A ce que je vois, tu t'abandonnes une fois de plus à la flemme. En ce cas, il ne me reste qu'à repartir.

— Attends ! s'exclama Tar. Quoi ?

Comme à son habitude, il ne s'exprimait qu'au compte-gouttes.

L'Emir ne put se retenir de ricaner. Il exhiba son incisive dans toute sa splendeur en regrettant que le gentilhomme de la suite de Roi Danton ne pût le voir. Les yeux du mulot-castor se braquèrent sur le sensorobot en forme de tortue qui supportait Tar ; son regard se figea.

Le robot vibra sous l'influx télékinésique destiné à le soulever. Un puissant micro-générateur de pesanteur s'activa pour l'immobiliser, tandis que simultanément un faisceau antigrav saisissait le trublion.

Et, contrairement à ses attentes, L'Emir se retrouva lui-même en train de flotter au plafond de la cabine. Il émit un petit cri et relâcha son emprise mentale sur le robot. Le projecteur anti-g réduisit progressivement son intensité et le mulot-castor redescendit lentement jusqu'au sol.

— Qui sème le vent… philosopha Tar Szator en laissant inexprimé le reste du dicton.

Le piégeur piégé poussa un pépiement suraigu et indigné. Il ne tarda pas à se remettre de sa surprise. Il aurait naturellement pu, en sollicitant brutalement ses pouvoirs, soulever le robot ainsi que son propriétaire, mais Tar n'aurait certainement pas manqué de réagir par des représailles et le mulot-castor n'y tenait pas tellement. Une nouvelle tentative de télékinésie en douceur serait quant à elle simplement neutralisée. Il préféra renoncer.

— Alors tu traînailles ici pendant que le *Krest* s'apprête à prendre Truuktan d'assaut !

— Stop ! lança Szator en consentant à entrouvrir un œil. (Il réajusta lentement sa posture.) Ton rapport, L'Emir !

L'interpellé lâcha le ricanement strident dont il était coutumier.

— Ah, Monsieur le Libre-Exploiteur se réveille enfin. Et il a même dit « L'Emir ». Fantastique !

— Ton rapport ! insista Tar Szator.

L'Emir s'installa confortablement par terre et siffla un air que l'Auroranien ne connaissait pas.

— Le délai imparti par le signal NNPO de Rhodan

s'est achevé il y a quelques minutes, condescendit-il finalement à dire. Atlan commence à être inquiet, mais il hésite encore à se lancer dans l'action. Il craint pour le Pacha.

— Et pas toi ? demanda Tar.

— Taratata ! rétorqua l'intéressé.

Il s'étira en bombant le torse au point qu'il perdit l'équilibre et aurait fait la culbute s'il ne s'était pas retenu à la dernière seconde à l'aide de son talent télékinésique.

— Je suis simplement soucieux au sujet de Perry, avorton ! se fâcha-t-il. Je n'ai aucune raison d'avoir peur pour lui puisque je suis en mesure de le récupérer à tout moment en me téléportant !

— Tss, tss ! ironisa Tar Szator en songeant à la première tentative du mulot-castor pour franchir l'écran énergétique multidimensionnel autour de la forteresse planétaire.

Les pensées de L'Emir prirent involontairement la même direction, et la fourrure de son épine dorsale se hérissa au souvenir des douleurs qu'il avait endurées suite à cet essai raté. Son enthousiasme en fut quelque peu refroidi.

— Bon, admettons ! avoua-t-il. Ce n'est peut-être pas aussi simple. Mais si le *Krest* bousille les générateurs du bouclier, celui-ci s'effondre et je vais cueillir Perry. D'accord ?

— *Si*… ! insinua Stator en sacrifiant assez d'énergie pour ouvrir son deuxième œil. Amène-moi à la centrale, vantard !

L'Emir sourcilla mais décida de ne pas réagir à cette pique. Il se dandina jusqu'au gentilhomme, de sa démarche apparemment gauche. Tar Szator, d'un geste vif comme l'éclair, l'empoigna et le déposa devant lui, sur le robot qui atteignait la hauteur d'un genou.

— Saute !

Le mulot-castor les téléporta sans ajouter un mot, d'une part parce qu'il avait été surpris, et d'autre part parce qu'il avait de toute façon eu l'intention d'emmener le Libre-Marchand avec lui.

Ils se rematérialisèrent dans le poste de commandement de l'ultracroiseur. Au premier abord, rien ne transparaissait des préparatifs en vue d'un assaut en bonne et due forme. Tous les membres d'équipage étaient installés dans leurs fauteuils-contour, d'innombrables témoins clignotaient un peu partout et la positronique du *Krest*, presque aussi imposante qu'un immeuble, faisait entendre son ronronnement insistant. Tout autour de la salle, les écrans panoramiques affichaient des vues de l'espace ainsi qu'une partie de la face éclairée de la planète Truuktan.

L'Emir sauta du sensorobot sitôt que Szator l'eut lâché. L'engin bourdonna comme s'il avait l'intention de poser une question.

Tar considéra Atlan, près duquel se tenaient groupés Roi Danton, Melbar Kasom et le commandant du vaisseau.

— Les consignes de Rhodan étaient sans équivoque, exposait justement Danton. Le délai NNPO est expiré et il nous faut maintenant agir. Il est à craindre que le Stellarque et John Marshall se trouvent en proie à de sérieuses difficultés.

Tar Szator cligna des yeux et murmura un ordre à son robot. Les chenillettes de l'engin glissèrent sans bruit en portant la masse métallique et l'Auroranien en direction de l'Arkonide. La machine s'arrêta devant Atlan.

— Salut ! lança cavalièrement l'homuncule en interrompant les explications détaillées et sonores du colonel Merlin Akran, commandant du *Krest IV*.

L'Epsalien trapu se tourna pour foudroyer l'importun du regard. Puis il le reconnut et arbora un sourire conciliant. Comme la plupart des autres officiers de la nef amirale de Rhodan, il avait eu le temps de s'habituer au comportement excentrique du petit Auroranien, qui ne mesurait qu'un mètre vingt, et il fermait volontairement les yeux sur tous les manquements à l'étiquette dont se rendait coupable le nain.

Le Lord-Amiral Atlan avait évidemment lui aussi identifié Tar. Il lui adressa un signe furtif et lança un coup d'œil interrogateur vers Roi Danton, comme s'il comptait sur le souverain des Libres-Marchands pour lui fournir un motif à l'apparition de Szator.

Roi arbora un sourire hautain.

— Je vous demande pardon, Sire, murmura-t-il. J'ai pris la liberté d'envoyer L'Emir en le priant de bien vouloir ramener ici le gentilhomme Szator. Ses conseils sont toujours appréciés de votre serviteur, et peut-être pourra-t-il nous suggérer ce que nous devrions tenter.

Merlin Akran grimaça comme s'il venait de boire un verre de vinaigre. Il resta pourtant coi. Le Lord-Amiral Atlan, au contraire, déglutit plusieurs fois avant de se lever pour répliquer.

— Votre conduite désinvolte me déplaît souverainement, Danton. Cependant, puisque le gentilhomme Szator est maintenant parmi nous, je suis disposé à écouter ses recommandations.

Il fit un geste de la main pour inviter l'Auroranien à prendre la parole.

Tar ne s'embarrassa pas de circonlocutions. Il se contenta d'annoncer :

— Avertissez Tschaï Kulu en procédant à une attaque simulée avec vingt corvettes, et envoyez un message aux Halutiens ainsi qu'au commandant de la forteresse. Faites vite, Sire !

Il referma les yeux, s'affaissa sur lui-même et donna l'impression de sombrer dans un sommeil catatonique. Mais ces manières n'étonnaient plus personne. Les Auroraniens étaient réputés pour économiser leurs forces.

— Je pense qu'il a tout dit, conclut Atlan après quelques secondes de silence général. Colonel Akran, rapprochez-vous de Truuktan. Je m'occupe du reste. Compris ?

L'interpellé effectua un salut militaire dans les règles.

— A vos ordres, Monsieur !

Sa silhouette massive s'ébranla, il marcha à pas pesants jusqu'à son fauteuil-contour et s'y laissa tomber lourdement. Puis sa voix grondante commença sans transition à retentir dans l'intercom général.

*
* *

Trois heures plus tôt…

Le code NNPO venait d'être répété pour la troisième fois. Pendant ce temps, le Skovarto s'était affairé autour de l'un des deux transmetteurs qui se dressaient dans la même salle que l'équipement de communications universel. La silhouette halutimorphe de la créature de M 87 se déplaçait en souplesse et en silence, à l'instar d'un fauve en chasse. Au bout d'un moment il rejoignit Marshall et Rhodan, tous deux perplexes.

— J'ai une suggestion, Rho Dan.

— J'écoute, répondit le Stellarque.

— Votre message ne servira pas à grand-chose si nous n'agissons pas. Je propose donc que nous partions immédiatement en empruntant un des transmetteurs. J'ai réglé celui-ci.

Il désigna l'appareil dont il s'était occupé.

— Où se situe la station réceptrice ?

L'expression du visage de Rhodan était froide et déterminée. Le fait de se trouver au cœur d'un gigantesque bastion planétaire dont les maîtres n'étaient pas spécialement bien disposés envers eux ne semblait pas le toucher.

— Je ne le sais pas avec précision, expliqua le Skovarto. Je ne suis pas familiarisé avec les installations de transfert de cette forteresse. Quoi qu'il en soit, nous sommes assurés de ressortir d'une station réceptrice. Mon réglage est bon puisque nous avons le signal et que la voie est libre.

Il se figea brusquement.

La rassurante lumière verte du transmetteur syntonisé venait de s'éteindre pour être remplacée par une lueur jaune clignotante.

Le Commandeur poussa un cri, hurla diverses imprécations et recula de quelques pas. Ses bras supérieurs empoignèrent le Stellarque ainsi que le chef de la Milice des Mutants et il les entraîna avec lui.

John Marshall émit un sifflement et saisit son arme énergétique. De son côté, Rhodan avait également pris son radiant de poing, mais à la différence du télépathe il ne s'était pas départi de son calme. Ce fut avec un intérêt non dissimulé qu'il observa les étranges créatures à l'aspect monstrueux qui sortaient à intervalles rapprochés entre les grilles du transmetteur.

— Des Kurlux ! s'exclama le Skovarto.

Voilà donc les Dumfries, ces nouveaux soldats de la galaxie M 87, songea Rhodan avec étonnement.

Les Dumfries – ou, comme le chef des Skovars les appelait généralement, les Kurlux – évoquaient immanquablement des crapauds hexapodes. Deux jambes torses supportaient les corps pesants et vacillants, presque sphériques. Ils avaient quatre bras, disposés de la même façon que ceux des Halutiens. Leurs têtes, qui reposaient sur des cous épais et courts, avaient également un air de famille avec les batraciens terrestres. Mais la ressemblance s'arrêtait là.

Les bustes de ces créatures imposantes étaient protégés par une cuirasse visiblement naturelle, d'apparence cristalline ; leur dos était recouvert d'une carapace bombée analogue à celle d'une tortue. Dans la clarté de la halle, le tout miroitait dans des tons de beige avec des reflets métalliques. De larges sangles s'entrecroisant sur la poitrine et dans le dos retenaient un ceinturon à usages multiples, lui-même bouclé par-devant avec un lourd fermoir d'environ vingt centimètres de diamètre. Au-dessous venait une sorte de pantalon collant jurant ridiculement avec le reste et s'arrêtant à mi-cuisses. Aux pieds, ils portaient des bottes paraissant faites de cuir et montant jusqu'aux genoux.

Perry Rhodan eut le temps de procéder à cet inventaire pendant les quelques secondes précédant l'attaque des étrangers, et n'oublia pas les lourds radiants à effet vibratoire que brandissaient les Dumfries quadrumanes dans leurs mains supérieures. Ce dernier détail le décida à renoncer à faire parler sa propre arme énergétique, surtout quand il eut remarqué que les nouveaux soldats de M 87 n'utilisaient pas les leurs.

D'un mouvement latéral de la tête, il esquiva le poing d'un des agresseurs, auquel il fit goûter le sien. Ses phalanges atteignirent l'œil gauche de la créature et le Dumfrie émit un grognement de contrariété. Puis il répliqua violemment de l'un de ses bras inférieurs. Perry Rhodan vit arriver le coup et tenta à nouveau de s'écarter, mais face à un être doté de quatre bras, un individu n'en disposant que d'une seule paire ne pouvait que perdre. L'autre bras inférieur toucha le Stellarque juste au-dessus de la ceinture et l'expédia en arrière jusqu'au pupitre de l'installation hypercom.

Rhodan ressentit une douleur aiguë au niveau de l'estomac et se plia en deux pour essayer de se remettre du choc. Il avait perdu son arme. A travers le voile qui lui obscurcissait la vue, il aperçut John Marshall chancelant sous l'assaut d'un autre Dumfrie et, comme provenant de très loin, il entendit l'effroyable mugissement de colère du Skovarto.

Cela lui rendit une partie de son énergie. Il repartit en

titubant, se glissa souplement derrière l'agresseur du télépathe et frappa de toute la force de ses poings réunis.

La créature batracienne, atteinte à la nuque, s'effondra.

Ils ont donc aussi des parties sensibles ! se dit Rhodan cependant que la douleur lui envahissait les mains comme la piqûre d'aiguilles brûlantes.

Un nouvel assaillant s'approcha par le flanc et se jeta sur lui avec trois bras tendus. Le Terranien fit un saut périlleux arrière et projeta ses pieds en plein dans le faciès de crapaud. L'être coassa un hurlement tandis que le Stellarque retrouvait la position verticale. Marshall apparut soudain à ses côtés, fuyant un autre agresseur. Ce dernier parvint malgré tout à ses fins et le chef de la Milice des Mutants s'effondra aux pieds de Rhodan, assommé pour le compte.

Celui-ci allait se jeter sur le vainqueur de Marshall quand il fut ceinturé par quatre bras surgis de derrière, soulevé et expédié dans les airs. Il atterrit sans douceur sur le sol de la salle.

La souffrance fut telle qu'il craignit d'avoir eu la colonne vertébrale brisée, mais il ne perdit cependant pas connaissance. Aussi put-il voir le Skovarto, cerné par un groupe de six Dumfries, invectiver copieusement ses assaillants.

Les crapauds géants ne lui permettaient pas de rompre l'encerclement, néanmoins ils ne faisaient pas mine de l'attaquer bien que leurs forces conjuguées eussent sans aucun doute vaincu un combattant de la stature de l'être halutoïde.

Perry Rhodan constata ainsi, à sa grande surprise, que les Dumfries traitaient l'ancien Commandeur Suprême de tous les soldats galactiques avec un respect extrême.

Il en comprit la raison un peu plus tard : c'était à cause des pierres bleues qui scintillaient sur la poitrine au pelage noir du Skovarto.

CHAPITRE II

La clarté bleue s'était intensifiée et aveuglait Kulu au point qu'il ferma les yeux.

Jefferson émit un glapissement aigu dont le major n'avait encore jamais entendu de pareil de la part du gorille des neiges originaire des montagnes de Truuktan. Il semblait donc que l'animal éprouvait lui aussi un malaise croissant.

Seules la formation proche de la perfection et la grande expérience de Tschaï Kulu des situations confuses et périlleuses retinrent l'officier d'obéir à ce que lui dictait son instinct de conservation. Il se contraignit à reprendre son calme et éloigna sa main de son arme. Constatant que la radiance bleutée perdurait depuis une minute déjà dans la centrale du générateur de la taille d'une planète, il se dit que l'heure de sa mort n'était pas encore venue. Le champ céruléen n'était peut-être rien de plus qu'un détecteur d'impulsions mentales informant les contrôleurs des centrales planétaires du cœur de la galaxie M 87 de la nature des intrus.

Il espéra que la corde le reliant à Jefferson formait entre lui et le yéti un contact suffisant pour qu'il soit « entraîné » en cas d'un nouveau changement de plan de réalité de l'animal.

Il ne comprenait toujours pas comment une créature d'intelligence limitée comme le gorille des neiges pouvait être capable de passer d'un niveau d'existence à l'autre aussi simplement que s'il montait ou descendait d'un mètre sur une échelle imaginaire. Et la raison pour laquelle lui-même était à chaque fois « entraîné » le laissait profondément perplexe. Le peu qu'il connaissait sur la théorie des multiples niveaux d'énergie de la matière lui permettait seulement de pressentir que tout cela était beaucoup trop compliqué pour être accessible à une analyse en profondeur de sa part. Aussi, le fait de savoir qu'à un changement de plan ne correspondait aucun déplacement spatial ni temporel au sens usuel du terme mais seulement la mise en œuvre d'une augmentation ou diminution de la densité énergétique de la matière impliquée ne le rassurait en rien. Car en l'occurrence cela prouvait une fois de plus que l'humain n'était qu'une pitoyable créature avec des carences si désastreuses qu'il ne percevait jamais qu'une infime fraction de la réalité environnante, tandis que l'essentiel de ce qui se passait dans les interactions corpusculaires des atomes de son organisme lui échappait complètement.

Il vécut une seconde de frayeur en éprouvant une sensation de chute. L'instant d'après, il était de nouveau debout sur ses jambes. La lumière bleue avait disparu, et Jefferson ne glapissait plus.

De fait, ils ne se trouvaient plus dans la salle de contrôle de la centrale planétaire mais sur le plateau circulaire d'un ascenseur s'élevant à faible vitesse.

Le mouvement était presque imperceptible et ses sens pouvaient le tromper. Néanmoins Tschaï Kulu estima que la plate-forme glissait lentement vers le haut le long des parois aux reflets verdâtres. C'était ce que lui soufflait son intuition.

Jefferson avait une nouvelle fois changé de plan de réalité – à moins que les inconnus ne les aient transférés au moyen de la Radiance Bleue en un autre lieu du générateur planétaire… ou de l'Univers.

L'ascenseur s'arrêta avant qu'il ait eu le temps de s'appesantir sur le sujet. La lueur glauque des murs disparut et fut remplacée sans transition par la luminosité laiteuse d'une surface en train de s'éloigner à grande vitesse. L'impression de se trouver dans un ballon s'élevant à toute allure et en diagonale perturba pendant quelques secondes le sens de l'orientation de Kulu. Jefferson, à l'opposé, semblait indifférent à tout cela.

Le mouvement s'interrompit brusquement – et le major réalisa tout aussi soudainement qu'en fait les parois n'avaient pas bougé d'un millimètre mais étaient à présent transparentes. Tschaï Kulu aperçut de l'autre côté des machines de forme bizarre et de taille peu engageante – ainsi qu'une turbulence étrangement vague et dépourvue de signification.

— *Approche-toi, Terranien !* murmura une voix.

L'officier mit un petit moment à comprendre qu'il n'avait pas entendu ces mots avec ses oreilles, et qu'il s'agissait d'une transmission de pensée.

Il fit sans réfléchir un pas en direction de l'énigmatique frémissement – qui n'était pas sans rappeler l'apparence des mirages ou des vibrations de l'air chaud. Cependant la véritable cause de ce mouvement restait incompréhensible, du moins pour les sens d'un être humain.

— *C'est exact*, expliquèrent les paroles muettes. *Votre constitution physique est une forme très particulière et limitée de la vie. Dans le passé nous nous étonnions que la vie puisse se présenter sous un tel aspect. Aujourd'hui, nous savons que l'exception confirme la règle.*

— Qui es-tu ? demanda Tschaï Kulu.

Il s'était exprimé à voix haute, puisqu'il n'était pas télépathe et n'était par conséquent guère instruit sur l'art de focaliser sa pensée sur le contenu d'un message ou d'une interrogation.

— *Je fais partie de l'Alph, Terranien. Ne te fatigue pas à vouloir comprendre cela, ce serait en pure perte. Suis-moi ! Je sais que tu peux me voir, même si ce n'est que de manière très imparfaite.*

Le major Kulu retint les questions qui se bousculaient dans son esprit. Il pressentait que l'Alph – ou la composante de l'Alph, quoi que cela puisse être – n'était pas dans une disposition d'humeur à y donner suite.

La corde qu'il tenait en main se tendit quand il se mit en marche vers le « mirage » qui commençait à s'éloigner. Il se souvint alors que Jefferson était avec lui.

— Tu nous as mis dans de beaux draps, dit-il sur un ton réprobateur. Si jamais nous revenons sur Truuktan, je te ferai tâter de ma semelle !

Le gorille des neiges grogna et se mit à trotter docilement à la suite du major.

*
* *

Sitôt qu'il eut complètement quitté la plate-forme de l'ascenseur, il eut l'impression de planer. Seule la résistance légèrement élastique qu'il sentait sous ses pieds démontrait la présence d'un sol qui par ailleurs était d'une transparence absolue.

Les gigantesques machines semblaient elles aussi flotter dans les airs. Tschaï Kulu les considéra, songeur. Il tiqua soudain.

Ces appareils n'étaient reliés à rien de matériel, ni conducteurs d'alimentation en énergie ni quoi que ce soit !

Quelle force entraînait ces machines ? Comment était-elle transmise ?

L'Alph, réfléchit Kulu, captait toutes les pensées un tant soit peu formulées. Il ne manifestait cependant aucune intention d'y répondre. Le major commença à s'interroger sur les projets de cette entité les concernant, lui et Jefferson. L'apparition de l'Alph paraissait tout à fait inoffensive et n'avait montré aucun signe d'agressivité.

Cette impression pouvait évidemment être trompeuse.

Les créatures comme cet être, dont la structure était visiblement de nature énergétique, devaient raisonner et agir selon une logique complètement différente de celle d'un humain. Peut-être même ignoraient-ils que nombre d'êtres vivants craignaient la mort, et en conséquence ils étaient capables d'avoir décidé de son trépas sans que cela valût la peine pour eux d'en parler.

Et s'il essayait de rejoindre cette entité, de faire un saut pour la toucher ?

Il décida de s'en abstenir, car il ne pouvait savoir si ce contact ne risquait pas de provoquer une décharge d'énergie entre l'Alph et lui.

L'être n'eut à nouveau aucune réaction face à cette pensée.

L'apparente agitation de l'air, seul témoignage de la présence de la créature, fit halte entre deux machines aux formes biscornues et d'au moins cent mètres de hauteur.

— *Viens près de moi, Terranien, et amène ton compagnon !* résonna la voix dans l'esprit de Kulu.

L'illusion était presque parfaite. S'il avait eu devant lui un être vivant constitué de matière solide, il aurait pu jurer que le message avait été formulé à haute et intelligible voix.

Le major Kulu obéit sans broncher. Il avait décidé d'attendre calmement et de voir où l'Alph l'emmènerait.

Dès qu'il se trouva avec le gorille des neiges entre les deux appareils aux silhouettes délirantes, il perçut un léger courant d'air. Les contours des machines s'estompèrent derrière la paroi sphérique d'une bulle d'énergie qui se mit à tourner sur elle-même, d'abord lentement, puis de plus en plus vite.

Quand le mouvement rotatoire diminua et que la bulle se fut éteinte, les machineries ne réapparurent pas. Seul le sol transparent était toujours là.

Tschaï Kulu, Jefferson, et une chose indéfinissable

qui s'était elle-même présentée comme « une partie de l'Alph », se tenaient maintenant à l'intérieur d'une gigantesque sphère luminescente bleuâtre dont la paroi semblait distante de plusieurs millions de kilomètres.

L'humain s'aperçut que le « mirage » s'éloignait peu à peu de lui et du gorille des neiges.

Il faillit demander ce que signifiait tout cela, toutefois il ravala sa question à la dernière seconde. Il ne voulait pas offrir à l'Alph le spectacle d'une créature de peu de caractère dominée par son instinct.

L'être d'énergie se remanifesta brusquement.

— *Tu es libre, Terranien ! Si tu veux quitter cet endroit, nul ne t'en empêchera. Seuls ceux qui ont comme toi été amenés ici et ont survécu à tous les dangers, mais sans trouver le chemin du retour, sont susceptibles de vouloir s'en prendre à toi. Il est naturellement hors de question que tu repartes vers les centrales planétaires, car tout corps étranger qui s'introduit dans ces installations compromet la paix de l'amas stellaire.*

— Baratin que tout cela ! murmura Kulu, irrité. Si tu n'as rien contre moi, pourquoi ne me ramènes-tu pas sur Truuktan ?

L'Alph ne répondit pas. D'ailleurs, la faible perturbation optique avait disparu.

Le major prit une profonde inspiration.

— Je crains que nous ne soyons livrés à nous-mêmes, Jefferson, dit-il d'une voix où se mêlaient colère, déception et détermination.

*
* *

Une demi-heure plus tard, durant laquelle le major s'était vainement efforcé de trouver une issue menant hors de la gigantesque sphère bleue, il avait établi que l'immense configuration lumineuse se contractait – lentement, mais sûrement.

Il ignorait si cela représentait un danger pour lui et Jefferson, mais dans sa situation présente il ne pouvait guère qu'attendre la suite des événements.

Il assura sa prise sur la corde qui le reliait au gorille des neiges et se mit en marche dans la direction qu'il avait choisie. Du moins espérait-il se déplacer en ligne droite. La boussole de son spatiandre captait les champs de force invisibles du continuum espace-temps, les amplifiait et sélectionnait le plus fort « courant » détectable polarisé et stable, affichant son orientation par le biais d'un indicateur électronique. Quand cela était possible, le vecteur utilisé était celui du champ magnétique d'un pôle planétaire. A défaut, le système pouvait se régler sur l'émission énergétique d'une lointaine supernova ou d'une autre radiosource.

Ce dispositif avait fait ses preuves dans la plupart des cas. Les exceptions étaient les circonstances dans lesquelles les personnes concernées s'étaient trouvées dans un engin spatial suivant une trajectoire erratique, sur un corps céleste à grande vitesse de rotation, ou bien encore dans le champ de plusieurs radiosources stellaires à radiation irrégulière – et sans être au courant de ces particularités.

Une heure plus tard, le Terranien dut fermer son casque tant l'éblouissement causé par la Radiance Bleue était devenu intenable pour des yeux non protégés.

Et encore une heure après, la lueur azurée l'enveloppa – puis le relâcha.

Dans la même fraction de seconde, l'environnement changea du tout au tout. Tschaï Kulu et Jefferson étaient à présent entourés par le décor inquiétant d'un monde primitif. Sur leur gauche s'élevait dans le ciel d'un bleu profond un gigantesque massif montagneux dont les sommets étaient partiellement masqués par des volutes de nuages. A droite s'étendait un paysage de contreforts avec jaillissement de geysers, lacs bouillonnants et flore rabougrie. Un spectacle presque identique s'étalait devant les deux arrivants, simplement limité à l'horizon par une chaîne de cônes volcaniques.

Mais derrière eux, il y avait… *rien…*

Ce néant était plus noir que la nuit terrestre la plus obscure. Il n'y avait là rien qui renvoyât le moindre reflet de la clarté du monde antédiluvien, à moins que l'influence énergétique de la paroi de la sphère luminescente bleue n'interdît toute réflexion de la lumière.

Le major se demanda ce qui arriverait si ladite sphère venait à se dilater de nouveau pour le réincorporer en elle. Il haussa les épaules en un geste de résignation. Il n'était pas du tout convaincu d'être plus en sécurité ici qu'à l'intérieur de la boule azurée.

Il baissa la tête par réflexe quand une grande créature aux ailes membraneuses les survola. Jefferson, au contraire, s'étira de toute son imposante stature et agita les pattes d'un air menaçant. Mais le ptérosaurien – ou quoi que cela fût – disparut dans une fissure du massif montagneux et n'en ressortit pas. Peut-être y avait-il son nid.

Tschaï écarta les cogitations concernant son retour vers Truuktan. Cela n'aurait été présentement que du gaspillage de temps. Si sa présomption était correcte et s'ils se trouvaient à proximité du centre de la galaxie M 87, c'étaient plusieurs dizaines de milliers d'années-lumière qui séparaient leur position actuelle de la planète aux plantations. Une telle distance était infranchissable à pied, même pour un surhomme – ce qu'il estimait ne pas être du tout. Il ne lui restait qu'une seule chose à faire : garder les yeux, les oreilles et tous les autres sens en éveil, et guetter une opportunité dont il ignorait totalement sous quelle forme elle pourrait se présenter.

Comme les montagnes lui semblaient très peu accueillantes, Tschaï Kulu choisit de descendre vers la plaine.

Il tira sur la corde et se mit en marche, le yéti sur les talons.

Une dizaine de minutes plus tard, ils atteignirent un lac dont l'eau était certes chaude, mais ne bouillait pas comme celle des autres étendues aquatiques. Kulu décida d'y faire une halte. Il se sentait à bout de forces et n'avait qu'une seule envie : se coucher et dormir dix heures d'affilée. Au lieu de quoi il avala un stimulant polyvalent, mâcha lentement un cube de concentré et en offrit un autre à Jefferson. Il aurait bien sûr préféré laisser l'animal chasser sa propre nourriture mais il n'était pas certain que le gorille des neiges serait ensuite revenu vers lui. C'était un risque qu'il voulait éviter à tout prix.

Tandis qu'il était là, assis sur la berge du lac et contemplant sa surface embrumée, il eut soudain la sensation d'être observé. Il tourna promptement la tête – et eut juste le temps de voir le crâne noir et hémisphérique d'un monstre disparaître derrière un buisson.

Il se releva en hâte. Les réserves énergétiques de ses armes étant, compte tenu de sa situation, trop précieuses pour qu'il puisse se permettre de les employer contre les carnassiers de ce monde sans impérieuse nécessité, il jugea plus avisé de décamper avant que la créature entraperçue ne l'attaque.

Le gorille des neiges des montagnes de Truuktan le suivit cette fois avec plus d'entrain qu'il ne l'avait fait auparavant. Après un instant de réflexion, il arriva à la conclusion que Jefferson devait lui aussi considérer l'environnement étranger comme très inhospitalier, et en conséquence se sentait instinctivement attiré vers l'unique être qu'il savait ne pas lui être hostile : le major Tschaï Kulu.

Cette idée réjouit le Terranien. Il tapota le cou du yéti, mais eut cependant la prudence de sacrifier un autre cube de concentré pour récompenser l'animal.

La piste longeant le lac était caillouteuse. De plus, ils

devaient sans cesse s'écarter des colonnes de vapeur des geysers qui jaillissaient du sol à tout bout de champ sans que Kulu parvienne à remarquer de signes avant-coureurs.

Au bout d'un moment, Jefferson passa devant lui et prit la tête de la marche comme si cela allait de soi. A compter de cet instant, l'avance fut plus aisée. L'instinct de l'animal lui faisait toujours trouver le meilleur chemin.

Kulu regarda fréquemment derrière lui, mais le monstre à tête globuleuse ne se montra plus.

Le soleil blanc-bleu dardait ses rayons, et si Kulu n'avait pas été de par son lieu de naissance sur la Terre – le continent africain – accoutumé à la canicule, il n'aurait pu supporter cette chaleur accablante sans mettre en route le climatiseur de sa combinaison de combat.

Ce qui ne l'empêcha pas de ressentir un certain soulagement quand l'astre se coucha et fit place à la nuit. Jefferson avait déjà commencé une demi-heure plus tôt à chercher un emplacement convenant à un bivouac et il guidait maintenant son maître vers un bloc de pierre grossièrement conique de près de cinquante mètres de haut, à la cime nue, dans lequel s'ouvrait un creux d'environ dix mètres de diamètre. Comme le rocher n'hébergeait qu'une végétation éparse et que les alentours étaient assez dégagés, cet endroit était un gîte tout indiqué.

Après une autre ration de concentré sans saveur, le major s'arrima à Jefferson avec la corde, activa la minipompe de son spatiandre dont la partie dorsale se gonfla pour se transformer rapidement en une sorte de matelas pneumatique.

— Sois un bon chien de garde ! murmura-t-il avant de sombrer presque immédiatement dans un profond sommeil.

*
* *

Quand il se réveilla, d'innombrables étoiles constellaient le ciel. Leur clarté était telle que le creux dans la roche n'aurait pas été mieux éclairé par un feu de camp.

Mais ce fut avant tout l'incroyable densité stellaire qui incita Tschaï Kulu, sur un coup de tête et de façon quelque peu illogique, à baptiser cette planète « Firestone ».

L'instant d'après il fit une découverte qui lui causa une intense frayeur.

Jefferson avait disparu !

Le câble se trouvait toujours fixé à la taille de Kulu. Mais le nœud coulant à l'autre extrémité était élargi – et vide. Le gorille des neiges s'était libéré avec une habileté qui projetait soudain un nouvel éclairage sur son degré d'intelligence. Peut-être était-il finalement bien autre chose qu'un stupide animal…

Mais cette pensée passait désormais à l'arrière-plan de ses soucis. Avec Jefferson, il avait une petite chance de revenir par hasard sur Truuktan lors d'un changement de plan de réalité. Privé de cette possibilité, Tschaï Kulu se sentit tout d'un coup seul et abandonné.

Il détacha la corde et se leva. Puis il sortit et se campa à l'extérieur du cône de pierre. A la lumière des innombrables étoiles, il apercevait distinctement les contours d'autres pitons rocheux, les geysers les plus proches et la toundra environnante.

Une ombre passa devant un des jets de vapeur. Kulu réagit instinctivement en se baissant et en saisissant son arme.

La silhouette entrevue avait un crâne hémisphérique.

Mais ce qui horrifia davantage le Terranien fut que le monstre avait la taille et l'apparence physique des représentants d'une race hautement évoluée et amie de l'Humanité : il aurait juré avoir reconnu un Halutien !

Tschaï fut tenté de héler la créature. Il hésita cependant, car l'être ne s'était jusqu'à maintenant pas comporté comme un individu ayant le niveau intellectuel d'un natif de Haluta. De plus, les organismes hexapodes étaient prédominants dans M 87. Cela s'était vérifié sur Truuktan, à savoir qu'aussi bien les races intelligentes que les espèces animales étaient ici dotées de six membres. Il avait donc pu être abusé par une simple ressemblance extérieure.

Le « Halutien » mit un terme à ses cogitations.

L'être se retourna pesamment tout en se redressant et en s'ébrouant. Trois yeux rougeoyants se braquèrent sur l'Afro-Terranien.

Le major Kulu pinça les lèvres et affermit sa prise sur son radiant à impulsions.

Mais si discret qu'ait été son faible mouvement, le géant l'avait repéré. Presque sans transition, il se mit à courir à la vitesse d'un cheval au galop, fonçant droit sur la position du Terranien.

Ce dernier eut la présence d'esprit de ne pas ouvrir le feu. Dans le meilleur des cas, il n'aurait eu le temps que pour un seul et unique tir. Au lieu de quoi il activa son micropropulseur dorsal et s'éleva dans le ciel scintillant d'étoiles de Firestone – à la seconde même où le monstre, d'un bond gigantesque, arrivait sur lui.

Le « Halutien » pila à l'entrée de la cavité et fit volte-face comme s'il avait été monté sur pivot, paré à un nouveau saut.

Il parut toutefois réaliser que la petite créature à quatre membres était à présent hors de portée. Il poussa un mugissement de fureur, passa sa colère en lançant au loin la corde qui traînait par terre, et s'éloigna.

Le major Tschaï Kulu se maintint à une altitude stable de cinquante mètres. Il avait besoin d'un peu de temps pour se remettre de ses émotions.

Ce monstre qui avait voulu s'en prendre à lui avait non seulement l'apparence d'un Halutien, mais possédait également la même constitution physique – ainsi que de toute évidence un niveau d'intelligence comparable.

Son comportement prouvait qu'il savait ce qu'était une arme énergétique. Dans le cas contraire, il n'aurait pas attaqué de manière si fulgurante sitôt après avoir vu Kulu brandir son radiant à impulsions. De plus sa conduite, postérieurement à l'échappée du Terranien, démontrait qu'il était capable de réfléchir logiquement. N'importe quel animal aurait patienté au-dessous de sa proie, convaincu qu'elle ne pourrait que redescendre tôt ou tard – en l'occurrence là d'où elle s'était élevée. Seul un être au fait des combinaisons équipées d'antigrav pouvait savoir que le fugitif était tout aussi capable de parcourir cent kilomètres avant de se poser, ce qui rendait vaine toute surveillance.

Tschaï Kulu se remémora les paroles de l'Alph.

« Seuls ceux qui ont comme toi été amenés ici sont susceptibles de vouloir s'en prendre à toi. »

Cela signifiait-il que le Halutien était prisonnier de cette planète, tout comme lui – et comme Jefferson… ?

CHAPITRE III

Le major Tschaï Kulu ne prit pas le risque de retourner dormir. La possibilité existait que le Halutien se fût seulement éloigné dans le but de lui laisser croire qu'il ne courait plus de danger, mais avec l'intention de revenir à la charge.

Il attendit l'aube en frissonnant de fatigue. Une heure avant le lever du soleil, il se mit à pleuvoir à verse. La visibilité se réduisit à presque zéro. Kulu décolla de nouveau afin de prévenir toute attaque surprise.

Le Halutien ne réapparut pas.

A sa place, ce fut Jefferson qui resurgit à l'entrée de la cavité. L'épaisse fourrure du gorille des neiges était luisante d'humidité. Malgré tout, l'animal semblait d'excellente humeur. La raison en était probablement la proie qu'il rapportait au camp en la tenant dans sa gueule.

Le Terranien redescendit se poser à côté du yéti et lui reprocha son escapade non autorisée. Mais dans le fond il était très heureux que Jefferson soit revenu, qui plus est en ramenant à son maître le produit de sa battue.

Le tableau de chasse consistait en une espèce de phacochère. Le major l'entailla d'un coup de couteau, sortit la mini-sonde de test qui faisait partie de son équipement de survie et l'introduisit dans l'ouverture.

Moins de deux minutes plus tard, il savait que la chair de cet animal ne renfermait aucune substance toxique pour le métabolisme humain. Alléché à l'idée d'un vrai repas, il commença par se découper une belle tranche dans le filet puis poussa le reste de la carcasse vers Jefferson.

Tandis que le gorille des neiges se retirait en bordure du camp afin de surveiller les alentours pendant qu'il mangeait, Tschaï fit griller la pièce de venaison au moyen de la fonction idoine de son radiant à impulsions. Et comme son paquetage de survie contenait également du sel, il dégusta un succulent rôti. Le major se dit qu'il n'avait jamais encore de toute sa vie savouré un pareil régal.

Leur repas terminé, ils reprirent leur pérégrination. Jefferson trottait devant son maître sans montrer aucune intention de le quitter. Le Terranien était enchanté de cet état de chose et se dit que l'animal mériterait une récompense particulière s'il parvenait à les faire revenir sur Truuktan et rejoindre le *Krest IV*.

Il était si profondément plongé depuis quelques minutes dans ses pensées qu'il tressaillit d'un bloc quand son compagnon émit un grognement d'alerte et se figea.

Tschaï Kulu s'immobilisa de même. Il tendit l'oreille afin de guetter le moindre bruit suspect, frémissant en son for intérieur à l'idée que le Halutien pût être de retour. Il avait bien sûr toujours la ressource de se mettre hors de portée avec son antigrav, mais en ce cas le yéti se serait trouvé exposé seul à un grave danger.

Soudain, le gorille des neiges gronda à nouveau.

Au même instant une créature anthropoïde surgit devant l'animal. Elle portait un manteau écarlate, maintenu à la taille par une ceinture de cuir brun. L'être mesurait environ un mètre cinquante, avait deux bras et deux jambes ainsi qu'une tête humanoïde dont les deux yeux bleus surveillaient attentivement Jefferson. Il ne semblait pas être armé.

Le major Kulu leva la main, attirant ainsi immédiatement le regard de l'étranger sur lui, tout en se demandant comment ce dernier avait pu apparaître aussi soudainement non loin d'eux sur ce terrain pratiquement nu.

Le Rouge ouvrit la bouche et émit quelques sons parfaitement articulés qui ressemblaient à un mélange d'intergalacte, de chinois de la Terre et de halutien. Il s'agissait de l'idiome du Centre, la langue véhiculaire universelle utilisée par toutes les races spatiopérégrines de M 87.

Le Terranien se réjouit d'avoir été parmi les premiers privilégiés du *Krest IV* à bénéficier d'un apprentissage par hypno-enseignement de cet idiome du Centre.

Ce que le nouveau venu avait dit pouvait se traduire par : « Le banni salue les bannis ! »

Pour Kulu, il était évident que ce salut n'exprimait rien de personnel mais ne faisait que souligner leur sort commun.

Il baissa la main et répliqua en parlant lentement et distinctement :

— Le banni répond au salut du banni. Il vient en paix et cherche des amis avec lesquels il pourra conjurer le destin.

Le Rouge leva les deux mains puis les posa sur sa poitrine et annonça :

— Ramdor !

Tschaï répéta le geste en disant :

— Kulu !

— Ramdor et Kulu partagent une même destinée, reprit l'arrivant. L'Alph les a exilés parce qu'il craignait pour la sécurité de cet univers-île, ainsi qu'il doit en répondre devant les Constructeurs du Centre.

C'était la première fois que le Terranien entendait cette expression « les Constructeurs du Centre ». Il ignorait que Perry Rhodan et John Marshall avaient déjà appris d'une créature portant le nom de Pharo Walkee que les Constructeurs du Centre représentaient le pouvoir suprême dans la galaxie M 87. Toutefois, son esprit affûté perçut immédiatement l'importance de ce que venait d'exprimer Ramdor.

— Les Constructeurs du Centre... dit-il lentement pour s'accorder le temps de réfléchir. ... S'ils commandent à l'Alph, ils pourraient aussi lui donner l'ordre de nous libérer et de nous ramener à nos points de départ respectifs... ?

L'être vêtu de rouge fit un geste des mains vers le bas.

— L'Alph est une arme secrète des Constructeurs, Kulu. C'est à cause de cela que nous sommes ici, et c'est pourquoi nous sommes condamnés à rester ici jusqu'à ce que la mort nous prenne.

*
* *

Tschaï Kulu eut du mal à réprimer son excitation. Il était capital que Perry Rhodan soit informé au plus tôt de l'existence de l'Alph et du rôle joué par celui-ci auprès des souverains de M 87. De plus, la présence sur Firestone d'au moins un être sapient halutimorphe témoignait de querelles secrètes autour du pouvoir, et le Stellarque devait absolument être mis au courant de tout cela.

— N'existe-t-il vraiment aucune cité sur cette planète ? voulut savoir le major. Aucune industrie capable de fabriquer un vaisseau spatial supraluminique digne de ce nom ?

— Non, répliqua Ramdor. Sur ce monde, chacun est un ennemi pour l'autre. (Il s'interrompit, comme s'il craignait d'avoir commis une bourde.) Du moins l'hostilité est-elle la règle entre créatures d'apparences différentes, ajouta-t-il vivement. Mais nous nous ressemblons.

Cette explication ne satisfaisait pas du tout Tschaï Kulu. Sa méfiance s'était réveillée. Bien qu'il n'eût pas l'ombre d'une idée du mobile pour lequel des êtres intelligents compagnons de captivité devraient se combattre les uns les autres, il décida de se tenir sur ses gardes.

— Tu as raison, Ramdor. Pourquoi devrions-nous être ennemis ? Rien ne justifie cela. Ensemble, nous pouvons survivre plus facilement. Mais il doit quand même y avoir quelque part des installations techniques. J'en suis persuadé, car j'ai été amené ici par une machinerie.

Son interlocuteur parut rapetisser de plusieurs centimètres. Son regard se détourna soudain de Kulu pour se diriger sur le massif montagneux le plus proche.

— Certains ont pris ce chemin mais personne n'est revenu, Kulu. Sans doute y a-t-il quelque chose là-haut, cependant il semble déconseillé d'aller y fureter.

Le major soupira.

— Peut-être la chance nous sourira-t-elle, Ramdor. Veux-tu nous accompagner ?

L'être vêtu de rouge recula de quelques pas. L'expression de ses yeux devint celle d'une bête traquée.

— Vous accompagner où ? chuchota-t-il. Quand même pas… là-bas ?

Tschaï Kulu s'étira. Pour la première fois depuis son arrivée sur Firestone, il perçut à quel point l'air était pur et le ressentit comme une bénédiction. Il ne craignait plus d'avoir à rester ici jusqu'à la fin de ses jours. S'il y avait une installation technique dans les montagnes, il la trouverait et s'en servirait pour envoyer un message au Stellarque !

— Je ne t'oblige pas à venir, Ramdor, dit-il. Néanmoins, peut-être peux-tu nous indiquer le chemin.

Le Rouge réfléchit. Ses traits étaient amers. Son regard bleu était rivé au sol.

Un mugissement assourdissant brisa soudain le silence ambiant.

— Le Halutien ! s'écria Kulu, apeuré, en bondissant vers Jefferson afin de pouvoir le cas échéant embarquer le gorille des neiges s'il avait à décoller avec son micropropulseur et son générateur antigrav.

Puis il se figea au milieu de son geste.

Ramdor avait disparu, comme si la roche l'avait englouti.

Un téléporteur ! réalisa-t-il.

Un bruit de trépignement le sortit de son ébahissement.

— Du calme, Jefferson ! murmura-t-il.

Il régla le champ protecteur de son spatiandre pour qu'il adopte une forme sphérique. Il lui suffisait de prendre garde à ce que le yéti ne se trouve pas à l'emplacement où le bouclier énergétique se dresserait. Aussi se positionna-t-il tout contre l'animal avant de l'activer.

Tout se passa conformément à ses attentes. Il augmenta encore le rayon de la sphère, réduisant toutefois du même coup son efficacité. Il se dépêcha de neutraliser l'effet de la pesanteur à l'intérieur de l'écran, agrippa fermement Jefferson et donna une légère poussée. Le tandem quitta le sol et s'éleva lentement. Quand ils furent parvenus à environ cent mètres d'altitude, la bulle progressivement freinée par la résistance de l'air cessa de monter.

Tschaï Kulu parcourut le paysage du regard, à la recherche du Halutien. Il découvrit celui-ci quelques secondes plus tard – gisant inanimé près d'un rocher.

Le major sourit d'un air narquois.

Si cette créature s'imaginait pouvoir l'attirer ainsi dans un piège, elle se trompait lourdement.

Ce constat confirmait toutefois son opinion sur l'intelligence du monstre. En feignant l'immobilité, il devait avoir tablé sur la curiosité intellectuelle des êtres humanoïdes.

Kulu finit pourtant par secouer la tête. Quelque chose clochait.

Si le Halutien se faisait passer pour mort, pourquoi

alors avait-il lancé ce mugissement et couru vers leur position ? Il aurait mieux fait de s'allonger discrètement près du chemin probable de sa future victime. La mise en scène aurait été nettement plus convaincante.

Kulu relâcha précautionneusement sa prise sur Jefferson et surveilla anxieusement l'animal. Le gorille des neiges glissa d'un mètre, arriva doucement au contact de la sphère énergétique et arrêta là sa descente.

Le major respira.

Au moins avait-il à présent les deux mains libres. Sa plus grande crainte avait été que du fait de son extension considérable le bouclier protecteur ne parvînt plus à retenir un corps solide.

Il actionna prudemment son micropropulseur. La bulle se mit en mouvement puis, sans changer d'altitude, Kulu se stabilisa au-dessus de l'emplacement où était étendue la créature, toujours immobile.

Il prit ensuite son radiant à impulsions et le soupesa en réfléchissant.

Il était évident que seul un tir sur le Halutien pourrait lui donner une certitude. Si le géant n'était pas mort ou blessé, alors il le guettait et avait transmuté son corps, à la manière halutienne, sous la forme cristalline qui lui donnait une résistance n'ayant rien à envier à la meilleure terkonite. Ce serait la preuve que le monstre lui avait tendu un piège.

En revanche, si l'être était réellement inconscient, il le blesserait pour de bon et sans nécessité, ce qui allait à l'encontre de l'immémoriale consigne de l'Astromarine Solaire de ne tuer ou blesser qu'en cas de légitime défense, et ce en toute circonstance et en tout lieu.

Tandis qu'il hésitait encore entre le savoir et le devoir, il détecta un frissonnement de l'atmosphère sur le corps massif du Halutien, accompagné d'un léger scintillement. Comme si l'air était agité par une chose invisible.

Kulu déglutit sèchement.

Puis il se décida. Il dirigea la sphère vers une petite éminence située à environ cinq cents mètres du géant allongé. Une fois là, il désactiva le bouclier.

— Tu restes là ! ordonna-t-il à Jefferson en montrant le sol du doigt.

Le gorille des neiges grogna et s'assit par terre.

— Brave bête ! le complimenta le major en le grattant à la base du cou.

Il fit demi-tour et parcourut à pied la distance le séparant du Halutien. Quand il y arriva, ce fut pour constater que le gigantesque corps avait horriblement changé. Il s'était contracté sur lui-même et la peau semblable à du cuir dessinait les contours du squelette. Les yeux rouges avaient disparu de leurs orbites.

Le doute n'était plus permis : le géant quadrumane était mort – et selon toute apparence, c'était un Alph qui l'avait tué…

*
* *

D'instinct, Tschaï Kulu empoigna son arme et se retourna. Mais aucun Alph n'était en vue, si l'on pouvait parler de « voir » une telle forme d'existence.

Quelques instants plus tôt à peine, la présence d'un Halutien l'avait fortement inquiété parce que cette créature, à la différence des autres représentants de son espèce – comme Icho Tolot et Fancan Teik – avait fait montre d'hostilité et d'agressivité.

Et maintenant que le monstre gisait mort à ses pieds, ce qu'éprouvait le Terranien à son égard ressemblait plutôt à de la compassion. Simultanément, il ressentit de la colère envers l'Alph dont le géant avait été la victime. Toutefois, au fur et à mesure que l'énervement de Kulu se dissipait, son esprit se remit à penser logiquement. L'Alph solitaire n'avait exécuté ni Ramdor, ni Jefferson ni lui-même, mais uniquement la créature qui les avait tous menacés. Peut-être n'avait-il agi ainsi que pour les protéger ?

Si tel était le cas, l'affaire se présentait sous un jour tout autre. Il se pouvait que ce Halutien ait été sous l'emprise d'une sorte de rage, d'où sa méchanceté. Pourtant la mesure prise par l'Alph pour conjurer le péril représenté par le géant tracassa le major, car elle témoignait d'un mépris de la vie des autres incompatible avec la mentalité des intelligences humanoïdes. Des humains se seraient efforcés de guérir le forcené, ou tout au moins de l'isoler pour qu'il cesse d'être dangereux pour les autres. Non que Tschaï Kulu méconnût que la psychologie de l'Alph puisse être totalement différente de la sienne. De fait, un tel état d'esprit entrait en conflit non seulement avec le point de vue anthropomorphique mais encore avec un principe qui était, à l'instar d'une loi de la physique ne souffrant aucune exception, valable pour tous les êtres doués de raison de l'Univers et contribuait en conséquence à permettre une distinction incontestable entre le bien et le mal.

Dans ce sens, l'Alph était mauvais.

Kulu soupira.

Dans l'histoire de l'humanité il y avait eu des époques durant lesquelles cette loi fondamentale de l'Univers avait été foulée aux pieds. La cause en avait été non pas le manque d'intelligence des humains d'alors mais plutôt leur faible niveau d'instruction et leurs instincts non maîtrisés, donc en réalité un défaut de maturité. Si l'on voyait les choses sous cet angle, l'esprit de l'Alph était encore immature.

Le major ne put réprimer un sourire.

Pendant un certain temps il s'était laissé leurrer par l'invisibilité de fait de ces créatures et par leurs capacités technologiques. Il comprenait à présent qu'il était en vérité supérieur à l'Alph, tout au moins sur le plan de la raison et de la logique. Cette connaissance l'aiderait dans sa quête de « la chose dans la montagne ».

Il jeta un dernier regard à la dépouille du Halutien puis il fit demi-tour et rejoignit Jefferson qui patientait là où il l'avait laissé, fidèle et sage.

— Maintenant, il ne nous reste plus qu'à attendre que notre téléporteur réapparaisse, dit-il à l'animal. Nous pourrons alors nous mettre en route vers notre objectif.

Le yéti le dévisagea avec candeur, comme s'il avait compris le sens de ces paroles.

Et Ramdor fut soudain entre eux.

— D'après ce que j'ai pu voir, le Bestian est mort, déclara-t-il d'un air satisfait.

Le major Kulu le fixa du regard, surpris.

— Le Bestian… ? Tu veux dire… une bête ? Pour moi il s'agissait d'un être d'un haut degré d'intelligence, mais de toute évidence très malade.

Le Rouge écarquilla les yeux.

— Ne connais-tu donc pas les chroniques ? C'était un de ces Bestians qui ont jadis été bien près de détruire toutes les formes de vie évoluée de notre Grande Nébuleuse ! Je suis content que cette créature soit morte.

Tschaï Kulu en eut le souffle coupé.

Il ne comprenait pas encore toute la portée de ce que venait de lui assener Ramdor. Mais il commençait à pressentir que les humains perdus dans M 87 étaient sur le point de faire des découvertes monstrueuses – les humains et les deux Halutiens coincés avec eux dans cette galaxie dont émanait un prodigieux faisceau radiant de lumière bleue.

*
* *

Il voulait en apprendre davantage de Ramdor sur les événements du passé que celui-ci avait mentionnés. Mais quand il s'aperçut que sa curiosité éveillait la méfiance du Rouge, il renonça provisoirement à la satisfaire. Il ne savait pas exactement pourquoi, mais il ne tenait pas à ce que l'autre découvre que son interlocuteur n'était pas originaire de cette galaxie.

Aussi ramena-t-il leur conversation sur la chose mystérieuse censée être cachée quelque part dans les montagnes. Après de longues palabres, l'humanoïde se déclara disposé à l'accompagner sur une partie de la route menant vers les hauteurs afin de lui indiquer l'itinéraire à suivre.

Ils avaient cheminé une demi-heure à peu près quand Kulu ne put se retenir de demander à son compagnon de voyage s'il ne voudrait pas les rapprocher de leur destination à l'aide d'une téléportation. Ne connaissant pas le terme correspondant dans l'idiome du Centre pour désigner ce don, il dut user d'analogies et de périphrases.

A sa grande surprise, Ramdor exprima de la consternation.

— Dans des conditions normales je suis incapable de me déplacer par ce moyen, expliqua-t-il en quelques mots, semblant ensuite considérer ainsi le sujet comme clos.

Le major ne l'entendit pas de cette oreille.

— Je t'ai pourtant bien vu te téléporter !

L'intéressé resta muet pendant près de dix minutes sans prêter attention aux coups d'œil insistants que lui jetait Kulu. Il finit par avouer, presque en chuchotant :

— C'est un processus que je ne sais pas déclencher volontairement. C'est seulement quand je me trouve en danger que mon esprit réagit instinctivement. Je ne puis t'en dire plus.

Tschaï eut un sourire indéfinissable.

Ramdor mentait, il en était certain. Sa première apparition résultant d'un « saut » ne l'avait pas été pour échapper à une menace, non plus que son retour. Mais il n'avait évidemment aucun moyen de le prouver. Il suffisait au Rouge d'affirmer qu'à chaque fois il avait fui un animal carnivore de Firestone ou un « banni » agressif.

Le Terranien abandonna donc ce sujet.

Le soir tombait quand ils atteignirent le pied du massif montagneux, qui s'élevait devant eux dans le ciel tel un gigantesque mur de pierre. Ses sommets étaient encore brillamment éclairés par la lumière d'un blanc bleuté du soleil alors que, pour les trois pèlerins, celui-ci était couché depuis un moment déjà.

— Je vous ai guidés jusqu'ici, déclara Ramdor. Je ne vais pas plus loin. Demain matin, je repars de mon côté.

Le major Kulu accepta tacitement cette décision et n'insista pas pour que l'être vêtu de rouge les accompagne davantage. En outre sa confiance en cette créature était plutôt limitée et il se sentirait plus à l'aise hors de sa présence.

Ils décidèrent de bivouaquer sur un surplomb minéral, au-dessous duquel une source coulait hors d'une fissure. Ils estimèrent se trouver en relative sécurité dans cet endroit, d'autant plus que jusqu'à présent le seul péril qu'ils aient eu à affronter avait été le Halutien – ou plus exactement le Bestian.

Tschaï laissa à Jefferson le rôle de la sentinelle, après lui avoir expliqué qu'il ne devait pas s'en aller car il était responsable de leur protection. Le gorille des neiges se coucha alors en bordure du petit plateau rocheux comme un chien de garde de la Terre, appuya sa tête massive sur ses pattes de devant et cligna des yeux sous le ciel nuageux dans lequel les étoiles peinaient à écarter les ténèbres.

Le major dormit d'une traite. Quand il se réveilla, le lendemain matin, il fit une distribution de cubes de concentré. La source leur fournit l'eau dont ils avaient besoin.

Ramdor guida ensuite le Terranien et Jefferson jusqu'à une étroite gorge qui de loin semblait n'être qu'une fissure exiguë dans la paroi rocheuse. Lorsqu'ils y accédèrent, la brèche s'avéra être un défilé de près de cent mètres de large qui sinuait en s'enfonçant au cœur du massif.

— Suis ce passage jusqu'à ce que tu arrives dans une cuvette circulaire. A partir de là tu longeras la paroi de gauche. Tu parviendras alors dans une grande vallée où coulent de nombreuses sources chaudes. Là doit se dresser une ancienne construction, dans laquelle tu trouveras sans doute les informations concernant le secret de ces montagnes. Je ne sais malheureusement rien de plus.

— C'est déjà plus que je n'en espérais, répondit Tschaï Kulu, reconnaissant. (Ses soupçons vis-à-vis du Rouge ne s'étant pas confirmés avec son comportement récent, il eut pour la créature un regard plus affable que la veille.) Je te remercie pour l'aide que tu nous as apportée, Ramdor. Si jamais l'occasion s'en présente, je ne manquerai pas de te montrer ma gratitude. Peut-être pourrai-je t'aider à retourner sur ton monde natal.

— Cela m'étonnerait, le contredit Ramdor. Mais bonne chance quand même !

Il leva les mains en un geste de salutation, fit demitour et disparut peu après entre les innombrables rochers épars, débris détachés de la falaise au long de dizaines de millénaires.

CHAPITRE IV

Les indications de Ramdor se révélèrent d'une surprenante exactitude. Quand Kulu et Jefferson atteignirent la grande vallée, il étaient épuisés, mais contents – tel était du moins le cas pour le major. De son côté, le gorille des neiges accueillit la halte avec un grognement approbateur.

Tschaï sentit revenir à la surface un peu de sa méfiance de la veille envers son guide. Pour quelqu'un qui n'était encore jamais venu en ces lieux, la description fournie était un peu trop précise. Soit le Rouge avait menti, soit il tenait ces détails d'une autre créature qui, elle, s'était au minimum avancée jusqu'ici avant de rebrousser chemin.

Au moins avons-nous gagné du temps, se dit-il. *Et le temps est actuellement pour moi un facteur critique. Si je reviens sur Truuktan après que Perry Rhodan en sera parti vers une destination inconnue, tous mes efforts auront été vains.*

En cet instant, il ne s'inquiétait pas de son sort personnel. Il n'était animé que par le souci de faire parvenir au Stellarque et à l'équipage du *Krest IV* les informations qu'il avait glanées.

Ce fut pourquoi il se remit en marche après seulement un quart d'heure de repos, même s'il se sentait lessivé et si ses pieds le brûlaient. Quand il prit conscience que dans son état il serait incapable de partir en quête du mystérieux édifice, il reprit un stimulant. Cela lui permettrait de tenir encore une douzaine d'heures. Il ne pourrait ensuite faire de nouveau appel à ce moyen radical qu'une toute dernière fois s'il ne voulait pas s'effondrer sans préavis.

Dès que le produit eut commencé à faire de l'effet, il reprit sa recherche. Jefferson le précédait, loin devant, et fréquemment n'émergeait que comme une silhouette indistincte entre les colonnes de vapeur et les nuages jaune soufre.

Brusquement, entre les chuintements, les gargouillis et les sifflements des geysers retentit le grognement caractéristique du gorille des neiges. L'instant d'après, l'animal refaisait son apparition auprès de Kulu en émettant des cris de joie stridents.

Le Terranien pressentit que Jefferson avait découvert l'édifice et lui emboîta le pas quand le yéti repartit en courant.

Quelques minutes plus tard, il se tenait face à une imposante pyramide métallique de teinte rouge violacé, dont la pointe culminait à environ vingt mètres au-dessus du sol rocailleux, sa base en mesurant approximativement douze de côté.

Une vague d'excitation parcourut l'officier. Il avait déjà vu une fois cet acier brillant violine – à savoir le métal constitutif de la forteresse de Truuktan.

Ici, cependant, presque toute la surface était recouverte d'une épaisse couche de soufre provenant de la condensation des gaz émis par le sous-sol, et ce n'était que par places que le matériau d'origine de la pyramide se laissait voir.

Tschaï Kulu chassa les pensées nostalgiques que lui inspirait la vue de l'antique bâtiment. Il sortit son radiant à impulsions, ôta la sûreté et fit signe au gorille des neiges de rester à ses côtés pour ne pas risquer que l'animal se retrouvât dans le champ de tir.

Le major s'avança à pas comptés.

Après avoir fait le tour complet de l'artefact sans découvrir la moindre entrée, il s'assit sur un bloc de pierre pour réfléchir. Il préférait éviter d'en appeler à la force, bien que l'âge respectable de l'édifice fût pour lui bien moins important que la possibilité d'y pénétrer.

Mais peut-être existait-il une autre solution.

Jefferson, qui était resté à l'observer un petit moment, se mit en mouvement et s'en alla inspecter la construction à sa manière, longeant les murs en les flairant. Cependant, cet examen-là semblait tout aussi vain. Le yéti disparut du champ de vision de Kulu. Toutefois, quelques secondes plus tard il se manifesta par un gémissement réprimé pratiquement identique à celui d'un chien.

Tschaï bondit et contourna la pyramide.

Assis juste devant la partie médiane d'une face latérale, le gorille des neiges le regarda avec un étrange sourire. Puis il mit le nez sur un emplacement précis de la paroi.

Le major se pencha pour mieux voir. Et en effet, bien que les traces fussent peu nettes, quelqu'un ou quelque chose les avait laissées là longtemps auparavant. Plusieurs éraflures à peine visibles dans la couche de soufre en témoignaient.

— Bravo, Jefferson ! murmura Kulu.

Il prit son couteau et gratta la croûte couleur safran. Là où se dessinaient les marques, le métal nu apparut, laissant voir une plaque pas plus grande que le pouce et de teinte plus claire.

D'un geste décidé, le Terranien pressa son index sur cette sorte de touche. Un léger bruit se fit entendre et il s'empressa par prudence de reculer d'un pas. Il trébucha soudain, heurta le yéti et se retrouva au bord d'une excavation d'environ deux mètres de profondeur.

Ce n'était pas un pan de la paroi de la pyramide qui s'était ouvert mais une section carrée du soubassement rocheux qui s'était enfoncée de vingt décimètres, dégageant une fosse aux murs de métal lisse attenant directement à l'édifice.

Kulu remarqua qu'au-dessous du sol le socle de la construction ne prolongeait pas le mur oblique : il était vertical. Il n'hésita pas longtemps. La véritable entrée devait être là.

Il sauta immédiatement au fond du trou.

A partir de ce moment, tout devint très simple. Il appuya la main contre le mur du bâtiment et une épaisse porte métallique glissa vers le bas.

Il pointa la bouche de son radiant vers l'ouverture ainsi dévoilée. Une vive lumière en sortait, néanmoins il n'y eut aucune manifestation d'une quelconque présence étrangère.

Tschaï fit signe au gorille des neiges et pénétra de concert avec celui-ci dans une salle carrée d'environ onze mètres de côté. La clarté diffuse illuminait la pièce jusque dans ses recoins – et au milieu de ce local trônait une machine que le major reconnut à son aspect familier depuis bien longtemps, exactement depuis la première incursion de Rhodan dans le système de Véga, il y avait donc plus de quatre siècles et demi : un transmetteur de matière à cage grillagée…

*
* *

L'appareil était assez grand pour accueillir quatre personnes. Tschaï Kulu et Jefferson pouvaient donc l'utiliser ensemble. Deux questions se posaient cependant : le dispositif fonctionnait-il ? Et où se trouvait la station réceptrice ?

L'Afro-Terranien sursauta quand la porte se referma derrière eux avec un claquement étouffé. Par acquit de conscience, il revint sur ses pas et chercha à l'ouvrir de l'intérieur. Après qu'il eut constaté que rien ne bougeait, il se contenta de sourire.

Compte tenu des explications de Ramdor, il ne s'était pas attendu à autre chose. Le Rouge avait bien dit que personne n'était jamais revenu. Ce qui se comprenait aisément si l'on savait que l'entrée ne fonctionnait que dans un seul sens, et confirmait en même temps la présomption de Kulu selon laquelle tous les visiteurs précédents avaient poursuivi leur chemin en empruntant le transmetteur.

— C'est maintenant que ça se corse, dit-il distraitement à Jefferson. Cela s'est passé trop facilement jusqu'ici pour que la liberté nous tende les bras de l'autre côté. Selon toute vraisemblance, nous tomberons dans un piège. J'espère que tu te rappelleras à temps ton aptitude à changer de plan de réalité !

Le gorille des neiges grommela son approbation, bien que naturellement il n'ait pas compris un traître mot. Il semblait néanmoins pressentir qu'à partir de ce moment il pourrait y avoir du danger.

Le major Kulu pressa le bouton qui faisait remonter la grille du transmetteur puis il franchit le portique, immédiatement suivi par le yéti.

Il fureta en quête d'une autre commande, mais après seulement quelques secondes la herse retomba bruyamment. Un témoin de contrôle s'alluma, émettant une lueur verte.

— En route pour l'Enfer ! murmura le Terranien, dépité. L'appareil était évidemment automatique, à moins qu'il ne fût activé depuis une autre station dès que le socle recevait une charge.

La douleur consécutive à la dématérialisation-rematérialisation fit pousser un gémissement à l'officier.

Sitôt remis du choc du transfert, il chercha Jefferson du regard.

Quand il aperçut le gorille des neiges, il lâcha un soupir de soulagement. Sa seule crainte avait été que le yéti s'enfuie sur un autre niveau d'énergie à cause de la pénible secousse, le laissant seul.

L'animal émit quelques sons plaintifs et se dandina

d'un pied sur l'autre. Il semblait que la commotion du passage dans la cinquième dimension ait été pour lui plus éprouvante encore que pour un humain.

Tschaï Kulu se frotta la nuque avant de se retourner pour sortir de la cage du transmetteur – et se figea, brandissant machinalement son arme, en découvrant la silhouette vêtue de rouge de Ramdor.

— Ramdor… ?

Il avait utilisé l'idiome du Centre. L'humanoïde fit un pas en arrière.

— Tu connais mon frère ? interrogea ce dernier, stupéfait.

Tschaï hocha la tête – avant de prendre conscience que l'étranger ne comprendrait peut-être pas ce geste.

— Si tu n'es pas Ramdor, alors oui, je connais ton frère. C'est lui qui nous a indiqué le chemin menant jusqu'ici.

Interloqué, le petit être le contempla quelques secondes de son regard bleu empli de candeur, puis il enfonça le bouton qui ouvrait la grille du transmetteur.

Le major Kulu sortit, imité par Jefferson.

— Je m'appelle Kulu ! se présenta-t-il.

— Et moi Ramdor, répondit le Rouge.

Le Terranien fronça les sourcils.

— Attends, es-tu Ramdor, ou bien… ?

— Je suis lui, et je suis son frère, précisa l'autre. Tout comme vous deux êtes les frères de vos frères qui sont restés là-bas.

L'officier réalisa à cet instant qu'il tenait toujours son arme braquée sur son vis-à-vis. Il la remit dans son ceinturon et toussota.

— Excuse-moi si je suis trop perturbé pour comprendre, Ramdor. Peux-tu m'expliquer ce qui est censé s'être produit ?

Les traits de l'être vêtu de rouge se fendirent sur un

sourire triste. Il se détourna et alla jusqu'à une porte fermée.

— Nous devons d'abord sortir de cette salle avant l'expiration du délai de sécurité.

Il posa la main sur la serrure thermique. Le panneau coulissa vers le haut, offrant au regard un corridor aux parois de métal. Les yeux de Kulu s'étrécirent. Son instinct d'astronaute lui laissait présager qu'il devait s'attendre à quelques surprises.

Ramdor les guida le long de la coursive et leur fit franchir une porte aussi épaisse que celle d'un sas. Et celle-ci, tout comme la première, glissa verticalement. Tschaï sut que son intuition ne l'avait pas trompé.

Ce qu'il avait à présent sous les yeux n'était rien d'autre que la centrale de commandement d'un vaisseau spatial de taille moyenne.

— Un peu de patience ! lança le Rouge alors que l'officier se précipitait vers le pupitre principal de contrôle.

Le major s'interrompit dans son élan et se tourna de nouveau vers le petit être. Il le fixa en silence, l'œil interrogateur. L'autre lui retourna son regard, l'air moqueur. Pendant ce temps, Jefferson furetait sans vergogne un peu partout, reniflant plus particulièrement les fauteuils-contour. Il espérait apparemment dénicher quelque chose de comestible.

— Si tu crois qu'étant à l'intérieur de ce navire – car il s'agit bel et bien d'un vaisseau spatial – nous pouvons tout simplement le mettre en marche et partir, tu te trompes. N'importe laquelle des commandes est susceptible d'initier l'autodestruction de l'appareil. J'ai longtemps cherché le dispositif déclencheur pour le désactiver, mais sans le trouver.

Le major Kulu émit un rire amer.

Forcément ! Comment avait-il pu s'imaginer ne serait-ce qu'une seconde que l'Alph pût ainsi favoriser sa fuite ? Il n'avait finalement fait que sortir d'une prison pour entrer dans une autre.

Ce transfert avait néanmoins un avantage : au moins pouvait-il maintenant s'employer activement, et dans un environnement familier, à essayer de rejoindre la planète Truuktan.

Une nouvelle idée lui vint à l'esprit.

— Qu'en est-il de l'installation hypercom, Ramdor ? Peut-on la mettre en service sans danger ?

— Sans l'assistance de la positronique principale, Kulu, nous ne pouvons même pas faire fonctionner la climatisation. Rien qu'un simple geste pour mettre en route le chauffe-eau de la cuisine peut provoquer l'autodestruction.

Le Terranien massa ses cicatrices tribales qui avaient changé de couleur sous l'effet de l'excitation, passant au lie-de-vin, et commençaient à le démanger. Brusquement, ses yeux s'écarquillèrent.

Le gorille des neiges était grimpé sur le fauteuil-contour de l'astrogateur et avait posé ses quatre larges pattes antérieures sur le pupitre de commande.

— Recule, Jefferson ! hurla-t-il.

Le yéti redescendit de son perchoir avec un grognement mécontent. Mais au-dessus de la console de navigation s'allumaient déjà les moniteurs de contrôle de trois instruments.

— Ça aurait pu nous péter à la figure ! rouspéta Tschaï Kulu en tirant l'oreille de l'animal. Nous avons eu une sacrée chance que tu n'aies pas activé le système d'autodestruction.

Il tourna la tête en direction de Ramdor.

Mais l'humanoïde gisait au sol. Son thorax se soulevait et s'abaissait fortement. Il avait les sourcils gonflés.

Kulu fut près de lui en quelques enjambées rapides.

Il n'y avait aucun doute ! Ramdor souffrait d'hypothermie.

Le major lui fit avaler un peu d'alcool de ses rations de survie, bien que cela soit généralement un peu risqué de donner du liquide à un individu inconscient. Cependant le Rouge ouvrit presque tout de suite les yeux avant de se mettre à tousser et à cracher pendant d'interminables secondes. Puis il parla.

— Froid ! Pas d'air ! Je…

Il se rendit alors apparemment compte qu'il se trouvait dans le poste central. Une expression de frayeur sur ses traits, il regarda vers le pupitre de navigation au-dessus duquel les trois écrans étaient toujours allumés.

Tschaï comprit ce qui s'était passé.

— Ce fut très irréfléchi de ta part, mon ami, dit-il en aidant l'humanoïde à se relever. Quand tu t'es aperçu de l'imprudence de Jefferson, tu t'es téléporté, pas vrai ?

— Oui. Je me suis retrouvé au-dehors, dans l'espace. C'était horrible. Je pensais que le vaisseau allait exploser. Mais je ne voyais rien car je devais garder les yeux fermés pour éviter qu'ils ne gèlent ou ne se dessèchent instantanément dans le vide. J'ai apparemment eu le réflexe instinctif de me retéléporter à mon point de départ.

Le major l'ausculta rapidement, sans découvrir de gelure sérieuse. Le petit être l'avait échappé belle.

— Tu n'as rien de grave, conclut-il. Si tu te sens assez en forme, j'aimerais que tu m'expliques quelque chose, notamment ton affirmation comme quoi tu serais à la fois Ramdor et son frère, ou plutôt ton propre frère.

— Je suis surpris du calme avec lequel tu admets cela, répondit l'autre. (Le ton de sa voix exprimait un respect nouveau pour le Terranien à la peau noire.) Toujours est-il que tu sembles avoir déjà compris de quoi il s'agit.

— Je voudrais quand même l'entendre de toi, précisa Tschaï.

— Soit ! murmura la créature vêtue de rouge. Je suis

originaire de la planète Tarfol, dans le secteur de Quanda. J'appartiens à une race de téléporteurs naturels mais les Constructeurs du Centre ont ordonné il y a longtemps que la zone cérébrale concernée devait être détruite chez tous les nouveau-nés, leur supprimant ainsi cette capacité. Pourtant, depuis quelque temps, de plus en plus de parents tentent de transgresser ce décret en dissimulant leur progéniture. Malgré tout, le plus souvent ils sont découverts et le traitement a quand même lieu. Je suis un des rares Tarfoliens à n'avoir pas été repérés. On m'avait fait embarquer avec d'autres enfants dans un vaisseau spatial construit en secret, pour nous conduire sur un monde ancien dont la civilisation avait disparu. Là-bas, nous pouvions facilement échapper aux investigations des soldats.

Il fit une pause. Les émotions se succédaient sur son petit visage et ses yeux d'azur brillaient d'une haine ardente.

— Mais nous avions bien d'autres dangers à affronter. Parmi tous, je fus le seul à franchir vivant le cap de l'enfance et de l'adolescence. Devenu adulte, j'étais capable de maîtriser toutes les installations de notre astronef. Je m'efforçai d'acquérir par la lecture et l'hypnopédie un maximum des connaissances que pouvait me procurer le vaisseau, et me choisis un objectif. Ma cible était une planète proche du moyeu de la galaxie, sur laquelle les fameux Constructeurs du Centre étaient supposés résider. J'étais décidé à leur expliquer quel malheur s'était abattu sur ma race à cause de leurs décrets.

« Je sais aujourd'hui que les dictateurs ne sont accessibles ni à la logique ni à aucune argumentation qui n'est pas la leur. Ils sont par essence inflexibles dans leurs raisonnements et sourds à tout le reste.

« Je fus arrêté. Toutefois, comme je n'avais pas encore été opéré, je parvins à fuir. Je me transportai vers le satellite naturel du monde central puis m'introduisis dans un transmetteur pour me rematérialiser dans la station réceptrice d'un générateur énergétique planétaire.

Tschaï Kulu eut un sourire de commisération. Il devinait la suite. A partir de ce point, leurs destins avaient convergé.

— Une partie de l'Alph me détecta et me transféra à l'aide d'une espèce de machine sur un monde à partir duquel s'ouvrait un passage vers la planète que tu as baptisée Firestone. Me déplaçant grâce à mon talent, je découvris la pyramide et pénétrai dans la salle du transmetteur. En tant que téléporteur naturel, je ressentis consciemment une partie du processus de dématérialisation. C'est cela qui m'a permis de savoir que mon corps originel était resté sur Firestone et que j'avais été reconstitué ici selon le schéma émis, à partir de matière organique amorphe. C'est pourquoi j'ai parlé de mon frère Ramdor, car le premier corps n'est-il pas à l'évidence le frère du deuxième… ?

Le major déglutit bruyamment.

Il avait beau s'être attendu à ce qui venait de lui être narré, il était bouleversé. Le fait de savoir qu'il était en réalité toujours sur Firestone l'avait choqué au point qu'il en tremblait de tous ses membres. Il mit un moment à reprendre le contrôle sur lui-même. Quand il fut de nouveau capable de penser clairement, une objection lui vint à l'esprit.

— Qu'est donc devenu ton premier corps, Ramdor ? Quand nous sommes entrés dans la pyramide du transmetteur, la salle était vide.

Il n'avait pas fini de parler que l'évidence lui apparut.

Ils l'avaient vu, le premier corps du Tarfolien – hors de l'édifice, et loin des montagnes de Firestone. Il leur avait montré le chemin de la pyramide afin d'amener de la compagnie à son frère – tout en gardant celle des véritables Tschaï et Jefferson. Et son refus de les accompagner jusqu'au bout était tout aussi flagrant. Il était déjà assez dur de savoir qu'on existait non pas une mais deux fois. Un troisième exemplaire était inconcevable !

*
* *

— Je vois que tu as compris tout seul, chuchota Ramdor. La situation est tragique, car vivre en société avec son frère serait intellectuellement étouffant – et vivre séparés signifie que l'on ne cesserait de se demander lequel est réellement l'original.

— Nous pourrions résoudre ce dilemme, avança Tschaï d'une voix sans timbre. Nous devons rallier Firestone avec ce navire, faire monter nos frères à bord, et ensuite nous suicider – car nous ne sommes rien de plus que des reproductions, et les copies de créatures vivantes n'ont aucun droit à l'existence.

— Je ne suis pas de cet avis, répliqua le Tarfolien, indécis. Je me sens pleinement vivant en tant qu'individu : je pense, j'éprouve des émotions et je dispose de la totalité des souvenirs et de l'expérience du premier Ramdor. Concrètement, je suis tout aussi Ramdor que lui.

Le major Kulu haussa les épaules.

— D'accord, d'accord ! Nous verrons cela plus tard. Ce qui m'intéresse pour le moment, c'est de savoir d'où vient ce vaisseau et quelle est sa position. Es-tu en mesure de m'éclairer là-dessus ?

Le Rouge le considéra d'un air navré.

— Ne t'ai-je pas expliqué que n'importe lequel des commutateurs qui se trouvent dans tout le navire peut activer le circuit d'autodestruction ? Lorsque j'ai surgi ici, une voix artificielle a attiré mon attention sur ce danger et a ajouté que si je voulais survivre j'avais intérêt à en avertir tout nouvel arrivant éventuel. En conséquence j'ai estimé qu'il serait trop risqué de mettre en service les écrans panoramiques ou la centrale de détection.

— Une manière comme une autre de jouer à la roulette russe, commenta Kulu, en veine d'humour noir.

— Roulette russe ? Qu'est-ce donc ? demanda Ramdor.

Le major ricana.

— Un ancien jeu de ma race, à moitié oublié. Le joueur place contre sa tempe le canon d'une arme à feu à barillet, fait tourner celui-ci, qui est chargé d'une seule balle, et appuie sur la détente. Selon le modèle de l'arme utilisée, ses chances de survie sont de cinq ou sept contre une.

Le Tarfolien frémit.

— Quel jeu barbare ! Quelle sorte de race est donc la tienne, Kulu, pour accorder si peu de cas à la vie ?

Le Terranien redevint sérieux.

— Jadis nous étions une race immature, bourrée de défauts, dont les représentants ne cessaient de se combattre les uns les autres, avec cependant assez d'intelligence pour concevoir des moyens de plus en plus efficaces à mettre en œuvre dans nos guerres fratricides. Mais dès que nous avons fait nos premiers pas hors de notre monde natal et rencontré une civilisation évoluée, tout a changé. Aujourd'hui, c'est avec compassion que nous songeons à nos ancêtres qui ont été bien près de disparaître. Peut-être que cela n'aurait pas été une grande perte pour l'Univers, toujours est-il que nous sommes sortis purifiés de ce cauchemar. Seuls notre esprit combatif et notre audace ont subsisté, et nous utilisons désormais ces capacités au service du bien.

Il médita un instant et en arriva à la conclusion que son compagnon de captivité était prêt à apprendre d'où il venait.

— Ma planète natale n'appartient pas à cet univers-île, Ramdor. Et de nombreuses galaxies nous séparent de notre patrie. Un de nos vaisseaux spatiaux a été projeté ici alors que nous nous défendions contre un adversaire animé d'intentions peu amènes. Réduits à nos propres forces, nous ne pourrons jamais retourner chez nous. C'est pourquoi nous sommes à la recherche de ressources technologiques et d'amis qui puissent nous aider et soient disposés à le faire. – Cet animal, que j'appelle Jefferson, m'a entraîné jusqu'à un générateur planétaire en changeant de niveau de réalité. A partir de ce moment, nous avons vécu les mêmes tribulations que toi.

Il pivota et désigna les pupitres de contrôle de la centrale de commandement.

— Les nefs de ma race présentent un agencement intérieur similaire. On pourrait presque croire que…

Il tressaillit sous le premier assaut d'une révélation imminente. En quelques rapides enjambées il atteignit la console la plus proche et se mit à l'inspecter du regard, s'attardant sur les diverses inscriptions.

Puis il se retourna avec lenteur, les épaules tombantes.

— *C'est* un navire de mon peuple !

En lui-même, il ajouta : *Et je voudrais bien savoir comment il est arrivé dans M 87, puis ce qu'il est advenu de l'équipage !*

CHAPITRE V

Les Dumfries répondirent au Skovarto dans l'idiome du Centre et avec respect. Ils lui firent toutefois clairement comprendre qu'il était leur prisonnier.

Perry Rhodan ne connaissait le chef des Skovars que depuis peu de temps. Néanmoins, comme cette créature ressemblait fortement à un Halutien, il fut en mesure de remarquer la colère croissante du Commandeur.

Il ne fut donc pas surpris quand l'être à la fourrure noire balaya les jambes des six soldats d'un mouvement facétieux de ses bras. Le Skovarto se lança à l'attaque de toute sa force colossale. Hormis le fait qu'il ne semblait pas capable de se transmuter à la manière d'Icho Tolot en une masse cristalline vivante plus dure qu'un bloc de terkonite, sa tactique offensive était tellement similaire à celle d'un Halutien qu'un observateur non prévenu aurait pu s'y méprendre.

Rhodan sortit de son immobilité lorsqu'une arme appartenant à l'un des Dumfries glissa par terre pour aboutir juste à ses pieds. Le Stellarque la ramassa prestement tandis qu'une des créatures à tête de crapaud se précipitait vers lui. Il visa l'arrivant et appuya sur la détente de toute la force de son pouce.

L'individu se figea presque instantanément. Une fraction de seconde plus tard, son engourdissement se mua en cette sorte de crise épileptique dont Perry avait déjà lui-même été victime lors de sa capture, juste avant d'être incarcéré dans la forteresse. L'être tomba au sol, son cerveau incapable de conserver le contrôle de ses muscles.

Le tir d'un autre radiant vibratoire passa à sa gauche.

Le Stellarque tourna la tête et identifia John Marshall qui, appuyé contre la paroi du transmetteur, avait pris pour cible un Dumfrie qui s'apprêtait à sortir de l'appareil. La créature batracienne s'effondra sans avoir franchi le portique, empêchant ainsi le mécanisme de procéder à de nouveaux transferts. Un signal d'alarme se mit à hululer.

Le Skovarto acheva de mettre hors de combat le dernier Dumfrie présent, d'un mouvement de la main presque moqueur. Puis, constatant que la machine était hors service, il éclata d'un rire tonitruant.

Un Halutien ne se serait pas comporté différemment.

Perry parvint enfin à se rétablir sur pieds bien que son dos le fît encore horriblement souffrir. Il ramassa une deuxième arme à effet vibratoire et la glissa dans son ceinturon, conservant la première en main.

Marshall le rejoignit d'une démarche chancelante.

— Et maintenant ? questionna-t-il. Ne ferions-nous pas mieux de détruire les transmetteurs avant de poursuivre notre évasion ?

Rhodan hocha la tête et lança un regard interrogateur au Skovarto.

Lequel ne s'attarda pas en paroles inutiles. Il prit le thermoradiant qu'il avait évidemment subtilisé à un Dumfrie et, de quelques courtes rafales, pulvérisa les principaux circuits de la première machine.

Puis il mit en marche le second appareil et garda une main appuyée sur la plaque d'activation, de sorte que le dispositif ne puisse être basculé en mode de réception par aucune station distante.

Il ne prononça pas un mot mais son invitation muette était éloquente. Perry se décida.

Il jeta aux soldats – les uns assommés, les autres toujours sous emprise épileptique – un dernier regard et pénétra dans l'enceinte grillagée ouverte du transmetteur.

Le télépathe le suivit. Lui aussi en avait profité pour s'équiper d'une paire de radiants.

Quand les deux Terraniens furent aux côtés du Skovarto, celui-ci les gratifia d'un rictus qui devait être une sorte de sourire puis il appuya sur la touche de commande avec l'une de ses mains inférieures.

Le choc de la transition fut infime, signe indubitable que la distance parcourue était très limitée.

Comme ils s'étaient rematérialisés à l'intérieur d'une salle semblable à celle qu'ils venaient de quitter, Rhodan en conclut qu'ils étaient toujours au sein de la forteresse d'acier.

Ils sortirent de la station réceptrice. Marshall se dirigea immédiatement vers l'une des parois de la pièce, qui présentait une section transparente. Le Stellarque lui emboîta le pas.

Son pressentiment ne l'avait pas trompé.

Ce local se trouvait dans les étages supérieurs d'une des tours de huit cents mètres de haut. De ce point on pouvait contempler la plus grande partie du colossal bastion, les divers boucliers énergétiques, dômes, cours intérieures, et la toile d'araignée des murs de séparation et des passerelles.

Et au-dessus de tout cela s'incurvait la barrière infrangible de la coupole de force analogue aux écrans SH des Terraniens, capable de faire obstacle même au téléporteur le plus doué.

Perry Rhodan s'interrogea sur le moyen par lequel ils allaient bien pouvoir sortir de la forteresse dans de pareilles conditions. Le délai de trois heures qu'il avait donné à Atlan courait toujours. Le *Krest IV* n'était donc pas encore sur le point d'intervenir pour faire comprendre aux maîtres de céans que son armement était supérieur à celui de cet édifice.

Compte tenu des circonstances, il y n'avait guère d'autre stratégie envisageable que de résister à l'adversaire et de tout mettre en œuvre pour ne pas être repris avant l'entrée en scène d'Atlan.

Un cri horrifié l'arracha à ses songeries.

John Marshall lui désigna d'une main tremblante cinq spirales d'énergie rougeoyantes qui tournoyaient à l'intérieur de la salle. L'une de celles-ci vint au contact de la cage grillagée du transmetteur par lequel ils étaient arrivés quelques instants auparavant. Il y eut une fulgurance aveuglante. Des éclairs zébrèrent la halle et un intense fracas meurtrit les tympans des deux hommes.

Le Skovarto avait probablement mis l'appareil hors d'usage à la seconde même où cinq de leurs poursuivants reprenaient consistance. Le processus avait été interrompu, et les Dumfries étaient restés à l'état de configurations semi-matérielles tourbillonnantes qui subsisteraient jusqu'à épuisement de leur énergie.

Une autre spirale entra en contact avec la grille du transmetteur qui, dans un dernier sursaut dynamique, renvoya là d'où ils étaient venus les agrégats tournoyants se trouvant encore à l'intérieur.

Le chef des Skovars poussa un cri et fit signe à ses compagnons de cavale. Il avait évidemment rendu inutilisable la deuxième machine tout autant que la première. Le choc d'un des vortex flamboyants contre une console de commande convainquit les Terraniens qu'il y avait urgence. Des débris incandescents volèrent à travers la salle.

Marshall et Rhodan rejoignirent le Skovarto alors qu'il venait d'ouvrir un panneau coulissant.

Tétanisés, ils fixèrent l'embouchure béante d'une glissière hélicoïdale menant vers des profondeurs indéterminées. Perry ne put s'empêcher de penser à la hauteur de la tour. S'ils descendaient par là, ils seraient bons à ramasser à la petite cuillère une fois arrivés en bas. Ce qui paraissait ne donner aucun état d'âme au Commandeur.

L'être à la fourrure noire leur lança ce qui lui tenait lieu de sourire, les invita à le suivre puis plongea sur le revêtement de la glissière, lisse comme un miroir et incurvé comme une piste de bobsleigh. Il disparut presque immédiatement au-delà de la première courbe.

Les deux humains se consultèrent du regard. Ils hésitaient encore, mais de nouvelles déflagrations dans leurs dos les contraignirent à se décider en vitesse. Au final, ils n'avaient pas le choix.

Le Stellarque fit un signe de tête au télépathe et sauta. Il sentit à quel point la surface était polie, vit les parois se ruer à sa rencontre et se mit à parcourir le circuit en hélice si rapidement qu'un voile noir lui obscurcit la vue.

Impuissant, il attendit le choc…

*
* *

Un soupçon naquit dans l'esprit de Kulu et mourut sitôt qu'il eut regardé d'un peu plus près les pupitres de commande.

— Non. Les Constructeurs du Centre ne sont pas des Lémuriens qui se seraient échoués avec ce vaisseau dans M 87 il y a cinquante mille ans et se seraient emparés du pouvoir dans cette galaxie…

— Explique-moi votre système de mesure du temps, veux-tu ? demanda Ramdor. Je voudrais te raconter quelque chose, mais cela n'aura de sens pour toi que si je puis convertir mes unités dans les tiennes.

Tschaï Kulu donna au Tarfolien les divers exemples-types ordinairement utilisés pour permettre d'établir les correspondances des durées lors des prises de contact avec des races étrangères. Aux yeux du profane, la conversion des unités de temps semblait chose facile. Pourtant, pour quelqu'un de suffisamment instruit dans cette matière, parvenir à un résultat exact était quasiment utopique. De fait, quelle que soit la planète, aussi bien les unités habituelles de mesure des distances, du temps, des coordonnées spatiales étaient inutilisables puisque sur chaque monde le rythme temporel était étalonné d'après la durée de rotation de l'astre sur lui-même et selon sa période de révolution autour de son ou de ses soleils, ce à quoi s'ajoutait généralement une troisième unité associée au cycle d'un autre corps céleste. Pour ce qui était des mesures spatiales, il pouvait exister un ou plusieurs systèmes « métriques », dans lesquels l'équivalent du mètre ne lui était jamais identique, à moins que la planète en question n'eût exactement le même diamètre et la même pesanteur que la Terre, chose qui était plus que rarissime. La distance correspondant à une seconde-lumière, quant à elle, était évidemment dépendante des systèmes de mesure propres à chaque globe. En fin de compte devaient coexister dans la Voie Lactée des millions d'« années-lumière » différentes, associées à autant de mondes ayant des caractéristiques distinctes.

C'était pourquoi les proportions des planètes, les orbites, durées de rotation et éloignements entre corps célestes devaient toujours être ramenés à une aune commune avant tout début de conversion.

Après une épuisante demi-heure d'échange d'informations, Ramdor et Kulu vinrent à bout de ce problème.

Le Tarfolien était maintenant en mesure de fournir les renseignements promis.

— Il y a plus de cinquante mille de vos années terriennes, dit-il, furent posées les bases de l'unification de cette galaxie. Nous pûmes alors chasser les Bestians. Mais ils tentèrent de revenir. Ce fut pour cette raison que nous nous soumîmes volontairement à une organisation qui ne laissait que peu de place aux libertés individuelles, et à la tête de laquelle se trouvaient les Constructeurs du Centre.

Le major Kulu médita ces paroles. Il établit un parallèle entre l'apparition des Halutiens dans la Voie Lactée voici plus de cinquante mille ans en chronologie terrestre et l'expulsion hors de M 87 de ces créatures, ressemblant comme deux gouttes d'eau à des Halutiens, que Ramdor appelait « Bestians ».

Et de toutes les races de l'univers connu par les Terraniens, seuls les Halutiens disposaient de blocs-propulsion susceptibles de permettre le franchissement d'une distance aussi incommensurable que celle qui séparait la Voie Lactée de M 87.

Y seraient-ils arrivés en tant que réfugiés à l'époque de la chute de la Première Humanité ?

En termes terriens, le nom de « Prédateurs » aurait à peine rendu justice au comportement des Halutiens de ce temps-là. Tout compte fait, « Bestians » n'en était guère éloigné. Il n'y avait eu aucune nécessité pour eux de saccager l'Impérium de Lémuria, ni de ravager ou même détruire des milliers de mondes habités. Ils avaient pourtant conduit leur entreprise de dévastation avec l'inexorabilité de fanatiques.

De plus, quel était le rapport entre les Halutiens pacifistes d'aujourd'hui et ces êtres halutimorphes, qui se baptisaient eux-mêmes Bi-Conditionnés et menaient depuis les Nuages de Magellan une « opération de police » contre l'humanité sous prétexte qu'ils étaient chargés de veiller à ce qu'aucun paradoxe temporel ne se produise ?

Avaient-ils auparavant bouleversé de même la galaxie M 87 ?

Compte tenu de ces circonstances, Tschaï Kulu préféra passer sous silence la présence des deux savants halutiens qui étaient arrivés en compagnie du *Krest IV*.

— Non… murmura-t-il. Ce vaisseau est vieux de tout au plus quelques centaines d'années. Au bout de cinquante mille ans, même les meilleures installations ne pourraient avoir conservé l'aspect du neuf. Il s'ensuit que l'équipage terranien ne peut qu'avoir été déporté par l'Alph.

Ses pensées se tournèrent vers Firestone – et vers le Halutien qui n'avait pas hésité à tenter de s'en prendre à lui…

— Je vais aller dans la cabine de l'ancien commandant pour essayer de trouver des documents écrits concernant ce navire, son équipage et sa mission. Il est dommage que nous ne puissions consulter le livre de bord positronique.

— A moins que nous ne voulions jouer à la roulette russe ! sourit Ramdor.

Kulu s'esclaffa et donna une telle tape dans le dos du Tarfolien que la créature vêtue de rouge faillit perdre l'équilibre.

Il héla ensuite Jefferson et lui ordonna de ne pas le quitter d'une semelle. Tout en posant sa paume sur la serrure thermique du panneau central, il songea qu'il était heureux qu'au moins les circuits des portes soient utilisables sans risque. Dans le cas contraire, ils n'auraient même pas pu se déplacer dans le vaisseau.

La cabine du commandant se situait à proximité immédiate du poste central. Le panneau y donnant accès glissa latéralement dès que Kulu eut placé sa main sur la fermeture. Le major entra dans un vestibule décoré avec un goût certain de peintures bucoliques chinoises sur papier. En regardant de plus près, il constata qu'il s'agissait d'originaux et non de quelconques reproductions bon marché comme on en trouvait à foison sur tous les mondes terraniens. Et puisque les œuvres originales étaient censées être hors de prix, Tschaï Kulu présuma que le peintre devait avoir été un des membres de l'équipage.

Abandonnant là ses réflexions, il ouvrit la porte de l'appartement proprement dit. Il découvrit là aussi des décorations chinoises, sur des tentures de cuir blanc cette fois. Le reste de l'ameublement prouvait à l'envi que le commandant avait été un Terranien originaire de la région extrême-orientale du continent asiatique.

Pensif, Tschaï Kulu ramassa un rouleau de parchemin couvert de symboles scripturaux. L'écriture s'interrompait au milieu de l'une des lignes verticales. L'officier avait peut-être suspendu son travail de rédaction quand le vaisseau s'était retrouvé projeté dans cette galaxie par un facteur inconnu.

Il n'eut aucune peine à imaginer le désespoir qui avait dû s'emparer de ces hommes. Déjà que parmi les passagers du *Krest IV* il y avait eu plusieurs cas d'effondrement psychique parce que les chances de retour étaient quasi inexistantes, et pourtant ce personnel se composait de soldats d'élite triés sur le volet ainsi que de scientifiques ! Combien plus dévastatrice avait dû être la prise de conscience de cette situation sur un équipage ordinaire…

Alors qu'il redoutait déjà que tout ce qu'avait calligraphié le commandant l'eût été dans l'ancienne écriture idéographique chinoise, il finit par mettre la main sur un petit carnet rouge dont le contenu était rédigé en intergalacte.

Il se laissa lentement glisser dans un fauteuil surbaissé et parcourut la dernière page utilisée.

A bord du Minhau, *le 4 avril 2321, temps standard. Notre astronef scientifique privé a été attaqué ce matin, dans le secteur de la nébuleuse d'Orion, par un navire inconnu d'environ cent mètres de diamètre, peu après que le professeur Liumbwe eut effectué le second test de sa machine temporelle linéaire en moins d'un mois. S'il existe un lien entre ces essais et l'agression étrangère, il n'a pas encore été découvert.*

Au moment où nous commencions à nous défendre, un phénomène hyperénergétique de nature non clairement identifiée s'est produit. Quand la situation à l'intérieur du vaisseau est redevenue normale, les astrogateurs ont déterminé que nous nous trouvions au sein d'une autre galaxie, probablement M 87. Personnellement, je n'accorde guère foi en cette fantastique possibilité, car M 87 se situe à quelque trente millions d'années-lumière de la Voie Lactée.

Le Département des Hyperénergies.

Le compte rendu s'interrompait brutalement sur ces mots. Un peu plus bas, le rédacteur avait griffonné à la hâte une dernière phrase.

Objet non identifié en approche. Terminé. Commandant Liu Kaïlong.

*
* *

La suite des événements – du moins pour la partie qui s'était déroulée à bord de ce navire – était facile à deviner. Immédiatement après l'annonce, le commandant s'était empressé de rejoindre le poste central afin de suivre l'approche de la chose étrangère, qui n'avait pu être qu'un vaisseau spatial.

Les occupants de la nef inconnue avaient capturé l'équipage du *Minhau* – comment, on ne le saurait peut-être jamais. Les prisonniers avaient ensuite été emmenés ailleurs. Ce qui s'était passé ultérieurement ne pouvait que faire l'objet de suppositions. La seule certitude était que nul n'avait réintégré le *Minhau*, sinon Liu Kaïlong aurait certainement essayé de mettre ses notes à jour.

Le major Tschaï Kulu se demanda si le navire scientifique privé n'aurait pas été expédié dans M 87 par un champ paratronique. Le fait que la nef inconnue s'en était approchée peu après qu'avaient eu lieu deux expériences temporelles penchait en faveur d'une intervention de la police du temps. Selon toute vraisemblance, les activités menées à bord du *Minhau* l'avaient été en infraction avec la législation de l'Empire Solaire, sinon la disparition du vaisseau aurait été consignée dans l'Encyclopédie de l'Humanité – et Kulu aurait lu le compte rendu correspondant.

— Le plus surprenant est que le *Minhau* a été transféré dans M 87 tout comme le *Krest IV*. On peut en conclure que les Bi-Conditionnés ont un rapport avec cette galaxie.

— Que veux-tu dire par là ? demanda Ramdor.

Le major afficha un sourire triste.

— Que nous luttons contre ces « Bestians » que vous avez chassés voici cinq cents siècles !

Les yeux bleus du Tarfolien s'étrécirent et il se mit à contempler pensivement le plafond de la cabine.

— Et si les Bestians cherchaient le moyen de revenir dans notre Nébuleuse… ?

— Ils l'ont probablement déjà découvert, répondit Kulu. Seulement ils ne prennent pas le risque d'apparaître avec leurs propres navires, ils utilisent ceux d'autres races comme sujets d'expérience anonymes.

« Toutefois, il faut bien qu'ils sachent si leurs cobayes arrivent effectivement dans votre galaxie. Ils ont donc besoin d'un hyperémetteur d'une portée fantastique… ou d'un moyen de liaison.

— Je crains… déclara posément Ramdor, qu'ils ne disposent d'un temps infini et puissent donc patienter jusqu'à ce que les « messagers » en question reviennent tout seuls – comme nous, par exemple…

Le major Kulu déglutit convulsivement.

Certes, ce que le Tarfolien venait d'énoncer allait quand même un peu loin, mais restait malgré tout du domaine du possible. Et tout vaisseau spatial abandonné retrouvant tôt ou tard un nouveau possesseur, les Constructeurs du Centre se doutaient peut-être que les bannis de Firestone seraient contraints d'utiliser conjointement leur intelligence et leur circonspection pour localiser et désactiver le dispositif d'autodestruction du *Minhau*. Celui qui y parviendrait découvrirait sans doute également le moyen de retourner dans sa galaxie-patrie, que les descendants des Bestians exilés continuaient – toujours selon l'optique des Constructeurs – à mettre à feu et à sang.

Et en suivant le fil de ce raisonnement, d'ici à ce que les maîtres de M 87 aient équipé le vaisseau d'une arme secrète qui menacerait non seulement les Bestians mais tous les mondes habités de la Voie Lactée, il n'y avait qu'un pas.

Le *Minhau* ne devait surtout pas revenir, jamais !

Néanmoins, rien ne lui interdisait de prendre contact avec le *Krest IV*. Les données recueillies jusqu'à maintenant par le major Kulu lui paraissaient trop phénoménales et trop cruciales pour ne pas être exploitées au plus tôt.

Il redressa la tête en arborant un sourire si froid et si peu amène que le Tarfolien sembla frémir.

— Nous n'avons pas trente-six options, Ramdor ! déclara-t-il. Nous devons neutraliser le circuit de destruction. Ce n'est qu'ainsi que nous nous approcherons du but. Si cela se trouve, ce dispositif n'est qu'un bluff.

— Tu as perdu l'esprit ! chuinta l'humanoïde. Ce... ce serait comme si nous voulions... jouer à... la roulette russe !

L'officier dodelina du chef.

— Pas tout à fait. Car nos originaux sont restés sur Firestone. Si nous ne nous manifestons pas bientôt, ils entreprendront certainement une nouvelle tentative – c'est du moins ce que risquera mon « frère » Tschaï, tel que je le connais...

*
* *

Le major et le Tarfolien s'étaient placés chacun d'un côté de Jefferson. Ils se tenaient si proches les uns des autres que leurs corps restaient en contact permanent entre eux. De la sorte, Kulu espérait qu'en cas d'explosion ils pourraient passer ensemble sur un plan de réalité différent, emmenés par le gorille des neiges.

Ils se trouvaient devant le pupitre principal de contrôle de l'installation hypercom. Bien sûr, elle n'était pas du dernier cri comme sur le vaisseau amiral de l'Empire, néanmoins sa puissance se situait à peine en dessous de celle d'un ultracroiseur de classe Galaxie. Ce qui n'avait rien d'étonnant : un navire scientifique, susceptible de s'écarter fortement des secteurs fréquentés, devait être capable d'émettre un message de détresse à très longue portée.

Théoriquement, cet équipement devrait suffire pour atteindre le *Krest IV* – s'il était toujours dans le système de Truuktan.

Malgré son assurance et en dépit de ce qu'il ne cessait de se répéter, à savoir que dans le pire des cas ce ne serait pas lui qui mourrait mais seulement un double, l'Afro-Terranien transpirait de tous ses pores en posant son index sur la touche de mise en marche de l'émetteur hypercom.

Lorsque les moniteurs de contrôle s'allumèrent d'un coup, Ramdor émit un cri perçant. Le Tarfolien fit mine de se sauver mais Tschaï Kulu le retint.

— Il n'est rien arrivé, constata-t-il. Ne sois donc pas si nerveux.

— Je n'ai rien d'un joueur de roulette russe terranien ! gémit le Rouge. Quand… tout s'est illuminé autour de moi, j'ai cru que nous… nous avions déjà été réduits à l'état de pure énergie.

Kulu ne put s'empêcher de ricaner malgré lui.

— Tu n'es pas dépourvu d'un certain sens de l'humour, Rammy, je dois le reconnaître. – A présent, passons à la phase deux !

Il n'eut cette fois pas l'ombre d'une hésitation et alluma immédiatement l'hyperdétecteur omnidirectionnel.

Et, comme précédemment, aucune explosion ne s'ensuivit.

— Apparemment, le système d'autodestruction – s'il existe – doit se trouver quelque part du côté des blocs-propulsion ou des commandes de pilotage, murmura Tschaï. Les Constructeurs du Centre doivent avoir estimé que le plus important était d'éviter que ce vaisseau ne quitte sa position actuelle.

Les cercles colorés sur l'écran principal finirent par se superposer et fusionner en un point de lumière blanche, puis la détection s'interrompit.

— Parfait ! Ce doit être lui ! soupira l'officier. Maintenant, si nous émettons à puissance maximale, ils devraient nous recevoir.

Il augmenta l'intensité de l'alimentation en énergie de l'hypercom et activa le modulateur. Puis il enfonça la touche de communication vocale, renonçant à tout cryptage.

— Ici le major Kulu ! J'appelle le centralcom du *Krest IV*. *Krest IV*, répondez s'il vous plaît !

Il dut répéter son message douze fois avant d'entendre le murmure d'une voix appartenant sans conteste à un Terranien.

— Ici le centralcom du *Krest IV* ! Nous appelons le major Kulu ! Répondez, s'il vous plaît !

— Ici le major Kulu ! cria presque Tschaï, au comble de l'excitation. Passez-moi le Stellarque ou le Lord-Amiral, et vite ! Degré d'urgence maximum ! (Il prit une profonde inspiration.) Et essayez de me localiser !

— Le Lord-Amiral Atlan a été averti, chuchota la voix. (Elle s'était affaiblie au point que Tschaï Kulu peinait à comprendre, et ce bien que l'installation du centralcom de la nef scientifique fût réglée à fond.) Tentative de localisation effectuée par la centrale de détection, mais résultat imprécis. Je dois vous demander si vous ne seriez pas dans les environs du faisceau radiant bleu qui émane du cœur de la galaxie. Répondez, major !

— Je n'en sais strictement rien ! hurla l'interpellé. Je me trouve dans le vaisseau privé disparu *Minhau*, sans aucun contact avec l'extérieur. Il faut à tout prix que vous essayiez d'établir ma position !

— Allô, major Kulu, murmura le haut-parleur. Répondez, major ! Veuillez nous donner le plus de détails possible sur votre…

Le volume de la voix avait décru progressivement jusqu'à s'éteindre complètement. Seul resta audible un bruit de friture qui, lui, allait *crescendo*.

Kulu essuya d'une main la transpiration qui lui coulait dans les yeux.

— Il semblerait que nous soyons effectivement très près de la Radiance du Centre. D'où les perturbations.

Il se tourna et planta son regard dans celui du Tarfolien.

— Nous n'y arriverons pas ainsi, Ramdor. Nous devons appareiller !

*
* *

L'humanoïde vêtu de rouge paraissait complètement brisé sur le plan psychique. Du moins Tschaï Kulu ne pouvait s'expliquer autrement le fait surprenant que son compagnon d'infortune ne s'insurgeât pas contre cette nouvelle « tentative de suicide ».

Il prit le Tarfolien par le bras et le remorqua jusque dans la centrale de commandement du *Minhau*. Jefferson suivit docilement, comme un bichon terranien. Il persistait à appuyer son mufle contre les poches extérieures de la combinaison de Kulu, mais le major n'était pas d'humeur à donner satisfaction au quémandeur.

Loin à l'intérieur de la nef sphérique de quatre-vingts mètres de diamètre, les générateurs se mirent en marche dans un grondement sourd. Les écrans panoramiques affichèrent l'éclat aveuglant des régions centrales de M 87. Les automatismes de détection livrèrent un flot de données que la positronique absorba immédiatement. Le major attendit qu'en ressortît une synthèse globale, car un humain ordinaire était bien incapable d'analyser directement des milliers de relevés.

Ramdor n'était pour le moment d'aucun secours. Le Tarfolien ignorait tout des vaisseaux terraniens, et même si son séjour dans le *Minhau* durait déjà depuis un certain temps il n'avait pu acquérir la moindre connaissance puisqu'il avait jusqu'à maintenant évité de toucher à quoi que ce soit – surtout pas aux systèmes d'alimentation en énergie.

Quand le cerveau P eut terminé de compiler les informations transmises par la détection pour les convertir en données de navigation, Kulu dut admettre que son projet de retour vers le *Krest IV* péchait par excès d'optimisme.

Dans les blocs mémoriels de la positronique d'astrogation, la galaxie M 87 n'était pas répertoriée, ni évidemment le système de Truuktan. Ce qui signifiait que le major ne disposait d'aucune référence permettant de calculer sa propre position et encore moins celle du *Krest IV*. Le fait de savoir que le *Minhau* se trouvait à environ dix mille années-lumière du centre de cet univers-île tandis que Truuktan en était éloignée d'approximativement trente-cinq mille ne l'aidait nullement puisque cela ne fournissait aucune indication directionnelle. En outre, il n'avait pas davantage été convenu d'un point fixe à partir duquel une estimation de repérage aurait été possible.

Tschaï Kulu s'en voulut de n'avoir pas essayé de localiser lui-même la source émettrice qu'était le *Krest IV* pendant le bref contact hypercom qu'il avait eu avec l'ultracroiseur. Quoiqu'il eût probablement échoué.

Ce fut Ramdor qui apporta la première lueur d'espoir dans son noir abattement.

— J'ai découvert un repère, Kulu ! héla-t-il le Terranien en revenant de la centrale de détection.

Tous deux s'empressèrent d'y retourner. Le Tarfolien avait focalisé et agrandi l'image de l'écran de contrôle sur un groupe de trois géantes rouges.

— Il ne s'agit pas de trois étoiles différentes mais d'un système ternaire dépourvu de cortège planétaire. Dans vos unités de mesure, ces astres sont séparés… (Il fit un rapide calcul mental.) … de deux centièmes d'année-lumière les uns des autres.

Tschaï regarda les indications affichées et émit un sifflement.

— A seulement sept années-lumière de nous ? Et des géantes rouges ! Cette constellation doit donc avoir la forme d'un triangle quel que soit l'emplacement d'où on l'observe.

— Exactement, Kulu. Il s'agit du système de Parjar, le principal repère utilisé pour la navigation spatiale dans cette galaxie. A partir de l'écartement angulaire apparent de ces soleils, il est très facile de calculer l'éloignement de l'observateur. Ajoute à cela le jet radiant hyperénergétique, et tu disposes d'un ensemble permettant de déterminer des coordonnées dans pratiquement toute la Grande Nébuleuse.

Le major ne partageait certes pas tout à fait l'enthousiasme de Ramdor, mais il reprenait espoir. Pas en ce qui concernait la découverte du *Krest IV*, hélas, car il ignorait toujours la localisation de Truuktan relativement à Parjar.

Le Terranien et le Tarfolien entreprirent un repérage multiple, corrélé au système de Parjar, qui fut transmis à la positronique principale de bord. Le natif de M 87 livra ensuite à l'officier toutes les données dont il se souvenait encore et Tschaï les entra au fur et à mesure dans le cerveau P afin d'essayer d'identifier un ou plusieurs systèmes solaires se trouvant à proximité.

Une demi-heure plus tard ils avaient découvert six étoiles dont les caractéristiques et la position par rapport à Parjar correspondaient aux connaissances de Ramdor, ce qui fournissait une base pour d'autres calculs. Mais soudain le Rouge hésita.

— Que se passe-t-il ? s'enquit Kulu, surpris. Aurais-tu brusquement peur de reprendre courage ?

L'humanoïde secoua la tête – un geste qu'il avait appris du Terranien.

— Où pouvons-nous aller, Kulu ? Pour commencer, surtout pas vers ma planète natale. Là-bas on ne pourra nous accorder aucune aide car la navigation spatiale est officiellement interdite, et seules quelques personnes possèdent – en toute illégalité – des cartes stellaires. Il serait probablement vain de rechercher l'une d'elles. Nous ne passerions au mieux que pour des agents provocateurs. Et sur d'autres mondes ce serait pis encore car nous serions immédiatement repérés en débarquant au milieu d'êtres dont l'apparence extérieure est très différente de la nôtre.

Tschaï Kulu se gratta derrière l'oreille.

— Sans doute. Je comprends très bien ce que tu veux dire. – Hum ! Et les coordonnées des centrales planétaires ? T'en rappelles-tu encore ?

— Qu'irions-nous faire là-bas ? Nous laisser reprendre par l'Alph ?

— Dans le pire des cas on nous déportera à nouveau

sur Firestone, où deux alliés nous attendent sous la forme de nos « frères ».

Il eut un sourire en coin. Cette idée ne le séduisait pas davantage que Ramdor, bien que rassembler toute une armée en traversant sans cesse le transmetteur afin de créer continuellement des doubles puisse en fin de compte s'avérer payant...

— Je ne crois pas qu'on nous déporterait une seconde fois, répondit le Tarfolien en pesant ses mots. L'Alph pourrait se dire que nous cherchons seulement à nous multiplier. Plus probablement nous amènerait-on aux Constructeurs du Centre.

Il frémit.

Tschaï Kulu croisa les bras. Il eut beau gamberger fiévreusement, il ne trouva aucune solution à ce problème. D'autre part, il était pour lui hors de question de rester sur place car il aurait alors aussi bien fait de ne pas quitter Firestone.

A moitié décidé, il examina les données de navigation produites par la positronique. Selon les indications de Ramdor, la position de l'un des générateurs planétaires était connue avec une incertitude de deux millièmes de pour cent. Compte tenu de la densité stellaire du centre de la galaxie, ce n'était pas fameux mais c'était toujours mieux que rien.

— Viens, mon gars ! dit-il d'une voix âpre. Installe-toi dans le fauteuil du navigateur et programme-nous le trajet vers ta centrale énergétique planétaire !

*
* *

Une fois que le *Minhau* fut en mouvement, le major Tschaï Kulu acquit la certitude que l'avertissement concernant un dispositif d'autodestruction n'avait été qu'une manœuvre d'intimidation. A bord de la nef sphérique de quatre-vingts mètres de diamètre ne subsistaient que quelques circuits principaux et annexes qui n'avaient pas encore été activés.

Il décida cependant d'éviter de mettre en marche l'un ou l'autre de ces systèmes sans nécessité absolue. Il préférait quand même ne pas trop tenter le diable.

A l'opposé, Ramdor restait prostré dans le fauteuil de navigation comme une pitoyable loque. Le Tarfolien était convaincu qu'un malheureux hasard l'avait mis en présence d'un des représentants d'un peuple formidablement téméraire incapable de vivre sans mettre continuellement son existence en jeu. D'un autre côté, il ressentait envers Tschaï Kulu quelque chose qui s'apparentait à de la sympathie.

Par moments, le Terranien se reprochait d'avoir parlé à Ramdor d'un « divertissement » qui n'était plus pratiqué depuis des siècles par aucun être humain. Pour quelqu'un appartenant à une race qui ne connaissait strictement rien de l'Humanité, de ses traits de caractères et de sa mentalité, de telles informations ne pouvaient être qu'extrêmement choquantes. Il se résolut à éviter désormais d'aborder avec le Tarfolien des sujets susceptibles d'altérer le jugement de celui-ci.

La tête légèrement penchée en avant, il écouta les bruits divers provenant des convertisseurs énergétiques et des flux d'impulsions alimentant les champs de confinement des blocs-propulsion du bourrelet équatorial. Comme la majorité des astronautes de métier terraniens, il se fiait plus volontiers à son intuition qu'aux instruments. Il aurait pu détecter la moindre anomalie de fonctionnement à l'oreille ou aux vibrations perçues par le bout de ses doigts avant même que les automatismes d'alerte concernés ne réagissent.

Mais ni les convertisseurs ni les blocs-propulsion du *Minhau* ne se ressentaient de leur longue période d'inaction. Avec une vitesse sans cesse croissante, le vaisseau s'élançait au travers du foisonnement d'étoiles entourant le noyau de M 87. L'image présentée par l'écran de proue donnait l'impression que le navire allait plonger d'un instant à l'autre dans le jet de plasma bleu. Il ne s'agissait pourtant que d'une illusion d'optique. Ils se trouvaient encore à près de dix mille années-lumière de la Radiance du Centre.

Tschaï se retourna, le sourire aux lèvres, quand il entendit près de lui un bruit qui ne provenait pas de la machinerie. C'était un gémissement émis par Jefferson qui n'avait pu résister à l'attrait de la cuisine automatique et s'était goinfré d'énormes biftecks, de pain blanc frais et de gâteau de riz. Il luttait à présent pour empêcher le contenu de son estomac de ressortir par là où il était entré.

Le major le tança, l'index brandi.

— Ne t'avise pas de salir le poste central, espèce de glouton ! S'il le faut, je te traînerai jusqu'à un panneau d'alimentation du système de recyclage.

Le gorille des neiges pivota légèrement pour regarder son maître droit dans les yeux. Son abdomen était gonflé et aussi tendu que la peau d'un tambour. Le yéti ouvrit la gueule et lâcha une éructation retentissante. Puis il ferma les paupières et s'abandonna à une sieste digestive.

Avec un soupir, Kulu reporta son attention sur les contrôles. Il restait moins d'une minute avant que le *Minhau* ne plonge dans l'entr'espace. Si tout se passait comme prévu, il réintègrerait le continuum normal après un parcours linéaire d'approximativement trois mille cinq cents années-lumière, dans un secteur plus proche du centre mais paradoxalement plus pauvre en étoiles.

Ramdor avait expliqué que les générateurs planétaires absorbaient la matière des astres environnants. Et la consommation énergétique de la Radiance Bleue avait présentement déjà dévoré plusieurs milliers de soleils. Naturellement, c'était infime eu égard aux centaines de milliards d'étoiles composant M 87. Mais il faudrait bien interrompre tôt ou tard cette autocombustion si l'on voulait éviter un collapsus des forces équilibrant cet univers-île. Dans une galaxie de moindre importance, la catastrophe se serait peut-être déjà produite.

— Prêt, Ramdor ? lança Tschaï après un dernier regard sur le chronomètre.

— Prêt, marmonna le Tarfolien en se ratatinant encore un peu plus sur lui-même.

La pensée que l'activation des blocs-propulsion linéaires pourrait initier le processus de destruction traversa brièvement l'esprit de Kulu. Mais sa main avait enfoncé le bouton rouge avant même qu'il ait fini d'y songer.

Le continuum einsteinien familier disparut des écrans, remplacé par un scintillement et des pulsations inhabituels, reflets des effets produits par le jet radiatif sur l'entr'espace.

Jefferson grogna dans son sommeil et tenta de se tourner de l'autre côté, mouvement qui échoua en raison de la convexité actuelle de son ventre. Il rota deux ou trois fois et se mit à ronfler avec une telle conviction que Tschaï Kulu lui cria un avertissement.

— Le kalup fonctionne correctement, dit-il à Ramdor. Si seulement je savais où se trouve le vaisseau des miens !

— Espères-tu vraiment pouvoir rejoindre tes compagnons ? demanda le Tarfolien.

— Je ne serais pas un Terranien si je n'y croyais pas, Ramdor. Un Terranien n'abandonne jamais, et jusqu'à maintenant cette philosophie nous a assez bien réussi. Si la voie choisie ne nous permet pas d'arriver à nos fins, nous en essayons une autre. Il existe toujours au moins un bon chemin.

— Mais tu n'es pas le bon Kulu, rétorqua l'être vêtu

de rouge en lui rappelant que l'original était resté sur Firestone.

Le major hocha la tête.

— D'accord, je ne veux pas mettre en doute ce que tu as effectivement constaté. Pourtant, même le bon Tschaï Kulu admettrait que je ne puis aller le récupérer sur un monde dont les coordonnées me sont inconnues. La sécurité de l'équipage du *Krest* et celle de Perry Rhodan sont prioritaires. Ensuite seulement, si je dispose encore d'un peu de temps…

Il s'interrompit.

Comment était-il simplement possible qu'il se sente entièrement lui-même ? Que rien en lui ne laissait supposer que son vrai corps était ailleurs dans l'Univers ?

— Ne parlons plus de cela ! cracha-t-il. Pas un mot à ce sujet. Pas même à l'équipage du *Krest*. Compris ?

Ramdor se redressa avec raideur. Ses yeux étaient écarquillés et il contemplait le Terranien comme une bête rare.

— Qu'y a-t-il ? voulut savoir Tschaï, étonné.

— Ceux de ton peuple sont-ils tous aussi optimistes… ? haleta le Tarfolien.

Kulu réalisa alors pourquoi l'humanoïde le dévisageait ainsi. Il sourit avec fierté.

— En gros, oui. Tout au moins en ce qui concerne les gens du *Krest*. Tu ne trouveras parmi eux nul humain qui me soit inférieur – mais nombreux sont ceux qui me sont supérieurs.

Aucun des deux ne parla durant un moment. Puis Ramdor murmura, d'une voix si faible que Tschaï Kulu faillit ne pas l'entendre :

— Je crois que vous êtes de taille à réussir.

CHAPITRE VI

Le choc fut si rude que Perry Rhodan crut que tous ses os allaient se briser. En réalité, il venait d'être saisi par un champ de force polarisé en sens inverse qui le ralentit rapidement.

Après que Marshall et lui se furent extirpés de l'amortisseur magnétique, ils cherchèrent du regard le Skovarto tout en recouvrant difficilement leur équilibre. Il n'y avait personne en vue.

La halle dans laquelle ils avaient abouti était gigantesque. Bien que sa hauteur ne fût que de vingt mètres, son diamètre au sol était largement supérieur à celui de la tour, d'où les deux Terraniens déduisirent que le toboggan les avait déposés dans un sous-sol de la forteresse.

Ils avaient à présent sous les yeux des alignements de centaines – et peut-être de milliers – d'engins volants en forme de torpilles d'à peu près huit mètres de long : des glisseurs ou des planeurs.

— Diable ! laissa échapper Marshall en regardant les appareils d'un peu plus près. Ils ne font même pas un mètre de diamètre ! Existerait-il dans M 87 l'équivalent de nos nains sigans ?

Le Stellarque sourit brièvement.

— Il n'est pas question de Sigans, John. Vous avez oublié un détail important.

Il s'approcha d'une des torpilles et passa la main sur un pare-brise semi-circulaire dont chaque véhicule possédait quatre exemplaires. Derrière chacun de ces panneaux de plastique se trouvait un siège analogue à la selle d'un scooter, avec des barres permettant au passager de s'accrocher et un harnais de sécurité.

— Ne remarquez-vous pas une certaine ressemblance avec les poutrelles volantes des Skovars, comme nous en avons vu entre leurs cités spatiales ?

Le télépathe opina.

— Plutôt inconfortable, ce moyen de transport ! Un genre de moto, je dirais.

Cette comparaison amusa le Stellarque.

Marshall leva soudain la main.

— Attention ! Des Dumfries !

Au même instant, le Skovarto émergea de derrière un autre appareil et hurla :

— Par ici ! Je me suis assuré que ce *skarp* était en ordre de marche. Dépêchez-vous !

Rhodan et Marshall ne se le firent pas dire deux fois et piquèrent un cent mètres.

Il était plus que temps ! Sur tout le périmètre de la halle s'ouvrirent des panneaux coulissants. Des Dumfries armés jusqu'aux dents débouchaient des rampes hélicoïdales et à peine étaient-ils arrêtés grâce aux champs magnétiques qu'ils se précipitaient dans la direction des fuyards.

Le Commandeur était déjà assis sur le siège avant du *skarp*. Ses jambes trapues étreignaient le châssis légèrement bombé du véhicule.

Perry Rhodan sauta d'un bond sur la deuxième place et ferma son harnais. Sans un mot, John Marshall fit de même derrière lui.

Dans l'intervalle, le Skovarto avait dû actionner une télécommande, car loin devant la proue du *skarp* un vantail s'écartait, laissant entrer la lumière du jour. Le hangar ne se trouvait donc pas vraiment en sous-sol, mais devait simplement s'intégrer à un soubassement sur lequel se dressait la tour proprement dite.

L'engin se souleva lentement, sustenté par un champ antigrav. Brusquement, le faible bourdonnement du microréacteur fut noyé par un puissant grondement accompagné d'un bruit de soufflerie.

Rhodan sourit en reconnaissant le timbre caractéristique d'un turbostatoréacteur. Ce qui lui apprit du même coup que ces appareils étaient réservés au vol atmosphérique. L'air qui pénétrait par l'avant était surchauffé par un réacteur à fusion nucléaire puis se dilatait pour être ensuite éjecté à l'arrière à grande vitesse, procurant ainsi au véhicule une poussée élevée.

Le Stellarque enregistra tout cela dans un coin de son esprit tandis qu'il se cramponnait de la main gauche à la barre de maintien, tout en visant avec le radiant vibratoire qu'il tenait dans l'autre un Dumfrie en train de se faufiler derrière le *skarp*. Le tir transforma l'humano-batracien en épileptique en pleine crise. John Marshall abattit deux de ses semblables.

Le Skovarto lança alors l'appareil à fond. Un jet éblouissant d'air converti en plasma jaillit de la tuyère caudale, boutant le feu à une vingtaine d'autres *skarps*. Plusieurs Dumfries s'égaillèrent en hurlant loin de la zone mortelle.

La brutale accélération à laquelle fut soumis le glisseur manqua de peu faire lâcher son arme à Rhodan. Son bras gauche se tordit comme si quelqu'un l'avait fait se retourner sans avertissement. Les lèvres serrées, Perry s'efforça d'ignorer la douleur tandis que le Skovarto slalomait dans les airs comme un malade.

— Pourquoi ce fou furieux ne cesse-t-il pas ce manège ? vociféra Marshall.

Le Stellarque n'avait que rarement vu le chef de la Milice des Mutants aussi courroucé, le caractère de John étant assez flegmatique. L'événement inhabituel fit que Perry ne put que rire de l'emportement de son compagnon – ce qui l'aida à passer le cap de l'instant le plus critique. Beaucoup plus tard, en songeant à cet épisode, il se dit que le télépathe l'avait fait exprès. Il n'y avait pas d'autre explication.

Le Skovarto n'avait aucunement l'intention de prendre la fuite comme un criminel recherché. Sa fierté le lui interdisait. Il effectua un virage en épingle à cheveux juste avant d'atteindre la sortie et revint la tête en bas, ce qui dérouta deux Dumfries en train de s'installer sur un des *skarps* au point qu'ils chutèrent de leur perchoir.

Rhodan et Marshall, qui s'habituaient petit à petit à la conduite peu conventionnelle de leur pilote, se mirent à tirer à tout-va sur la foule de créatures à têtes de crapauds qui avaient envahi la halle. Ces dernières répliquaient massivement, mais l'habileté du Skovarto était telle que jusqu'à présent aucun rayon n'avait pu les toucher.

A un moment l'être au pelage noir tourna la tête vers les deux Terraniens, qui virent briller dans ses yeux l'expression du plaisir le plus pur que puisse éprouver un être intelligent.

Sans nul doute, il se trouvait dans son élément.

Un faisceau vibrateur le frôla peu après. Il sursauta et poussa une clameur si intense que Rhodan craignit que les parois de la halle ne s'effondrent telles les murailles de Jéricho.

Il faillit réaliser trop tard que ce n'était pas un braillement de douleur mais un cri de guerre – il faillit seulement, car la manœuvre suivante fut bien près de lui briser la colonne vertébrale.

Le Skovarto fit faire un piqué au *skarp*, redressa juste avant de toucher le sol et fonça entre deux alignements d'appareils reposant sur leurs étriers. Le flot d'air surchauffé bouscula les véhicules comme s'ils n'avaient été que des décors de théâtre. Quand plusieurs glisseurs eurent explosé, flammes et fumée commencèrent à s'élever vers le plafond. Pendant ce temps, le Commandeur avait entrepris de longer en rase-mottes les murs de l'immense halle. La température ambiante s'était déjà accrue au point que Rhodan et Marshall avaient du mal à respirer. Mais ils ne pouvaient pour l'instant mettre en service les microfiltres de leurs spatiandres.

Pour les Dumfries, c'était bien pire. Ils avaient renoncé à mitrailler les fugitifs et consacraient toute leur énergie à échapper aux incendies en tentant de repartir par où ils étaient arrivés. Ils découvrirent à leur grand dam que les concepteurs de cette installation n'avaient pas envisagé cette possibilité. Impossible d'escalader les glissières, ne fût-ce que sur un mètre. S'ils ne trouvaient pas dans la minute une autre issue, il ne leur resterait qu'une seule alternative : mourir asphyxiés ou incinérés.

Mais le Skovarto démontra qu'il était, comme un Terranien, capable de ne pas s'acharner sur un ennemi sans défense. Il leur avait donné une bonne leçon, cela lui avait suffi.

Il orienta l'avant du *skarp* sur l'ouverture donnant sur l'extérieur, loin à l'autre bout de la halle, et accéléra de nouveau à plein régime. Rhodan se recroquevilla derrière son pare-brise en plissant les paupières.

Il se résolut à cet instant à tout mettre en œuvre pour ne jamais avoir le Skovarto ni aucun être de sa trempe comme adversaire, car cela aurait équivalu à se battre contre un Halutien.

*
* *

Quand le *Minhau* réintégra le continuum einsteinien, il émergea au cœur d'une sphère rayonnant d'un intense éclat bleuté : la clarté des étoiles se trouvant à une centaine d'années-lumière et plus du centre de cette bulle immatérielle – et dont les distances entre elles dépassaient rarement quelques semaines-lumière en unités terrestres.

L'automatisme de repérage signala presque tout de

suite la présence d'un objet métallique de la taille d'une planète, situé au centre exact de la sphère creuse.

— Nous y sommes ! annonça Tschaï Kulu, satisfait. Il ne peut s'agir que de l'une des centrales planétaires.

Il coupa les blocs-propulsion du vaisseau et réduisit la puissance des générateurs à leur minimum afin de limiter les risques de détection. Cette mesure de précaution avait cependant été initiée plus par l'habitude que par le souci de vouloir à tout prix éviter d'être repéré.

A la suite de quoi il confia la veille au Tarfolien pour aller consulter les enregistrements effectués par l'hyperdétection durant la phase de vol linéaire et stockés dans la positronique de bord. La synthèse des données confirma son hypothèse attribuant au jet de plasma émis depuis le cœur de M 87 une origine hyperspatiale ou sesquidimensionnelle, la Radiance Bleue n'en étant qu'un effet secondaire. Pourquoi cela se passait ainsi, la positronique fut incapable de le lui dire. Il lui aurait fallu, pour ce faire, fournir au cerveau P des informations dont il ne disposait pas.

Il revint dans la centrale de commandement, pensif. Il était plus que jamais convaincu que la galaxie M 87 celait un secret dont la révélation était d'une importance capitale, non seulement pour l'équipage du *Krest IV* mais pour l'humanité entière. Son vœu le plus cher aurait été de continuer à enquêter de son propre chef. Il se reprit toutefois en se disant que si d'une part la discipline exigeait de lui qu'il cherche à prendre contact avec le *Krest IV* toutes affaires cessantes, ses découvertes devaient d'autre part être rapportées sans délai au Stellarque afin qu'il en tire les enseignements.

— Nous allons nous poser sur le générateur planétaire, annonça-t-il à Ramdor. Retire tes doigts des boutons de tir, s'il te plaît. Essayer d'obtenir un résultat ici en utilisant la puissance de feu du navire serait vain et dérisoire.

L'autre ne répondit rien. Il suffisait de regarder son visage pour constater qu'il était tenaillé par la peur. Mais à son grand regret le major ne pouvait en tenir compte.

Suivant les indications de navigation du Tarfolien, il fit approcher le *Minhau* de la centrale planétaire et le posa en douceur sur la surface métallique.

Ils patientèrent un quart d'heure durant, guettant une manifestation de l'Alph. Ils ne purent cependant détecter le moindre mouvement nulle part. Il semblait que la créature d'énergie avait décidé d'ignorer leur présence, bouleversant ainsi leurs projets.

— C'est idiot, murmura Ramdor. Nous ne pouvons sortir du vaisseau parce que nous tomberions certainement dans un piège, et si nous restons dedans nous aurions aussi bien fait de demeurer là où nous étions.

Le major Kulu ricana. Il actionna un levier, et du haut-parleur de sa console retentit une voix aux inflexions métalliques.

— Robots-éclaireurs parés, Monsieur !

— Qu'est-ce que c'est ? interrogea l'humanoïde qui, ne connaissant pas l'intergalacte, n'avait pu comprendre la phrase de la machine.

— Une surprise pour toi, répondit Kulu. (Il ajouta dans le microphone :) Robots-éclaireurs, en route ! Cherchez l'entrée du générateur et dirigez-vous droit vers le centre.

— A vos ordres ! bourdonna le même organe synthétique.

Une minute plus tard, six êtres mécaniques apparurent sur l'écran panoramique. Ils avaient la taille et la silhouette d'humains, et étaient vêtus de combinaisons bleu ciel. A l'origine, leur rôle consistait à aider l'équipage du *Minhau* lors des prises de contact avec des intelligences étrangères en réduisant les risques encourus par les explorateurs. Leur nouvelle mission était de déstabiliser l'Alph pour le faire sortir de son trou.

— Je n'aurais jamais pensé à cela, commenta Ramdor.

— Sois-en heureux, expliqua Tschaï Kulu d'un ton grave. Ces machines sont programmées pour n'obéir exclusivement qu'à des humains, et leurs senseurs individuels sont parfaitement capables de faire la différence entre les schémas mentaux des humains et ceux des autres créatures humanoïdes. Si tu t'étais avisé de leur donner des ordres, ils auraient probablement mal réagi – et dans le meilleur des cas se seraient contentés de t'ignorer.

Pendant plusieurs minutes le Tarfolien resta immobile sans dire un mot, contemplant l'extérieur sur l'écran de proue. Brusquement, il sursauta et tendit le bras.

— Ils ont trouvé l'entrée, Kulu !

L'officier opina.

Quelques secondes plus tard arriva la confirmation du robot en chef, qui précisa qu'ils continuaient selon les directives.

Tschaï regarda les machines anthropomorphes disparaître l'une après l'autre dans l'ouverture circulaire.

— Que feront-ils s'ils arrivent effectivement jusqu'à la centrale et si l'Alph ne bronche toujours pas ? s'enquit Ramdor.

Le major Kulu arbora un sourire glacial.

— Alors ils éteindront la lumière, mon cher. (Voyant que le Tarfolien le dévisageait, interloqué, il explicita :) Ils couperont le générateur.

Le Terranien avait secrètement espéré que l'Alph, ou du moins la partie de l'Alph qui était assignée en tant que gardienne à cette centrale planétaire-ci, lirait ses pensées et ferait le nécessaire pour empêcher le gigantesque complexe énergétique d'être désactivé.

Une demi-heure plus tard il dut se résoudre à admettre que soit l'Alph n'avait aucun prolongement jusqu'ici, soit il n'avait pas jugé utile de sonder mentalement ses visiteurs.

Le contact avec les robots avait été perdu quelques minutes après qu'ils eurent pénétré à l'intérieur de la colossale machinerie. Mais Kulu n'avait pas escompté qu'il pût en aller autrement, car les masses de métal constituant la centrale et les flux d'énergie circulant au sein du générateur ne pouvaient que former un écran impénétrable.

Malgré tout, son impatience croissait de minute en minute. Il se demanda ce qu'il pourrait bien entreprendre au cas où il n'aurait jamais plus de nouvelles de ses éclaireurs.

Par bonheur, ses craintes se révélèrent infondées. Evidemment, les robots ne réémergèrent pas mais la détection réagit soudain.

Les déperditions énergétiques de la centrale planétaire, jusque-là normales, cessèrent d'un seul coup. Simultanément, la clarté bleue de la Radiance du Centre commença à s'intensifier.

Kulu ne put au premier abord trouver une explication à ce paradoxe – il remarqua cependant que l'orientation du faisceau changeait, s'inclinant vers la position actuelle du *Minhau*. De fait, la puissance du rayonnement n'avait pas augmenté mais il se rapprochait à toute vitesse.

Le major posa instinctivement la main sur le levier commandant l'appareillage en urgence. Puis il la retira, résigné. Il n'y avait aucune échappatoire possible, car l'approche de ce flux démesuré ne pouvait être détectée que si elle était quasi instantanée. Selon toute vraisemblance, l'équilibre hyperénergétique s'était modifié et avait altéré l'émission du plasma bleu.

Il attrapa une suée en réalisant ce qu'il avait déclenché. Par pur hasard, son regard se reporta alors sur l'écran panoramique.

Il en eut le souffle coupé.

— La Radiance Bleue est revenue à son orientation de départ !

En son for intérieur, il ajouta : *L'Alph a donc détruit mes robots.*

Mais l'instant d'après les indicateurs de flux d'énergie firent à nouveau un bond vers le haut – pour retomber aussi vite.

— Qu'est-ce qui se passe là-bas ? chuchota Ramdor.

— Les robots s'acquittent de leur tâche, renvoya le major. Apparemment le générateur est relancé par une station de contrôle à distance et mes machines l'éteignent derechef. Je ne m'étais pas attendu à cela. J'espère que la centrale ne nous pètera pas à la figure. On ne peut impunément allumer et couper à tout bout de champ un producteur d'énergie d'une telle puissance.

— Tu aurais pu y penser plus tôt, lui reprocha le Tarfolien.

Tschaï Kulu eut un rire amer.

— Il se passe que j'avais tout bonnement à la fois sous-estimé les capacités de mes robots et surestimé celles de l'Alph. Qui aurait pu pronostiquer que les gardiens des générateurs ne seraient même pas capables de neutraliser une demi-douzaine de mécaniques ?

Il se leva et enfila son ceinturon.

— Comme je ne puis contacter les robots par radio, je vais me rendre sur place. Il vaut mieux que tu restes ici.

Il jeta un regard à Jefferson, toujours endormi, et le bouscula doucement avec le pied. Le gorille des neiges entrouvrit les paupières.

— Debout et suis-moi ! ordonna-t-il. Je ne tiens pas à ce que tu disparaisses avec le vaisseau dans un autre plan de réalité pendant mon absence !

L'animal se releva au ralenti, bâilla, puis s'élança d'un pas lourd et lent derrière son maître qui se dirigeait vers l'écoutille.

Ils n'allèrent pas loin.

Devant le major, l'air parut soudain s'agiter. Kulu fit un pas en arrière et dégaina son arme par pur réflexe.

Jefferson, qui le suivait et n'avait rien remarqué, le heurta et le projeta en avant.

Tschaï Kulu eut l'impression de franchir un rideau de fils de métal électriquement chargés. Une douleur cuisante le parcourut et lui embruma la conscience. Souffrance qui disparut la seconde d'après.

— *Voilà qui était très imprudent, Terranien !* pénétra dans son esprit la pensée de l'Alph.

Kulu comprit alors qu'il venait de traverser l'entité immatérielle.

— *Erreur !* rectifia la créature. *Ce que tu as senti ne correspond pas à ma substance mais constitue seulement une sorte d'aura qui me permet de rester en contact avec la matière.*

Tschaï déglutit sèchement.

— *Je suis venu pour te mettre en garde*, poursuivit l'Alph. *Si tes machines continuent à agir comme elles l'ont fait jusqu'à maintenant, l'équilibre énergétique de cet univers-île sera gravement compromis.*

Le major eut un sourire furtif. Ainsi donc cet être ne disposait d'aucun moyen d'action contre les robots, si grand que pût être son pouvoir sur les créatures vivantes.

— Qu'il s'effondre donc, cet équilibre ! bluffa-t-il. Ce n'est pas ma galaxie. Tant que vous ne vous déciderez pas à nous ramener là où nous le désirons, je n'ordonnerai pas à mes robots d'interrompre leur activité.

— *Tu sembles appartenir à une race dont le sens des responsabilités est fortement sous-développé*, lui reprocha l'entité avant de reprendre : *Ah, tu essaies seulement de m'intimider ?*

— Ne te laisse pas abuser par le fil de mes idées, Alph ! répliqua le Terranien d'une voix tranchante. Je suis capable de prendre une décision diamétralement opposée quand cela s'avère nécessaire.

— *C'est pourtant vrai !* transmit la créature énergétique après une pause durant laquelle il avait apparemment fouillé dans la mémoire de Kulu.

— Alors ? s'enquit Tschaï. Que décides-tu ? D'accord… ou pas d'accord ?

— *Celui qui découvre un générateur doit être banni pour le reste de son existence*, plaida l'Alph, hésitant. *Comment pourrais-je admettre de courir le risque que soient divulguées les données concernant les installations les plus importantes de la Grande Nébuleuse ?*

— Si tu ne te résous pas à l'accepter, ces « installations les plus importantes » ne tarderont pas à disparaître. Réfléchis logiquement et tu trouveras la réponse. En plus, je te promets que jamais nous n'utiliserons nos connaissances pour causer le moindre préjudice, quel qu'il soit, à cette galaxie.

— *Compte tenu des circonstances, je ne puis que m'incliner. Ordonne à tes machines de cesser immédiatement leur action. Après quoi je vous transporterai jusqu'à la planète que les Terraniens nomment Truuktan.*

Tschaï Kulu se dit que l'aura d'omnipotence de l'Alph et de ses parties s'effritait de plus en plus. Si cet être ne savait même pas que le nom de Truuktan ne venait pas des Terraniens, alors il ne connaissait pas non plus ce monde. C'était une information supplémentaire dans la collecte du major.

— Nous allons procéder exactement dans l'ordre inverse, expliqua-t-il. Tu nous ramènes sur Truuktan et ensuite les machines recevront la directive d'interrompre leur action, consigne que je te fournirai sous forme enregistrée. Que tu reviennes à temps dépend de la célérité avec laquelle tu auras satisfait notre demande. Est-ce clair ?

— *Tu es très méfiant…* commença à transmettre l'Alph.

Kulu éclata d'un rire caustique.

— Par principe, je me défie systématiquement de ceux qui m'ont déjà roulé une fois.

Ses traits s'assombrirent quand il songea à son original, toujours en train d'errer sur Firestone. Mais il préféra laisser ce problème en suspens pour le moment. Chaque minute gaspillée pourrait être fatale tant pour les intelligences de M 87 que pour les occupants du *Krest IV*.

Il retint son souffle quand une lueur bleutée emplit la centrale du *Minhau*. Puis il soupira, rassuré – et se contracta involontairement à nouveau lorsque la clarté céruléenne se dissipa. En lieu et place des installations de la passerelle du navire apparurent alors les plantations de Truuktan – avec à l'arrière-plan la forteresse d'acier environnée de son puissant écran énergétique.

*
* *

— Cramponnez-vous ! cria le Skovarto. Je vais devoir maintenant me lancer dans des manœuvres assez pénibles, sinon nous ne parviendrons jamais à atteindre l'une des brèches structurelles du bouclier protecteur.

John Marshall émit un gémissement vite réprimé.

Le Stellarque sourit, bien qu'il ne réussît pas à imaginer quel genre de manœuvres pourraient être encore plus dures à encaisser que celles dont le Commandeur les avait déjà gratifiés.

Il rengaina son arme et s'agrippa des deux mains aux barres de maintien tout en serrant fermement les jambes autour du châssis faiblement incurvé.

Derrière lui, le chef de la Milice des Mutants était en proie à une crise de hoquet consécutive à l'effroi provoqué par l'une des dernières acrobaties aériennes de leur pilote.

— Baissez la tête ! hurla Rhodan en voyant la frêle structure d'une passerelle suspendue lui foncer droit dessus.

Mais le Skovarto avait le *skarp* bien en main. Il passa si près sous l'ouvrage d'art que les têtes de ses compagnons frôlèrent le tablier – ce fut une question de centimètres.

L'obstacle à peine franchi, l'être quadrumane lança l'appareil dans une chandelle abrupte. Le mur miroitant et mortel de l'écran d'énergie se rapprochait à vue d'œil. Perry regretta à cet instant de ne pas être fataliste. En tant qu'individu accoutumé à réagir immédiatement et activement face à toute nouvelle situation, il subissait la passivité forcée comme une vraie torture.

Le Commandeur semblait néanmoins savoir exactement ce qu'il faisait. Juste avant d'atteindre le bouclier, il vira sur l'aile à bâbord et laissa la torpille s'engouffrer entre deux tourelles si proches l'une de l'autre que les sandales de Rhodan éraflèrent les parois d'acier.

— Pourquoi ce manège ? cria-t-il au Skovarto en profitant d'une pause dans leurs voltiges.

L'être halutoïde se retourna.

— C'est pour leurrer nos poursuivants ! hurla-t-il à l'adresse de ses passagers. Il existe de nombreuses brèches structurelles dans les écrans énergétiques de ces forteresses. Elles s'ouvrent automatiquement dès qu'un *skarp* s'en approche à accélération maximale. On ne peut naturellement pas le voir, mais nous avons déjà de cette manière ouvert au moins dix issues. Cela empêche ceux qui sont à nos trousses de concentrer leurs forces devant un seul passage. Bien sûr, si vous avez peur…

Le Stellarque lâcha une imprécation.

— Peur… ? Ah, c'est qu'un Terranien ne se laisse pas impressionner aussi facilement. Je voulais seulement savoir à quoi rimaient ces acrobaties. Voilà qui est fait. Continuez !

Le Skovarto regarda de nouveau devant lui, rassuré. Les deux humains n'avaient simplement pas réalisé tout de suite que ses manœuvres avaient une bonne raison d'être.

Entre-temps, Rhodan cogitait déjà sur un autre problème. La manière dont leur pilote avait parlé des forteresses – au pluriel – sous-entendait qu'il en existait d'autres, et construites sur le même modèle. Le Skovarto était d'évidence parfaitement instruit des techniques mises en œuvre dans ces citadelles d'acier, de par son ancienne fonction de Commandeur Suprême des forces armées de M 87. Cependant, il subsistait dans cette affaire des coins d'ombre que le Terranien ne comprenait pas.

Les événements qui s'enchaînèrent à partir de ce moment interdirent au Stellarque de prolonger ses réflexions.

Le *skarp* se trouvait heureusement assez éloigné du bouclier principal quand quelque chose au-dehors flamboya brièvement. Puis un choc sur la cloche paraénergétique impénétrable provoqua une gerbe d'éclairs lumineux.

Les décharges d'énergie continuèrent de cascader à la surface externe de l'écran pendant près d'une minute.

— Ah, Atlan vient de s'annoncer ! commenta Rhodan.

— C'est un de vos amis, cet Atlan ? demanda le Skovarto.

— Un très vieil ami. Il survole Truuktan avec mon vaisseau amiral et vient d'effectuer un tir de semonce inoffensif. Il a probablement, dans le même temps, envoyé au commandant de la forteresse un message exigeant notre libération. Malheureusement mon microcom de poignet ne me permet pas de capter quoi que ce soit en provenance de l'extérieur.

— Nous allons donc profiter de la confusion générale pour sortir, dit le Commandeur. (Il ajouta dans un hurlement de rire :) Cramponnez-vouuuus !

Rhodan et Marshall ne se le firent pas dire deux fois. Ils avaient suffisamment été aux premières loges pour savoir à quoi s'attendre de l'halutimorphe en matière de haute voltige. Celui-ci accéléra le *skarp* à vitesse maximale, leur fit traverser un tunnel, se glisser une nouvelle fois sous une passerelle puis s'engouffra dans l'intervalle séparant les deux murailles périphériques. L'engin continua pendant un instant sur la même trajectoire et finalement le Skovarto vira de bord, bondissant pardessus le rempart extérieur.

La bouche de Perry s'ouvrit dans un cri quand il vit tout à coup le bouclier énergétique se précipiter vers eux, à seulement quelques mètres. C'était la fin.

La structure de l'écran se modifia pour devenir perméable aux corps matériels, si rapidement et si brièvement que rien n'en fut perceptible sur le mode visuel.

La seconde d'après, le Commandeur lançait le glisseur au-dessus de la pente méridionale abrupte du plateau séparant la forteresse du spatioport.

*
* *

— J'espère que ceci suffira à leur faire comprendre qu'ils ne sont que poussière face à la puissance du *Krest* ! s'exclama Atlan avec aigreur en regardant d'un œil brillant l'écran panoramique sur lequel s'affichaient distinctement les cascades énergétiques résultant du tir de semonce adressé à la forteresse.

L'Emir était vautré sur le petit divan toujours à sa disposition quand il se trouvait à bord de la nef amirale.

— Et si les propriétaires de ce cottage ne réagissent pas, l'ami ?

Melbar Kasom s'éclaircit la gorge et déclara d'un ton dédaigneux :

— Alors nous séparons la forteresse – avec le plateau sous-jacent – de la croûte planétaire, réduisons le tout en miettes et procédons au tri. Peut-être y dégoterons-nous quelque chose de comestible.

— Je n'en doute pas ! chuinta le mulot-castor d'une voix rageuse. Le Pacha et John, par exemple. Comptes-tu les réduire en chapelure, eux aussi ?

— Euh… n-non ! bégaya le géant étrusien.

— Alors tu ferais mieux de déguerpir ! l'apostropha L'Emir en le transportant par télékinésie jusque devant le panneau d'accès central.

— L'Emir, tu… commença Atlan, aussitôt interrompu par un geste de la main du mulot-castor.

— Silence ! Je capte Marshall ! – Eh, ils sont sortis ! Et le bon vieux John lutte pour que son petit déjeuner reste dans son estomac. Le Skovarto est avec eux et les balade à cheval sur une espèce de tuyère volante. Quel pied !

Il se redressa, le sourire aux lèvres et son incisive bien visible. Mais ce sourire fut de courte durée.

— Ils s'en vont ! piailla-t-il. Atlan ! Aide-les !

L'immortel Arkonide de la dynastie de Gnozal n'avait pas attendu cette demande pour établir la liaison intercom avec la centrale de détection.

— Voyez si vous pouvez localiser un véhicule quelconque aux abords immédiats de la forteresse, ordonna-t-il au responsable.

La réponse arriva du tac au tac.

— Détection au Lord-Amiral Atlan. Un engin volant s'éloigne de la citadelle et une puissante décharge énergétique a tout juste été enregistrée. Probablement un tir d'arme à effet vibratoire, Monsieur. Ah, l'appareil a disparu. Non, le revoilà. Il vient de chuter de trois mille mètres et continue de descendre vers la surface.

Le chef de l'O.M.U. raccrocha et se tourna vers ses compagnons.

Melbar Kasom, qui dans l'intervalle s'était à nouveau rapproché de lui, avait la mine sombre. Roi Danton ressemblait au *Penseur* de Rodin et L'Emir, toujours sur son divan, se concentrait mentalement, la fourrure hérissée.

Tous les humains sursautèrent quand le mulot-castor émit un cri d'allégresse.

— Je les ai ! Le *skarp* tombe mais le Skovarto espère parvenir à atterrir sans casse avec l'antigrav.

Au même instant le microcom de poignet d'Atlan se mit à bourdonner.

L'Arkonide éleva l'appareil à hauteur de son oreille et écouta.

— Ici Perry Rhodan ! résonna une voix claire. Nous nous débrouillons pour nous poser, Atlan. Contact avec le sol prévu à environ trente kilomètres de la forteresse. Lance immédiatement les corvettes pour nous protéger des Dumfries qui nous poursuivent. Compris ?

— Compris ! Je fais le plus vite possible, Perry. Je les avais laissées en sentinelles dans l'espace. As-tu besoin d'autre chose ?

Pendant un moment ce fut le silence puis la voix de Rhodan revint, ironique.

— Oui, pour il y a dix secondes ! C'est trop tard maintenant. Nous sommes à présent en combat rapproché contre les Dumfries, mais toujours sur le *skarp*. Essaie…

Le contact fut coupé. La centrale de détection indiqua simultanément de faibles émissions énergétiques à proximité du spatioport.

Atlan se sentait paralysé. Il avait transmis aux corvettes le signal convenu qui les ferait descendre immédiatement vers Truuktan, cependant il savait qu'elles arriveraient trop tard.

*
* *

Perry Rhodan éteignit son microcom de poignet et se pencha au bord de la cavité dans laquelle ils s'étaient réfugiés, avec le Skovarto, après que leur appareil eut été rendu inutilisable.

Une escadrille de *skarps* passa non loin dans un rugissement. D'après les bottes des occupants, le Stellarque identifia des Dumfries.

Quand ils furent hors de vue, le Commandeur avança la tête à l'extérieur.

— Deux cents *skarps* environ sont sortis de la forteresse, ce qui représente quelque huit cents soldats à nos trousses.

Il se gratta le torse. Son regard brillait, de toute évidence de la fierté d'être considéré comme un adversaire aussi important.

— Si nous restons ici, nous serons repérés tôt ou tard, fit remarquer Marshall. Ne devrions-nous pas plutôt entamer des négociations et les étirer en longueur jusqu'à l'arrivée des renforts ?

L'halutoïde lâcha un rire dédaigneux.

— Il n'y aura pas de négociations ! expliqua-t-il. Je connais les règles. Les Dumfries ont reçu l'ordre de nous détruire sitôt après que nous sommes sortis de l'enceinte énergétique de la forteresse. A présent ils ne vont plus ni faire de sommations ni utiliser les armes à effet vibratoire, mais emploieront directement les thermoradiants lourds.

— En principe, L'Emir devrait pouvoir nous extraire de là, réfléchit le Stellarque en fronçant instinctivement les sourcils.

Il ralluma son microcom de poignet et appela Atlan.

— L'Emir a sauté pour te rejoindre il y a trente secondes, Perry ! répondit le Lord-Amiral d'une voix inquiète. As-tu entendu des tirs radiants ?

— Non, pas un seul. Et je n'ai pas vu L'Emir non

plus. Où est-il encore passé ? Ce sacripant aurait-il pris une initiative malencontreuse, une fois de plus ? Et en plus, il n'est certainement pas au courant que les Dumfries ont pour consigne de tuer à vue.

— Non, Perry, il ne sait rien. Je le fais rechercher. Et les corvettes doivent arriver d'une seconde à l'autre. Croisons les doigts !

— J'ai capté une brève impulsion mentale, malheureusement isolée, qui pourrait avoir été lancée par L'Emir, signala Marshall qui avait suivi par télépathie la conversation de Rhodan avec Atlan.

— Que pensait-il ? voulut savoir Perry.

— Rien de précis. C'était seulement comme s'il avait reconnu quelque chose ou quelqu'un, et ça s'est arrêté là.

— Bizarre, murmura le Premier Terranien, songeant involontairement aux entités susceptibles de déclencher une telle réaction d'identification familière chez L'Emir : l'Immortel de Délos et Harno, la sphère spatio-temporelle. Mais l'apparition de l'un ou l'autre justement ici et maintenant confinait à l'absurde.

Le vacarme d'un tir de radiant lourd interrompit ses cogitations. Il vit un faisceau thermique expédié depuis un *skarp* directement sur leur cachette labourer le sol – et il riposta.

Le tireur adverse fut enveloppé avec son véhicule dans un éclair aveuglant, et des débris de métal incandescent de toutes tailles tombèrent en pluie.

Mais la réaction du Stellarque avait trahi leur position. De tous côtés convergeaient à présent des *skarps*, portant chacun quatre Dumfries, sur l'anfractuosité dans laquelle étaient réfugiés les deux Terraniens et le Skovarto. Les rayons énergétiques fusaient de toutes parts, et d'une seconde à l'autre un tir au but mettrait fin à toute vie dans l'abri.

A cet instant, Perry Rhodan reçut une forte bourrade

dans le dos. Quand il se fut retourné, il avait devant lui un Ras Tschubaï à la face d'ébène trempée de sueur.

Sauvés ! se dit-il.

Le téléporteur à la haute stature empoigna Rhodan et Marshall sans s'attarder une seconde sur des explications. Il n'était cependant pas en mesure d'emmener tout de suite le Skovarto.

— Courez ! cria le Stellarque à l'être halutimorphe. Il viendra vous chercher vous aussi !

Il eut encore le temps de voir le quadrumane le dévisager d'un air interloqué. L'ancien Commandeur Suprême militaire de M 87 ne pouvait deviner comment Ras Tschubaï était arrivé là ni comment il allait emporter les deux Terraniens.

Puis le décor s'estompa.

Le Skovarto resta pétrifié une fraction de seconde, fixant le tourbillon d'air provoqué par la téléportation des trois humains. Il comprit néanmoins très vite ce dont il retournait.

Il émergea de la cache dans un bond gigantesque, zigzagua entre les faisceaux énergétiques qui convergeaient sur le trou et déboula dans un champ d'asperges autochtones géantes dont les tiges vertes plumeuses entrecroisées formaient à trois mètres de haut un toit impénétrable à la vue. Il se laissa alors tomber en position quadrupède, tendit ses bras préhensiles devant lui pour écarter les obstacles puis s'élança de toute la puissance de ses bras de saut et de ses jambes en direction de l'est, à la vitesse d'un cheval au galop.

*
* *

Ramdor ouvrit les bras, déconcerté. Il n'était visiblement pas encore en mesure de commenter le miracle qui venait de se produire.

Jefferson, lui, se contenta d'un grognement approbateur.

Le major Tschaï Kulu cligna des yeux dans l'éblouissante lumière solaire et chercha du regard le frémissement indéfinissable qui trahissait la présence d'un Alph.

Il sursauta en apercevant au lieu de ce à quoi il s'attendait un énorme monstre couvert d'un pelage brun-rouge, avec la tête de L'Emir et la translucidité d'un parchemin. L'apparition ne semblait faire aucun cas ni de lui ni de ses deux compagnons, car elle exécutait des gesticulations rappelant à la fois les danses tribales d'indigènes primitifs et les chorégraphies terriennes de l'ère post-industrielle. De plus, elle semblait grandir à vue d'œil.

Tschaï Kulu n'y comprenait rien. Simultanément lui parvint de l'ouest l'inquiétant bruit caractéristique d'une bataille rangée. Deux petites unités paraissaient se livrer à un combat acharné au moyen de radiants de poing.

— Fuyons ! cria soudain Ramdor. L'Alph va nous détruire !

La lumière se fit alors dans l'esprit du major Kulu.

— L'Emir ! hurla-t-il, horrifié, en reculant devant la monstruosité sautillante qui offrait une si grande ressemblance avec le mulot-castor et en même temps avait l'air presque aussi impalpable que l'Alph.

L'Ilt devait avoir heurté l'Alph dans le para-espace au cours d'une téléportation !

L'Afro-Terranien sentit un frisson glacé lui escalader le dos. Suite à la collision, l'Alph et L'Emir avaient fusionné en une entité semi-matérielle à l'existence instable, union involontaire qui semblait ne pas vouloir se défaire.

Jefferson avait reculé jusqu'à un rocher dressé au milieu du contrefort vallonné. Assis dos contre la pierre, il montrait les dents sans émettre un son et agitait les pattes avant comme s'il espérait ainsi pouvoir chasser le monstre.

Brusquement, Ramdor cria derechef.

Tschaï Kulu saisit son radiant sans même avoir découvert la raison de l'exclamation du Tarfolien. Mais alors trois ou quatre buissons qui poussaient en bordure d'un champ d'épineux tout proche s'écartèrent, livrant passage à un nouveau monstre. Celui-ci, quadrupède à la posture centaurienne et couvert d'une fourrure noire, galopa à toute allure entre Tschaï et Ramdor pour redisparaître aussitôt dans une plantation de « pruniers » relativement aérée, ses bras supérieurs tendus afin d'écarter les branches basses de sa trajectoire.

— On aurait presque dit un Halutien… ! murmura le major, éberlué. D'où sort-il donc ?

Une fois de plus, il fut alerté par un cri de l'humanoïde vêtu de rouge. La forme semi-matérielle résultant de la fusion d'une créature infiniment étrangère et du mulot-castor L'Emir changeait d'aspect. Les bras s'étirèrent et, sous les yeux de Kulu, le visage pelu fut remplacé par un faciès à la peau sombre arborant deux rangées de dents opalines.

Une explosion para-énergétique silencieuse aux effets quasi pyrotechniques mit fin à l'être multiple. Là où au départ s'était manifesté le frémissement se dressait à présent un géant à l'épiderme noir vêtu de la combinaison révélant son appartenance à la Milice des Mutants – et à côté de lui, gisant au sol, était prostrée la petite silhouette du mulot-castor L'Emir.

— Que diable se passe-t-il ici ? pesta Ras Tschubaï.

A la recherche du Skovarto, ne voilà-t-il pas qu'il se retrouvait nez à nez avec son compatriote Kulu, disparu la veille dans une grotte dans les montagnes de Truuktan sans laisser de traces – et toujours en compagnie de ce gorille des neiges, assis contre un rocher et arborant ce qui ressemblait à un sourire moqueur.

— Major Kulu !

— Oui, j'ai fait un petit crochet en chemin, Monsieur,

annonça ce dernier avec une impertinence forcée. Et j'ai des informations cruciales pour le chef. Pouvez-vous m'amener jusqu'à lui ?

— Quel genre d'informations détenez-vous ? interrogea Tschubaï en se campant face à Kulu.

— C'est confidentiel ! rétorqua Tschaï. Je préfère laisser au Stellarque le soin de décider dans quelle mesure la chose est à rendre publique.

Le téléporteur désigna l'endroit, dans la direction relative de la forteresse, où de petits glisseurs décrivaient des cercles et envoyaient de temps à autre un tir radiant.

— Le chef était encore là-bas il y a quelques instants, expliqua-t-il. N'auriez-vous pas vu passer par ici un monstre ressemblant à un Halutien et courant comme un dératé ?

Il ignorait complètement la présence de Ramdor.

— Affirmatif, répondit Kulu en tendant le bras vers l'est. Etait-ce un animal dangereux, Monsieur ?

— Presque ! C'est un nouvel ami de Rhodan ! ricana Ras Tschubaï en se concentrant sur sa prochaine téléportation.

— Et nous ? cria le major. Je dois rentrer de toute urgence à bord du *Krest* préparer un enregistrement !

— Et moi à Terrania pour faire ma déclaration de revenus ! lança le mutant une seconde avant de disparaître.

*
* *

Il n'y eut cette fois aucun télescopage dans le paraespace. Tschaï émit un soupir de soulagement et reporta son attention sur le mulot-castor, qui avait dans l'intervalle recouvré ses esprits.

— Ben mon vieux ! haleta L'Emir. C'était quoi, cette parabulle de savon hyperdimensionnelle dans laquelle je me suis fourvoyé ?

— Pa-pa… ? bredouilla Kulu.

L'Ilt le contempla d'un œil inquisiteur.

— Nooon… Je ne crois pas que je puisse être ton papa, ironisa-t-il.

— « Parabulle de savon ? », voulais-je dire ! rectifia le major. J'avais toujours cru qu'il s'agissait d'un Alph.

— Un *alph-reux* cauchemar, oui ! murmura L'Emir en éclatant de rire.

— Excuse-moi mais je n'ai pas le cœur à la rigolade ! insista Tschaï avec fermeté. Je dois préparer d'urgence une microbobine enregistrée pour la donner à l'Alph. – J'ai l'impression que tu ne m'écoutes pas !

— Mais si, mais si ! J'étais seulement en train d'essayer de capter quelques-unes des pensées de ce Ralph.

— Alph ! corrigea Kulu.

— C'est sans importance ! grogna le mulot-castor.

— Mais c'est comme ça ! Son nom correct est Alph !

— Des bêtises, tout ça ! souffla L'Emir. Sais-tu que cet… Alph… n'offre aucune prise à des pouvoirs télékinétiques ? As-tu déjà tenu une anguille vivante dans tes mains, jeune homme ?

— Ou-oui ! chevrota Tschaï Kulu. Une vraie savonnette : l'animal m'a glissé entre les doigts aussi vite que ma solde lors de mes dernières vacances à Terrania.

Le mulot-castor se rapprocha du major en se dandinant.

— Cet enregistrement dont tu as besoin, ça urge vraiment, Tschaï ? demanda-t-il.

L'Africain hocha la tête avec détermination.

— Pour l'Alph, probablement ? insista L'Emir.

Mais le major n'eut pas l'occasion de fournir plus d'explications au fleuron de la Milice des Mutants, car celui-ci se figea brusquement en fermant les yeux comme s'il se concentrait fortement sur un contact télépathique. Quand il rouvrit les paupières, il pépia :

— Attends !

Il saisit alors Kulu par le bras et se téléporta avec lui directement dans la centrale de commandement du *Krest IV*. L'Emir récupéra une microbobine puis tous deux revinrent à leur point de départ.

Toute l'opération avait duré moins d'une minute. Mais lorsque L'Emir et le major Kulu se rematérialisèrent, ce fut pour constater que le décor s'était modifié. Une cohorte de *skarps* piquait vers eux depuis les hauteurs… et les engins volants se mirent à exploser l'un après l'autre sans raison apparente.

Le mulot-castor brandit un index menaçant vers le frémissement immatériel trahissant la présence de l'Alph.

— Ce n'est pas bien, Alphounet ! Pourquoi toujours tuer ? Laisse-moi donc les prochains !

Tschaï, qui avait entre-temps effectué son enregistrement vocal, fut abasourdi par la manière dont L'Emir traitait un être que lui-même considérait encore comme tout-puissant moins d'une heure plus tôt.

Pourtant l'Alph accéda à la demande du mulot-castor. Six nouveaux *skarps* surgirent du sud-est en volant à basse altitude, et rien ne leur arriva.

L'incisive de L'Emir se dévoila dans toute sa magnificence. L'Ilt était à son affaire. Il contempla les appareils en approche et, lorsqu'ils ne furent plus qu'à une centaine de mètres, son sourire devint carnassier.

Les glisseurs en forme de torpilles se cabrèrent soudain. Les jets de plasma de leurs réacteurs calcinèrent la végétation sur cinquante mètres puis les *skarps* grimpèrent à la verticale et se réduisirent à de minuscules étincelles argentées qui elles-mêmes disparurent bientôt à la vue.

— Hé, ce ne sont pas des engins spatiaux ! protesta Kulu. Veux-tu tuer les Dumfries ?

L'Emir se détendit et se gratta la paume de la main avec l'incisive.

— Ne t'en fais pas, Tschaï. Je les ai seulement

« guidés » jusqu'à cinq mille mètres d'altitude avant de les relâcher. Ces soldats à têtes de crapauds en seront quittes pour un petit refroidissement, tout au plus. – Hum ! (Il prit un air pensif et se mit en même temps à surveiller du coin de l'œil les *skarps* restants qui tournaient en rond à une hauteur prudente et hésitaient apparemment à s'en prendre au groupe de créatures étrangères, désormais classifié comme dangereux.) Hum ! Je crois que cet Alph est reparti…

Le major pivota sur place et regarda l'endroit où il avait remis l'enregistrement à l'être d'énergie quelques secondes plus tôt. Il soupira.

— Je me sens soulagé ! Surtout qu'il commençait à être grand temps qu'il transmette mon ordre aux robots du *Minhau*. Est-ce que quelqu'un sur le *Krest* a remarqué quelque chose des fluctuations énergétiques de la Radiance Bleue du Centre galactique ?

Le mulot-castor secoua la tête.

— Je n'en sais rien, Tschaï. Pour l'instant, nous ferions bien de vider les lieux. On dirait que les Dumfries se regroupent avant de se lancer à la curée. Je vous ramène au *Krest*.

— Non ! objecta Kulu avec fermeté. Tu ne nous emmènes pas au *Krest* mais à notre cache dans la montagne. Je présume que Rhodan y est encore. Ras ne pouvait le téléporter à bord de la nef amirale sans connaître la position exacte du vaisseau. Je pense qu'ils attendent l'arrivée des corvettes.

Un faisceau radiant blanc-bleu brasilla près d'eux et désintégra l'arbre derrière le tronc duquel Jefferson s'était abrité. Le gorille des neiges fit un bond suivi d'un roulé-boulé et rejoignit son maître en prenant ses jambes à son cou.

Tschaï le rassura d'une caresse et adressa un signe de tête à L'Emir. Il se mit à gamberger, non sur la téléportation à venir, mais sur un constat nouveau et singulier :

bien qu'il fût passé à l'instant à un doigt d'y perdre la vie, Jefferson n'avait aucunement entrepris de changer de plan de réalité.

Etait-ce parce qu'en fait le yéti n'avait absolument pas le don de sauter d'un niveau énergétique stable à un autre ? Et qu'il se contentait de tirer parti de certaines zones interférentielles labiles existant entre eux ? Des « carrefours cosmiques », pour imager le concept…

CHAPITRE VII

Perry Rhodan fit par réflexe un pas en arrière, se rapprochant de la grotte quand L'Emir se matérialisa sur le petit plateau en compagnie de Jefferson, Ramdor et Kulu.

— Stop ! appela le major. N'entrez pas là-dedans, Monsieur !

Le Stellarque fronça les sourcils, étonné.

— Je vous expliquerai plus tard, reprit Tschaï Kulu. Je voudrais d'abord vous présenter Ramdor, de la planète Tarfol. Nous nous sommes rencontrés sur un monde de bannissement proche de la bordure du Centre galactique. Je vous parlerai de cela également plus tard.

— Extrêmement judicieux, répondit Perry Rhodan, une lueur amusée au coin de l'œil. On ne devrait jamais rien crier sur les toits qui soit susceptible de faire courir des rumeurs incontrôlées, n'est-ce pas ?

— C'est un de mes principes, Monsieur.

— Très bien ! (Le Stellarque se retourna et son regard parcourut le groupe de ceux qui lui tenaient compagnie dans cette cachette montagnarde truuktanienne : le mutant psychoprojecteur Ralph Marten, le téléporteur Ras Tschubaï, le mulot-castor L'Emir, le télépathe John Marshall, le Skovarto ainsi qu'évidemment le major Tschaï Kulu, son gorille des neiges et un humanoïde de petite taille vêtu de rouge.) Je vous ordonne maintenant de garder le silence absolu sur tout ce que nous avons pu voir et/ou entendre sur Truuktan. Sitôt après notre retour sur le *Krest*, chacune des personnes présentes fera un compte rendu détaillé de ses observations, qui seront exploitées par la positronique de bord. Il sera ensuite décidé de ce que nous entreprendrons dans la poursuite de notre expédition.

Il jeta un coup d'œil interrogateur allant de Kulu à Ramdor.

— C'est un ami, confirma le major.

Rhodan se dirigea vers le Tarfolien et lui tendit la main. Le Rouge, qui dans l'intervalle avait pu observer plusieurs fois ce geste, saisit la dextre du Stellarque et l'agita de haut en bas comme le bras d'une pompe.

— Et ce gorille des neiges répond au nom de Jefferson, compléta Tschaï. Il est totalement inoffensif si on ne l'excite pas, de plus il m'obéit au doigt et à l'œil. Je propose que nous le prenions avec nous sur le *Krest*.

— Un moment ! intervint Ras Tschubaï. N'est-ce pas lui le responsable de…

— Stop ! coupa le major Kulu avec vivacité. Je vous demande pardon, Monsieur, dit-il au téléporteur. Mais cette affaire est trop importante pour qu'on se laisse aller à des spéculations. Je suis d'ailleurs certain que vous avez abouti à une conclusion erronée, parce que j'ai depuis fait d'autres découvertes.

Tschubaï afficha une grimace de contrariété.

— Je crois que le major a raison, le calma Rhodan. De toute façon, le plus urgent pour nous est d'arriver à retourner à bord du *Krest*. – Ralph, où en êtes-vous avec le télécom ?

— Contact établi, Monsieur ! répondit Marten, hochant la tête et souriant. La positronique d'intervention du *Krest* envoie une corvette nous localiser. Je pense que c'est l'affaire de cinq minutes au plus.

— Je n'en suis pas aussi sûr, grommela le Skovarto, qui s'était remis des péripéties des dernières heures, en scrutant le ciel.

Les autres suivirent la direction de son regard. John Marshall gémit une fois de plus.

Au moins cent *skarps* transportant quatre fois autant de Dumfries arrivaient tout droit de la forteresse d'acier. Leurs pilotes paraissaient connaître avec exactitude la position des fuyards, car ils se dirigeaient en plein sur la cachette des Terraniens.

Le Stellarque dégaina son radiant et fit signe au chef des mutants.

— Rassemblez-vous en groupes de téléportation ! ordonna-t-il. L'Emir, tu prends John, le Skovarto et Ramdor ; Ras, vous êtes responsable du major Kulu, de Jefferson et de moi-même. Si vous ne pouvez emmener tout le monde en un seul saut, effectuez-en deux. Nous changerons d'emplacement chaque fois que la situation deviendra brûlante. Cela devrait nous permettre de tenir jusqu'à l'arrivée des corvettes.

Il se préparait à ajouter quelque chose mais un hurlement infernal couvrit soudain tous les autres bruits. Vingt spectres flamboyant d'un éclat blanc-bleu tombèrent du ciel.

— Les corvettes ! cria Kulu.

Le Skovarto mit une main en visière et observa attentivement la force de frappe en provenance de la forteresse, dont la progression commençait déjà à se ressentir de l'apparition des vingt appareils terraniens.

Perry remarqua la concentration de l'halutimorphe et reconnut dans ce comportement ainsi que dans le flegme inébranlable du Commandeur des traits de caractère familiers.

Les vingt corvettes descendirent à une allure folle jusqu'à se trouver plus bas que les *skarps* et ouvrirent le feu de toutes leurs batteries radiantes à une distance de moins d'un kilomètre. Des centaines de faisceaux énergétiques s'élevèrent vers le ciel à un angle de quarante-cinq degrés. Les masses d'air surchauffées et déplacées au-dessus des montagnes de Truuktan engendrèrent une symphonie de sons d'orgue, de sifflements et de mugissements.

— Dieu soit loué ! murmura Perry Rhodan. Je craignais déjà qu'Atlan n'ait donné l'ordre de les abattre.

— Encore une fois, les tirs de semonce ont été suffisants, commenta un John Marshall souriant.

Le Stellarque hocha la tête et suivit du regard la débandade des *skarps*. Les salves des canons à impulsions fendaient l'air à une centaine de mètres devant l'adversaire, le contraignant à s'arrêter. A la fois à cause des ondes de choc et de la panique des pilotes, les appareils avaient pris des caps erratiques. Quelques nuages en expansion au milieu de la meute témoignaient de collisions fatales. Le reste décampa à vive allure et à basse altitude en direction de la forteresse.

— Chapeau ! gronda la voix du Skovarto dans l'idiome du Centre. Vos pilotes sont très habiles.

— Ce n'était pour eux qu'un petit divertissement, le contredit Rhodan. Attendez de voir quand ils devront vraiment montrer de quoi ils sont capables !

Le Commandeur s'esclaffa.

Presque comme Icho Tolot ! songea L'Emir.

— Ecartez-vous, Skovarto ! appela John Marshall. Une corvette s'apprête à atterrir sur le plateau.

— Enfin ! laissa échapper le major Tschaï Kulu.

*
* *

D'un geste de la main, Perry Rhodan intima à ses compagnons de garder leur calme.

Il examina d'un œil inquisiteur le groupe de trois cent quatre-vingts Skovars que des robots avaient guidés jusque dans le grand hangar d'appontage afin d'accueillir le Skovarto.

La créature halutimorphe n'était pas encore sortie de

la corvette qui l'avait amenée sur le *Krest IV* depuis Truuktan. Les Skovars ne se doutaient aucunement qu'ils étaient sur le point de faire connaissance avec leur Commandeur Suprême. Ils restaient massés dans un coin, nerveux et un peu indolents.

L'imposante silhouette du Skovarto émergea alors du sas inférieur du petit vaisseau. Dans sa fourrure noire, l'une des pierres qu'il portait sur le torse scintillait d'un éclat bleu : la Radiance du Centre, qui le désignait en tant que commandant en chef des forces armées de M 87, bien qu'il fût présentement relevé de toutes ses fonctions.

Les Skovars restèrent comme pétrifiés durant quelques secondes. Puis une immense et rauque clameur d'allégresse jaillit de leurs gorges. Les robots accompagnateurs durent former une chaîne pour éviter que le chaos ne submerge la halle. Les soldats voulaient à tout prix se frayer un passage pour rejoindre leur Skovarto.

Ce dernier éleva ses bras supérieurs.

Les cris de joie moururent aussitôt. Les Skovars se prosternèrent au sol et se redressèrent en gardant leurs têtes baissées.

Le porteur de la Radiance du Centre s'arrêta à quelques pas d'eux et contempla en silence les pitoyables restes de ses invincibles forces armées de jadis.

Perry Rhodan s'interrogea sur la nature des pensées qui devaient agiter l'esprit de cet être si semblable à un Halutien. Lequel ne pouvait que se rendre à l'évidence qu'il ne fallait plus escompter entreprendre grand-chose avec ce dernier carré de fidèles. De fait, il n'était plus qu'un chef déchu, sans responsabilité officielle et sans les moyens qui lui auraient peut-être permis de reconquérir son ancien statut.

Cinq minutes passèrent ainsi, puis le Skovarto s'approcha encore de ses troupes. Il fit signe de venir à l'un de ceux du premier rang.

Le soldat s'avança, toujours en posture de soumission.

Le Commandeur posa moult questions dans une forme condensée de l'idiome du Centre. Aussi Rhodan réussit-il, bien qu'incomplètement, à suivre ce qui se disait et à comprendre que le Skovarto se faisait relater les circonstances qui avaient finalement conduit les Skovars à se retrouver sur le vaisseau amiral terranien.

Quand le soldat eut achevé son rapport, l'être au pelage noir le renvoya parmi les siens. Après quoi il se dirigea vers le Stellarque.

— Pour avoir sauvé les derniers survivants de mon armée et m'avoir sorti des geôles de Truuktan, je vous remercie, déclara-t-il d'une voix contenue.

Puis il se détourna comme pour éviter de laisser paraître son émotion et se mit en marche vers le puits antigrav principal. Ses soldats lui dégagèrent le passage en formant une haie d'honneur au milieu de laquelle il s'éloigna lentement.

Perry Rhodan adressa un signe à John Marshall. Le chef de la Milice des Mutants se lança à la poursuite du Skovarto, afin de l'installer dans une cabine luxueuse où il pourrait se reposer des fatigues de son aventure truuktanienne.

Les Skovars, qui spontanément avaient voulu suivre leur Commandeur Suprême, furent repoussés par les robots de combat terraniens et renvoyés vers l'entrepôt dans lequel un logement provisoire avait été aménagé à leur intention.

*
* *

De son côté, Tschaï Kulu veilla à ce qu'une cabine soit affectée au Tarfolien. Il le mit brièvement au courant des diverses installations et des services auxquels il pouvait faire appel, puis il prit congé afin d'aller loger Jefferson.

Le responsable administratif du *Krest* fronça les

sourcils d'indignation quand le major lui demanda une cabine pour le gorille des neiges truuktanien.

— Pour les animaux, adressez-vous au service cosmozoologique, répondit-il. Il leur reste encore quelques cages libres.

Mais Tschaï Kulu ne l'entendait pas de cette oreille. Il ne pouvait ni ne voulait néanmoins dévoiler à son interlocuteur le secret de Jefferson, aussi proposa-t-il d'installer le yéti dans la chambre de sa propre cabine. Comme cette pièce était séparée du reste de l'appartement par une cloison amovible, il pourrait quant à lui dormir dans le séjour tout en restant en conformité avec le règlement sanitaire.

Il eut encore fort à faire pour plaider sa cause, toutefois le responsable administratif finit par se laisser convaincre que ce compromis était acceptable – du moins en attendant de trouver un meilleur arrangement.

Le major revint en sifflotant dans ses quartiers et procéda immédiatement aux aménagements nécessaires dans sa cabine. Pendant ce temps, Jefferson fit fonctionner l'autocuisine et se servit une telle quantité de mets que le crédit de Kulu subit une ponction non négligeable. Lorsque l'Afro-Terranien s'en aperçut, il verrouilla toutes les ressources automatisées de son logement.

Quand, un peu plus tard, le timbre d'appel du panneau d'entrée retentit, Tschaï était en train de prendre une douche bien chaude. Il proféra un juron avant d'appuyer sur la touche de l'interphone.

— Qui est là ? questionna-t-il.

— Le gentilhomme Tar Szator et l'officier spécial L'Emir ! répliqua une voix stridente et pépiante.

Kulu soupira.

— Entrez et asseyez-vous. J'arrive !

Il se sécha rapidement sous le diffuseur d'air chaud de la cabine de douche, enfila une robe de chambre et se rendit dans le petit séjour qui lui restait à l'issue du compartimentage.

Il ne put retenir un léger sourire en découvrant l'Auroranien installé sur son sensorobot en forme de tortue. Le gentilhomme Szator s'y tenait assis en tailleur, semblable à une statue de Bouddha, un seul œil ouvert – il gardait l'autre fermé afin d'économiser son énergie. Tschaï Kulu se demanda *in petto* pourquoi l'humain avait reçu deux yeux de Mère Nature si c'était pour n'en utiliser qu'un seul.

— Tu n'as rien compris, Tschaï, lâcha L'Emir, rappelant ainsi au major qu'il était aussi bon télépathe que téléporteur et télékinésiste.

— Tu n'as pas le droit d'espionner mes pensées, apostropha-t-il le mulot-castor. Je suis actuellement détenteur d'informations classées top secret, et rien ne doit en être transmis à des personnes non accréditées.

L'Emir s'étira voluptueusement, manquant du même coup de perdre l'équilibre.

— Me considérerais-tu par hasard comme une de ces personnes non autorisées ?

Le gentilhomme Szator ouvrit son second œil et examina le major d'un air scrutateur. Il paraissait se demander si cette offense manifeste valait la peine qu'il y réponde, mais il sembla décider que tel n'était point le cas, car il finit par refermer le deuxième œil.

— Je voulais t'entretenir de cet Alphonse ou quel que soit son nom, commença le mulot-castor.

— Il s'appelle Alph et est une partie de l'Alph, le reprit Kulu en jetant un regard méfiant en direction de l'Auroranien. Dois-je vraiment parler de ce sujet en présence de ce… euh… noble nain ?

— Et pourquoi pas ? le rassura L'Emir. De toute façon, il est beaucoup trop paresseux pour répéter cela à quiconque. – Donc, en ce qui concerne ce Ralph…

— ALPH ! vociféra Tschaï Kulu, furax. Alph ! Et le tout est également l'Alph ! Compris ?

— Quelle est cette bêtise ? demanda le mulot-castor, stupéfait. Pourquoi te mets-tu à penser à des champs de carottes grands comme des planètes ? Comment des machins pareils pourraient-ils prospérer ?

— A partir de la matière interstellaire… ? proposa Tar Szator, prouvant que son inattention n'était qu'une apparence.

— Méfie-toi, petit comique ! Crois-tu pouvoir faire prendre des vessies pour des lanternes à un vieux mulot-castor ?

Tschaï émit un soupir de résignation.

— C'est bon, je me rends. Je n'avais de toute manière aucune chance contre toi. Vas-y, pose tes questions !

— Où as-tu fait la connaissance de l'Alph ?

— Sur une planète, répliqua Tschaï Kulu.

— Ça, je m'en doutais, renvoya l'Emir. La plupart des gens se rencontrent sur un monde ou un autre. Je voulais savoir ce que cette planète-là avait de spécial.

Il ricana.

— Ça va, j'ai la réponse. Il s'agit donc d'une centrale énergétique planétaire toute faite d'acier. Oui, je crois que nous pourrions utiliser ces gigantesques générateurs comme blocs-propulsion d'un vaisseau spatial. Qu'en penses-tu, Tar ?

— Non ! le contredit l'Auroranien. Seulement comme méga-unités productrices d'énergie. La propulsion doit être transdimensionnelle et fournie en sus. Nous sommes très loin de notre galaxie natale !

— Ouf ! fit le mulot-castor. Venant de toi, voilà un long discours. (Il se prit la tête entre ses petites mains. Un air rêveur apparut sur sa face de rongeur.) C'est une idée fantastique mais je crois que nous devons essayer de la mettre en œuvre, sinon nous ne rentrerons jamais à la maison. Sacré nom d'un chien, cela formerait une nef dans laquelle on pourrait faire tenir six planètes, en plus d'un bloc-propulsion transdimensionnel cyclopéen ! *Old Man* entrerait tout entier dans le convergent d'une seule des tuyères !

Tschaï ne put se retenir de s'esclaffer.

— Ne ris pas ! réagit L'Emir. Je parle sérieusement. Si personne ne nous procure de dispositifs révolutionnaires, nous devrons nous contenter de ces artefacts titanesques. En outre, cela nous permettrait peut-être de faire peur aux Bi-Conditionnés…

*
* *

Quand L'Emir et Tar Szator entrèrent dans la centrale de commandement, Perry Rhodan, Atlan, Roi Danton et le Skovarto étaient installés autour de la table des cartes.

L'halutoïde, engagé dans une conversation animée avec le Stellarque, se faisait expliquer qui étaient les Terraniens, d'où ils venaient et comment ils étaient arrivés dans la Grande Nébuleuse.

Au début, Rhodan avait hésité à le satisfaire, mais avait finalement conclu qu'il valait mieux jouer franc jeu avec la créature au pelage noir s'il voulait obtenir sa collaboration.

Il raconta donc ce qui s'était passé et relata notamment en détail leur épouvantable odyssée au sein de la Radiance Bleue du Centre galactique.

— Et présentement, nous ignorons toujours comment notre vaisseau s'est retrouvé dans le centre de cette galaxie, conclut-il.

— Cela n'a pour moi rien de mystérieux, répondit le Commandeur. Votre navire a été intercepté et renvoyé. A quoi d'autre pensiez-vous ?

Perry Rhodan le fixa d'un air ahuri. Il ne comprenait pas encore ce qu'impliquait cette assertion, mais il commençait à pressentir que M 87 renfermait la clé des événements qui se déroulaient dans la Voie Lactée et les deux Nuages de Magellan.

Le Skovarto se dressa.

— Si vous le permettez, j'aimerais à présent aller me reposer un peu, Monsieur. Pensez-vous être en mesure de poursuivre sans moi ?

— Pas de problème ! concéda le Stellarque. Voulez-vous que je vous fasse raccompagner jusqu'à votre cabine ?

Le quadrumane velu déclina l'offre.

— Merci ! Je trouverai tout seul. Votre vaisseau n'est tout de même pas grand au point qu'on puisse s'y perdre.

— Hum ! se manifesta Atlan après que l'être halutimorphe fut sorti de la centrale. Etait-ce de l'ironie à notre égard ou bien veut-il seulement se prouver à lui-même qu'il n'a rien perdu de son assurance ?

— De l'humble avis de votre serviteur, ce n'était ni l'un ni l'autre, commenta Roi Danton. (Le Libre-Marchand avait repris ses manières affectées.) Je conjecture qu'il s'agissait simplement pour lui de l'énoncé d'un fait.

— Oui ! confirma l'Auroranien, toujours avare de ses mots.

— Nous devrions réfléchir sur ce que le Skovarto voulait dire par « intercepté et renvoyé », suggéra Atlan. N'y aurait-il pas une certaine analogie avec la trajectoire du ballon dans un match de football, quand il ne cesse de passer d'un joueur à l'autre entre les deux équipes ?

— Trente millions d'années-lumière entre les buts, murmura Szator.

— C'est justement ce qui est fou dans cette histoire ! s'exclama l'Arkonide. Quel rôle joue donc l'Humanité dans cette pièce de théâtre cosmique ? Sommes-nous l'agneau sacrificiel ou un simple pion dans une partie d'échecs opposant des puissances supérieures et occultes ?

— Le rôle de l'inconnue dans une équation, affirma l'adapté auroranien. (Il ouvrit les deux yeux et laissa errer son regard sur les visages de l'assistance.) J'ai identifié l'existence d'un *statu quo* que notre arrivée a remis en question. Soit nous influons sur la mise en place du nouvel équilibre, soit nous sommes éliminés ; et cela ne tient qu'à nous. – Bonne nuit, messieurs !

Il fit une révérence et s'en alla, toujours sur son robot.

— Je crois bien que Tar Szator a mis dans le mille, dit Rhodan avec mesure. Nous avons surgi au milieu d'une partie qui se trouvait en suspens depuis plusieurs dizaines de millénaires. Les deux camps vont à présent nous considérer comme des trouble-fête. La fin du jeu – et le destin de l'Humanité – peuvent dépendre de notre aptitude à nous faire des alliés d'un côté et à affaiblir le parti adverse. Je crains malheureusement que la race humaine ne dispose plus de beaucoup de temps. Nous devons agir.

L'Emir ricana doucement.

Le Lord-Amiral pivota d'un bloc et cracha :

— Il n'y a pas de quoi rire, Les Mirettes ! Vous êtes prié de vous comporter avec dignité !

Les yeux du mulot-castor s'écarquillèrent quand il s'entendit interpeller par son ami Atlan avec des « vous » et « Les Mirettes ». Puis il capta une pensée fugitive de l'Arkonide et sourit, rassuré.

— Ne vous en faites pas, Monsieur le Lord-Amiral, répondit-il cérémonieusement. Pourquoi crois-tu que je sois allé rendre visite tout à l'heure au major Kulu – qui plus est, en compagnie du gentilhomme Szator ?

Atlan eut l'air confus.

— Désolé, petit. Je t'avais de nouveau sous-estimé. Et Tschaï s'est avéré au-dessus de tout soupçon ?

Rhodan mit fin à la séance.

— C'est bon, L'Emir. Nous analyserons toutes les données avec la positronique de bord dès que le major

Kulu se sera reposé. Dans l'intervalle, veuillez considérer que tout ce que vous avez appris est classé top secret. Je ne tiens pas à ce que des rumeurs sans fondement surchargent les nerfs de l'équipage plus qu'ils ne le sont déjà.

***

— Que se passe-t-il avec les Skovars, lieutenant ? demanda Tschaï Kulu à un agent de sécurité posté non loin de plus de trois cents soldats de M 87 dans la coursive principale donnant accès à la salle des machines.

L'officier haussa les épaules.

— Il vaut mieux que vous preniez un autre chemin, Major. Ces créatures dégénérées se comportent comme des chiens de garde bien dressés. Ils ne laissent aucun de nous s'approcher de l'appartement du Skovarto.

— Mais ils sont à bord d'un vaisseau terranien ! se fâcha Kulu.

Le lieutenant afficha un sourire navré.

— C'est ce que je croyais aussi jusqu'à tout à l'heure. Le Stellarque m'a informé qu'il nous fallait considérer la cabine du Skovarto et ses abords comme territoire d'une puissance alliée.

— Une puissance alliée ?

— Leur niveau intellectuel est relativement élevé, expliqua le lieutenant. Nous ne devons surtout pas les sous-estimer. Le premier souci du Pacha est que le Skovarto soit et reste favorablement disposé envers nous.

Cela donna à réfléchir au major Kulu. Il descendit par l'antigrav un pont plus bas, parcourut une centaine de mètres à pied puis remonta par un autre puits. Il se trouvait à présent du côté opposé de la meute de Skovars.

Il les contempla quelques secondes durant tout en dodelinant de la tête. Il reprit ensuite son chemin en direction de la salle des machines.

Le docteur Josef Lieber, le mathématicien en chef, l'accueillit dans la cellule de communication du cerveau P. Ce n'était qu'à partir de cette pièce que pouvaient se tenir de véritables conversations avec la positronique principale. Les autres emplacements n'étaient reliés qu'à des dispositifs annexes ne sollicitant que peu ou pas du tout la composante mathélogicielle de la conscience du cerveau de bord.

— Entrez, major Kulu ! l'invita le Dr Lieber. Le Stellarque m'a déjà informé que vous aviez des révélations sensationnelles à faire.

— Eh bien, je ne sais pas si ce que j'ai à dire est vraiment aussi époustouflant que cela, répliqua l'Afro-Terranien d'un ton badin. Je dirais plutôt que mes découvertes sont capitales pour la suite de nos opérations dans M 87.

— Oh, ne vous préoccupez pas de cela, le rassura le scientifique avec délicatesse. Tout ce que nous avons à vérifier, c'est que vous ne nous racontez pas de calembredaines. La positronique dispose naturellement de plusieurs moyens de valider vos dires. D'où déjà mon petit test d'accueil – qui y allait d'ailleurs un peu fort question enthousiasme. S'il vous plaît, installez-vous à présent !

— Merci, murmura Tschaï d'une voix traînante. Je… heu… j'aimerais si possible commencer à partir du tout début.

— Comme vous voudrez, Monsieur, déclara la machine. Juste une petite demande préalable, ensuite vous pourrez exposer cette affaire à la manière qui vous conviendra. Etes-vous certain que le gorille des neiges Jefferson possède le talent de modifier le niveau énergétique de son organisme et d'autres objets, que ce soit de façon volontaire ou accidentelle ?

— Non, renvoya Kulu, en prenant alors clairement conscience qu'il avait acquis cette conviction lors de leur retour sur Truuktan.

Il se concentra afin de répondre au mieux au cerveau positronique, car l'intelligence artificielle avait immédiatement identifié le premier point faible de son rapport préliminaire.

— Non, répéta-t-il. C'est ce que j'avais cru au début, mais quand plus tard Jefferson s'est trouvé en danger de mort et n'a cependant pas changé de plan de réalité, j'ai compris que les phénomènes dont nous avions fait l'expérience avaient une autre origine.

— Continuez ! insista la machine.

— Je suppose, poursuivit Tschaï Kulu en percevant l'énorme importance de ce qu'il énonçait pour l'avenir du *Krest*, qu'il existe sur Truuktan et en divers lieux de M 87 des points d'intersection entre plans de réalité différents, à partir desquels il est possible de passer d'un niveau à un autre…

— C'est également mon avis, commenta une voix rauque derrière lui.

L'Afro-Terranien tourna la tête et reconnut Perry Rhodan, qui venait d'entrer dans la cellule de communication en compagnie du Lord-Amiral Atlan. Le Stellarque affichait un sourire grave.

— L'Emir n'a naturellement pu s'empêcher de vouloir tenter lui-même l'expérience. Heureusement, il a pu revenir tout de suite. Je lui ai donc formellement interdit de remettre les pieds dans les parages de l'anfractuosité abritant un de ces points d'intersection.

— Vous allez quand même garder tout cela sous le sceau du secret, Monsieur ? voulut savoir Kulu.

L'Arkonide eut un rictus narquois.

— Evidemment. Depuis quand n'avez-vous plus confiance en nous, major ? Rien ne transpirera tant que la positronique n'aura pas fourni une explication cohérente et irréfutable.

— Merci ! répondit Tschaï.

Il se tourna à nouveau vers la machine et entendit Rhodan s'installer au fond de la pièce avec Atlan. Mais une fois que l'entretien avec le cerveau P fut sur les rails, le major Kulu oublia tout ce qui ne faisait pas partie de cette discussion.

DEUXIÈME PARTIE

LA PRISON PLANÉTAIRE

CHAPITRE PREMIER

Le *Krest IV*, nef amirale de la flotte de l'Empire Solaire, se trouvait toujours quelque part à l'intérieur de la galaxie géante M 87, à plus de trente millions d'années-lumière de la Terre. En l'état actuel des choses, le voyage de retour vers la Voie Lactée restait techniquement impossible et toutes les tentatives qu'avait faites Perry Rhodan pour obtenir de l'aide d'une race étrangère avaient échoué. Les premiers contacts avec des intelligences de ce lointain univers-île semblaient conforter l'idée que la forme prédominante de vie s'apparentait non pas aux Terraniens, mais aux Halutiens.

Cette ressemblance ne pouvait être due au hasard. Les Halutiens étaient arrivés dans la galaxie-patrie de l'humanité cinquante-deux mille ans plus tôt. Et on croisait à présent leur route dans M 87, sous des formes généralement plus petites et légèrement différentes.

Le *Krest* orbitait autour de la troisième planète du système de Truuk, nommée Truuktan. Les péripéties survenues à la surface de ce monde et ayant conduit à la libération du fameux Skovarto avaient provisoirement atteint leur conclusion. Rhodan et son commando d'intervention n'avaient pas été poursuivis, et le Commandeur enfin sorti de sa geôle se trouvait pour le moment en sécurité et en compagnie de ses soldats – les trois cent quatre-vingts Skovars.

Le Stellarque s'était rendu à titre privé dans la cabine d'Atlan pour lui relater en détail les événements ayant eu pour cadre Truuktan, le monde des plantations. Les deux hommes étaient installés en face l'un de l'autre, et l'Arkonide avait écouté son ami sans l'interrompre une seule fois. Le récit terminé, il ne posa là encore aucune question. Il resta un long moment silencieux, regardant dans le vague devant lui, puis il parla.

— Tout cela ne me plaît guère.

— Qu'est-ce qui ne te plaît pas ? J'admets que ce qui s'est passé est un peu confus et nous laisse confrontés à plusieurs problèmes. Que faisons-nous du Skovarto et de ses soldats ? Où les emmenons-nous ? Peuvent-ils nous aider à découvrir le moyen de retourner dans la Voie Lactée ?

Atlan secoua la tête avec lenteur.

— Ce n'est pas cela qui m'inquiète, mais quelque chose de tout à fait différent. Je pense à l'apparence physique des Skovars. Ils représentent une variante réduite des Halutiens. Ceux-ci sont une race amie. Comment serait-il possible que l'évolution ait pu aboutir à un résultat presque identique dans deux galaxies distantes l'une de l'autre de plusieurs dizaines de millions d'années-lumière ? Cette similitude ne peut être l'effet du hasard. Il existe forcément un lien, et il est vital pour nous de percer l'énigme de cette corrélation tout comme de ses causes historiques. Je sais par expérience que de telles convergences apparentes ne sont jamais fortuites. Le Skovarto ne pourra ou ne voudra nous fournir aucun renseignement, nous poserons donc la question à nos deux Halutiens. J'ai envoyé un message à Icho Tolot ; or, nous n'avons jusqu'à maintenant pas reçu de réponse. Tu sais que lui et Fancan Teik ont entrepris une exploration lointaine. Ils ont leur propre vaisseau et nous ne pouvons nous immiscer dans leurs décisions. Il faut impérativement que nous reprenions contact avec eux et qu'ils nous racontent ce qu'ils savent. J'insiste pour dire que selon moi ceci n'est pas seulement important pour nous, mais vital.

— Je suis entièrement d'accord avec toi, Atlan. Je vais faire le nécessaire pour qu'un autre message hypercom soit adressé aux deux Halutiens. S'ils le captent, ils répondront. Dans l'intervalle, nous n'avons aucun choix sinon rester dans ce système et patienter. Si nous nous en allions, Icho Tolot et Fancan Teik risqueraient de ne plus jamais nous retrouver. Nous ne disposons d'aucun moyen de leur laisser un « mot » afin qu'ils sachent dans quelle direction nous sommes partis.

L'Arkonide se leva pour se mettre à arpenter sa cabine de long en large, l'air particulièrement concentré. Brusquement, il s'arrêta et dévisagea son ami.

— Perry, quelle vraisemblance accordes-tu à l'hypothèse selon laquelle les Halutiens et les Skovars seraient apparentés ?

Rhodan renvoya son regard à Atlan. Il haussa les épaules, sa physionomie totalement dépourvue d'expression.

— Je ne sais pas. Tout pousse à croire qu'il existe un rapport – mais je n'arrive pas à imaginer la nature de cette relation. Nous sommes à trente-deux millions d'années-lumière de notre Voie Lactée. Aucun vaisseau équipé d'un système de propulsion connu de nous n'est capable de franchir une telle distance. Un processus fantastique nous a expédiés ici, et sans billet de retour – du moins jusqu'à maintenant. Il doit néanmoins exister des moyens techniques permettant de se lancer dans de tels voyages. Peut-être les anciens Halutiens disposaient-ils de blocs-propulsion adéquats. Ce qui expliquerait l'air de famille entre les deux races. Je suis curieux d'entendre ce qu'Icho Tolot pourrait nous dire à ce sujet.

L'Arkonide s'assit de nouveau. Il se prit la tête entre les mains.

— C'est l'une des raisons pour lesquelles je voudrais lui parler. Il faut absolument reprendre contact avec lui. Dans l'intervalle… (il fit un geste résigné de la main) nous n'avons effectivement pas d'autre choix que d'attendre. Et j'espère que cette attente ne s'éternisera pas.

— Je l'espère aussi, répondit Rhodan en se levant. Tu me trouveras dans la centrale de commandement. Sinon, je serai au centralcom.

Il sortit de la cabine et ferma le panneau d'accès derrière lui.

Atlan ne bougea pas. Et un quart d'heure plus tard il était toujours dans la même position, les coudes sur la table et la tête entre les mains, regardant fixement la porte close.

*
* *

A un peu plus de trente mille années-lumière de la Terre, dans la partie centrale de la Galaxie natale des Terraniens, une planète orbitait autour du soleil rouge Haluta. Ce monde était la patrie des Halutiens. La pesanteur y était de 3,5 g et son atmosphère contenait de l'oxygène. Personne dans l'Empire Solaire n'ignorait que ce globe avait été colonisé cinq cents siècles plus tôt. Aujourd'hui la race halutienne, jadis forte de millions d'individus, ne comptait plus qu'à peine cent mille représentants. Ces êtres étaient unisexués et le contrôle de leurs fonctions corporelles leur permettait de maintenir leur population à un nombre constant. Quand un Halutien mourait, alors – et seulement alors – un nouvel être naissait. L'espérance de vie de ces créatures atteignant trois mille ans, il s'agissait là d'un événement peu fréquent.

Les Halutiens étaient, comparativement aux Terraniens, des géants. Ils mesuraient jusqu'à trois mètres cinquante, étaient dotés de deux jambes et quatre bras. Leur peau était d'un noir profond et avait l'aspect du cuir. Leur métabolisme très particulier les rendait capables de se nourrir quasiment à partir de n'importe quoi – même de cailloux. Ce qui leur procurait cet avantage de pouvoir survivre indépendamment de leur environnement. En outre, un Halutien était susceptible de résister sans spatiandre à un séjour de cinq heures dans le vide de l'espace. Ils étaient ainsi pratiquement invulnérables, et comme si cela ne suffisait pas, ils disposaient de l'aptitude à transmuter selon un processus réversible la structure cellulaire de leur corps en un état cristallin les rendant aussi durs que du diamant.

L'une des caractéristiques les plus singulières des Halutiens était que de temps à autre ils étaient saisis par une irrépressible envie de voyage et d'aventure, appelée le « Désir d'Evasion ». Ils disparaissaient alors de leur planète natale pour n'y revenir que dix ou vingt ans plus tard.

Deux de ces Halutiens qui avaient ainsi quitté leur monde pour partir à la découverte étaient Icho Tolot et Fancan Teik. Au cours des années passées ils s'étaient révélés de fidèles amis de Perry Rhodan, et celui-ci comme l'ensemble des Terraniens leur était redevable de plus d'un service. Au moment où la nef amirale terranienne avait été expédiée dans la galaxie M 87, leur propre vaisseau y était arrimé et ils avaient donc été du voyage. Ils étaient par la suite toujours restés à proximité du *Krest* – jusqu'au jour où ils avaient décidé de se lancer dans une exploration lointaine.

Leur navire était une sphère noire d'un diamètre de cent trente mètres. Il s'y trouvait des appareillages, des systèmes de propulsion et des armes dont la nature était inconnue du Stellarque. Il n'avait jamais posé la question aux deux géants, mais il était fermement convaincu que s'ils estimaient la chose justifiée ils lui dévoileraient leurs secrets.

Les Halutiens n'avaient pas donné de nouvelles depuis à peu près deux semaines.

Plusieurs tentatives avaient été faites pour entrer en contact avec eux ; hélas, elles étaient demeurées sans réponse. Rhodan était intimement persuadé que les deux amis n'étaient pas en danger, cependant il ne comprenait pas pourquoi ils n'avaient pas manifesté signe de vie depuis si longtemps.

Le colonel Akran, le commandant du *Krest*, s'avança à la rencontre du Stellarque quand celui-ci pénétra dans le poste central.

— Je crois deviner la raison pour laquelle vous venez me voir, commença-t-il. (Il indiqua un fauteuil libre.) Asseyons-nous. (Rhodan prit place et le colonel s'installa dans le siège voisin.) Il semblerait que le centralcom ait capté quelque chose. Il s'agit d'un signal hypercom, mais extrêmement faible. Je pense que cette émission ne peut provenir que des Halutiens.

— Pourquoi n'en ai-je pas été averti tout de suite ?

— Je voulais d'abord obtenir la confirmation, que j'attends d'un instant à l'autre. Le mieux serait que vous vous adressiez directement aux officiers de service du centralcom, qui pourront vous fournir tous les détails. En ce qui me concerne, avez-vous des consignes particulières à me donner ?

— Nous restons en orbite jusqu'à plus ample informé. Rien d'autre pour le moment. Je vous remercie, colonel.

Perry Rhodan se leva et prit la direction du centralcom.

A peine y fut-il entré qu'un jeune lieutenant se retourna et le salua. Le Stellarque fut renseigné en quelques secondes. L'hypersignal détecté portait bien la signature du code secret d'Icho Tolot. L'officier avait lancé le programme de décryptage et était en train d'attendre que le traitement s'achève.

— Je n'ai pu obtenir d'estimation de la distance, Monsieur. Toutefois la détermination de la position des Halutiens n'est pas complètement à exclure, car nous n'avons pas encore les résultats finaux de la détection.

Je devrais récupérer le texte du message en clair dans quelques instants. Voulez-vous patienter ici, Monsieur ?

— Combien de temps faudra-t-il encore ?

Sur ces entrefaites, un opérateur entra dans la pièce, une feuille de plastopapier en main.

— Les nouvelles en clair, Monsieur ! annonça-t-il en tendant le document au lieutenant.

Il aperçut alors Rhodan. Il se mit au garde-à-vous et s'excusa. Le Stellarque sourit et fit un geste indiquant que cela n'avait aucune importance.

Le lieutenant donna le bordereau au Premier Terranien. Le contenu se passait de commentaires.

— PRIÈRE DE NOUS ENVOYER UNE CORVETTE. NOUS RENCONTRONS DES PROBLÈMES. NOUS AVONS ABSOLUMENT BESOIN DES MUTANTS L'EMIR, GORATCHINE ET RAS TSCHUBAÏ. LA PLUS GRANDE PRUDENCE EST DE MISE. NOTRE POSITION EST…

Les coordonnées exactes suivaient.

Après avoir parcouru ces quelques lignes, Rhodan restitua le feuillet au lieutenant.

— Comment ce message a-t-il été transmis ?

— L'en-tête du signal correspondait à l'identification d'Icho Tolot, expliqua le lieutenant. Le texte proprement dit a été émis en morse non codé – oui, Monsieur, j'ai bien dit *en morse*. Ce qui prouve que les Halutiens ne disposaient pas d'assez de puissance pour lancer un véritable hypermessage. Ils doivent vraiment se trouver dans le pétrin.

— Ce que nous démontre le contenu de la missive. Quand un Halutien reconnaît être dans l'embarras, cela signifie que pour un humain la situation est catastrophique. Nous devons nous occuper d'eux. Restez en position d'écoute permanente. Maintenez également la liaison en continu avec la corvette qui partira d'ici une heure. Avez-vous déjà fait analyser les coordonnées ?

— Pas encore, Monsieur. Pour ce genre d'exploitation, la positronique de navigation serait certainement plus appropriée.

Rhodan reprit le document des mains de l'officier.

— Je vous remercie, lieutenant.

Il retourna dans la centrale de commandement et demanda au colonel Akran de faire interpréter les données chiffrées du message.

*
* *

Le major Bob McCisom avait trente-deux ans, une figure large surmontée d'une coiffure châtain clair taillée à la brosse et une silhouette corpulente. Il était commandant de la Cinquième Flottille de corvettes, composée de dix unités.

La jambe raide, il parcourut le hangar d'appontage afin de s'assurer que tous ses hommes étaient à leurs postes. Le lieutenant Jerem, responsable de l'un des mini-vaisseaux, s'approcha nonchalamment de lui.

— Déjà commencé à vous encroûter, lieutenant ? s'enquit le major, un tantinet ironique. Inutile de vous biler pour cela, il en va de même pour moi. Certes, nous sommes égarés dans une lointaine galaxie mais voilà qui ne change pas grand-chose en ce qui nous concerne. Tout ce que nous avons à faire est de poireauter dans ce hangar en attendant les ordres d'en haut.

— Bien, Monsieur, répondit Jerem en saluant, puis il baissa la main et sourit. Etait-ce de l'humour, Monsieur ? Je n'ai pas du tout l'impression de m'ennuyer, et nos hommes non plus. Impossible de se sentir morose quand on sait que nous sommes à trente millions d'années-lumière de la Terre.

La physionomie de McCisom s'éclaira à son tour.

— Je n'avais pas vu les choses sous cet angle. Il n'empêche que vous me faites l'effet d'une grenouille guettant en vain le passage d'une mouche. Mais rassurez-vous, ça me va comme ça. C'est ce que je dis toujours : s'il ne se passe pas quelque chose bientôt, il se passera quelque chose plus tard !

Les dix corvettes de la Cinquième Flottille étaient toutes stationnées dans la halle. Cinq des navires étaient parés en permanence, leurs équipages à bord. Les autres étaient inoccupés. En cas d'alerte générale, il ne faudrait pas plus de cinq minutes à ces derniers pour appareiller à la suite des autres.

Sa tournée d'inspection terminée, le major rejoignit la *KC-41*. Devant le sas atmosphérique grand ouvert de la nef sphérique de soixante mètres de diamètre se tenait le pilote en chef, le lieutenant Kramer, qui était en même temps navigateur. McCisom et lui étaient amis de longue date, et Kramer salua son supérieur sans se donner la peine de sortir les mains de ses poches.

— Rien de neuf à signaler, Bob. Toujours la même chanson. Je commence à en avoir plein le dos de cette veille permanente.

— Moi aussi, qu'est-ce que tu crois ? grogna le major. Comme tu me vois là, je suis allé aux renseignements. Il semble se passer de drôles de choses là-haut, dans la centrale de commandement. Il y a maintenant à bord une espèce de vieux cheikh avec plus de trois cents serviteurs, mais impossible de seulement l'apercevoir. Le *Krest* est vraiment trop grand.

— Cela a quand même ses bons côtés, commenta le lieutenant Kramer. Il y a plusieurs semaines que je n'ai pas vu le Pacha. Un tel vaisseau est un monde à lui seul !

— Je ne sais pas du tout où nous en sommes, grommela Bob McCisom. Cependant, tout peut changer du jour au lendemain.

Il ne se doutait pas à quel point il avait raison.

— Un petit tour à bord ? proposa le lieutenant, accompagnant ses mots d'un clin d'œil complice. J'ai encore une bonne bouteille planquée dans un coin…

Le major n'était pas hostile à l'idée d'inspecter le contenu du flacon caché. Si l'alcool n'était pas absolument interdit à bord du *Krest*, il faisait par contre l'objet d'un contingentement extrême. Certains membres de l'équipage allaient jusqu'à thésauriser leurs rations de tout un mois avant d'estimer pouvoir en profiter vraiment une seule fois.

On eût dit que McCisom avait aiguillonné le destin.

A peine les deux hommes étaient-ils entrés dans le petit poste central que l'intercom se mit à bourdonner. L'appel venait de la centrale de commandement du *Krest*. Le buste de Perry Rhodan s'encadra sur le petit écran.

Le lieutenant Kramer fit prestement disparaître la bouteille tout juste sortie de l'armoire. Il arbora une mine chagrinée en prenant soin de rester hors du champ de la caméra. McCisom, tout au contraire, activa le retour audiovisuel et effectua un salut réglementaire.

— Major Bob McCisom, commandant de la Cinquième Flottille, au rapport. Rien à signaler, Monsieur.

Le Stellarque hocha la tête et indiqua le fauteuil du pilote.

— Asseyez-vous, major. Comme je le vois, vous brûlez d'envie de vous rendre utile. Vous allez en avoir l'occasion. Je vais vous décrire brièvement la situation et vous me direz ensuite ce que vous en pensez.

« Les deux Halutiens Icho Tolot et Fancan Teik ont entrepris avec leur vaisseau un vol de reconnaissance dont ils ne sont jusqu'à maintenant pas rentrés. Il y a une demi-heure, nous avons reçu un appel venant d'eux. Selon les coordonnées qu'ils nous ont fournies, ils se trouveraient précisément à trente-deux années-lumière d'ici. Cet emplacement correspond à une naine blanche autour de laquelle orbite une petite planète. Nous estimons donc que les Halutiens se sont posés sur ce monde. De plus, comme l'hypermessage était très faible et a été émis en morse, il est à craindre qu'ils n'aient pas disposé de la puissance suffisante pour opérer en mode normal. Il existe plusieurs explications possibles à cela, mais ce n'est pas le moment d'en discuter ici.

« Votre mission, major McCisom, consistera justement à découvrir ce qu'il en est réellement. Je vais veiller à ce que l'on vous transmette les coordonnées des Halutiens et vous irez faire un tour là-bas. A la demande expresse d'Icho Tolot, vous serez accompagné de trois mutants, à savoir l'exploseur Ivan Ivanovitch Goratchine, le téléporteur Ras Tschubaï et le mulot-castor L'Emir. En outre, vous embarquerez en sus de votre équipage habituel cinquante spécialistes des troupes d'intervention. Ils seront placés sous les ordres de leurs propres officiers mais vous aurez naturellement le titre de chef de l'expédition. Vous êtes chargé d'entrer en contact avec les Halutiens et de les aider ou de leur porter secours si cela s'avère nécessaire. Ne prenez pas de risques inconsidérés et si vous tombez sur un adversaire supérieur, revenez au *Krest*. Si les choses devaient en arriver là, évitez tout affrontement. Dans combien de temps serez-vous paré à appareiller ?

Le major Bob McCisom prit une profonde inspiration.

— Immédiatement, Monsieur !

Perry Rhodan sourit.

— Je crois que vous ne changerez jamais, major. Vous avez toujours été un risque-tout. Toutefois ne jugez pas cette mission à la légère. Si les Halutiens estiment être en difficulté, c'est que la situation est critique. Et n'oubliez pas qu'ils disposent d'un vaisseau assez spécial. Si malgré cela ils se trouvent dans le pétrin jusqu'au cou, pour vous ce sera pire encore. Soyez prudent, restez en liaison hypercom permanente avec le *Krest* et appelez-moi si vous avez besoin d'aide. Les cinquante spécialistes et les mutants vous rejoindront d'ici une demi-heure. Vous partez dans une heure exactement. Je vous souhaite bonne chance, major.

— Merci, Monsieur. Et merci encore pour votre confiance.

— On prouve son intelligence en faisant preuve de prudence, pas de témérité, conclut le Stellarque avant de raccrocher.

McCisom coupa l'intercom et se tourna vers le lieutenant Kramer. Il tendit la main.

— Maintenant, donne-moi cette bouteille, petit, ordonna-t-il. (Il la saisit, s'en octroya une généreuse lampée puis il rendit le flacon.) C'est marrant ! A peine avons-nous parlé d'ennui qu'on nous confie une mission.

*
* *

Dans la grande salle de gymnastique du *Krest* régnait une activité intensive. Sur le tapis de sol, dans un coin du vaste local, les mutants faisaient de l'exercice. John Marshall, uniquement vêtu d'un pantalon de sport, donnait la cadence :

— Douze… Treize… Quatorze… Quinze…

L'Emir se laissa tomber à plat ventre et y resta. Il paraissait ne plus entendre les instructions.

— Que t'arrive-t-il, petit ? Serais-tu fatigué ?

Le mulot-castor redressa la tête et la soutint avec ses mains. Il considéra le chef de la Milice des Mutants d'un regard empli de reproche.

— Je me demande à quoi ça sert. A quoi bon ces efforts inutiles si nous en sommes réduits encore longtemps aux rations à base d'algues ? Nous devrions économiser nos forces, au lieu de quoi nous les gaspillons bêtement ici. Pour ma part, j'en ai assez ! Continuez sans moi !

— Il nous faut garder la forme, L'Emir. Et pour cela, rien de tel que le sport.

— Mais la paresse renforce les membres ! lui renvoya un mulot-castor jubilatoire. Et je suis actuellement partisan de bras et jambes costauds.

L'éclat de rire fut général, à une exception près.

John Marshall, lui, se contenta de soupirer.

— Je ne puis t'obliger à prendre part aux exercices. Le sport est une activité volontaire. Alors cesse de nous importuner et disparais, tu perturbes tout le monde.

L'Emir se leva et joua à l'outragé.

— Ainsi je serais un perturbateur ? Alors, chaque fois qu'on dit la vérité, on dérange ! Si tel est le cas, je m'incline. Et si on a besoin de moi, je suis dans ma cabine. (Il se dandina vers la sortie.) D'ailleurs, vous aurez besoin de moi plus tôt que vous ne pensez ! ajouta-t-il d'un ton rogue.

Le chef de la Milice des Mutants leva les yeux au ciel et revint à ses pompes.

— Dix-sept… Dix-huit… Dix-neuf…

La voix de Rhodan résonna dans le haut-parleur.

— Attention, attention ! John Marshall, veuillez vous rendre dans votre cabine et vous préparer. Ceci est un ordre de mission qui concerne également Goratchine et L'Emir.

Les mutants se relevèrent.

Le mulot-castor se déhancha jusqu'au petit groupe. Il arborait un sourire jusqu'aux oreilles.

— Eh bien, que disais-je ? Vous auriez dû vous reposer au lieu de vous épuiser dans cette gymnastique idiote. Je suis en pleine forme, moi. Sur ce, qu'attendons-nous encore ?

Toujours hilare, il atteignit la porte de sortie bon premier.

Au même instant ou peu s'en fallait, le capitaine Eder, officier des troupes d'intervention, fut chargé de trouver quarante-neuf volontaires pour une mission spéciale. Il s'acquitta de cette tâche avec le soin dont il était coutumier et prit comme adjoint le lieutenant Siebengel. Une demi-heure plus tard, il pénétrait avec son groupe dans le hangar d'appontage et s'annonça auprès du major McCisom.

Les trois mutants arrivèrent sur ces entrefaites.

Le chef de l'expédition put donc informer Perry Rhodan que la corvette *KC-41* était prête à appareiller.

Soixante secondes plus tard, le sas de sortie s'ouvrait et la *KC-41* prenait son essor dans l'espace. Une aventure des plus incroyables venait de commencer.

CHAPITRE II

Même ici, à soixante et un mille années-lumière du centre de la galaxie M 87, les étoiles étaient encore très proches les unes des autres. La distance moyenne entre elles était légèrement supérieure à deux années-lumière. Puisque le major McCisom connaissait les coordonnées exactes de leur destination, il aurait été parfaitement possible de parcourir le trajet en une seule plongée linéaire. Le lieutenant Kramer, qui pilotait, déconseilla cependant cette manœuvre. Il suggéra de plutôt réémerger à cinq-mois lumière de leur objectif puis de s'en rapprocher par étapes en procédant, après chaque retour dans l'univers einsteinien, à des vérifications avec l'équipement de détection.

Les trois mutants s'étaient installés dans la cabine qui leur avait été attribuée. L'exploseur Ivan Ivanovitch Goratchine bavardait avec le téléporteur Ras Tschubaï. L'Emir, vautré sur une couchette, les yeux fermés, tuait le temps en sondant de manière approfondie les pensées de l'équipage. C'était une de ses occupations favorites, qui lui permettait en sus d'apprendre un tas de choses. Y compris parfois des choses qui ne le regardaient pas.

Il ouvrit les paupières et dit :

— Excusez-moi d'interrompre votre passionnante conversation, mais quelqu'un vient de me qualifier de « terreur du soldat ». Qu'en pensez-vous ?

— J'en pense que ce sobriquet te va à merveille, décréta Vania, la tête gauche – et la cadette – de Goratchine.

A mon avis, tu es non seulement la terreur du soldat mais aussi celle de l'Univers.

Le mulot-castor se redressa, son incisive brillant littéralement d'indignation.

— La terreur de l'Univers ? Là, ta langue a dû fourcher. En général on m'appelle « le Sauveur de l'Univers ».

Ras Tschubaï préféra intervenir dans la discussion avant qu'elle ne dégénère. Après tout, il connaissait bien Goratchine, et surtout il savait par quel bout prendre le petit être à fourrure.

— Ce qui serait beaucoup plus intéressant, mon cher L'Emir, serait de découvrir pourquoi celui que tu as sondé te considère comme une terreur pour les soldats. Voilà qui serait riche d'enseignement pour toi.

— Tu as parfaitement raison, confirma le mulot-castor. (Il grimaça un sourire. Avec ses joues rebondies, il ressemblait à un hamster.) Il s'est remémoré quelques opérations militaires dont je ne me suis pas tout à fait acquitté de la manière attendue par le haut commandement. Le résultat final fut naturellement chaque fois le même que si j'avais scrupuleusement respecté les consignes. Malgré tout je n'ai pas la perversité d'un Terranien. Je pars toujours du principe que l'adversaire est également humain. Je tiens à souligner que j'utilise le mot « humain » dans son acception la plus symbolique.

« Au fond, je réfléchis d'une façon plus humaine que les humains – alors que je ne suis pas un humain. Dieu merci !

— Et pour quelle raison l'esprit malveillant t'a-t-il qualifié de « terreur du soldat » ? Pourquoi ?

— Dans le cas précis auquel il songeait, le « soldat » était Atlan. Peut-être à ce moment-là pensait-il aussi à Perry. Quand il faut engager des opérations militaires, tous deux sont au commandement et donnent les ordres. Ce sont par conséquent des soldats. Et pour tous les deux je suis une véritable terreur lorsqu'il s'agit d'en finir avec un adversaire. (Il lissa sa fourrure hérissée.) J'accomplis le travail qui m'est demandé – mais à ma façon. (Il ajouta, l'air méditatif :) J'aimerais savoir où est la différence. C'est le résultat qui compte, pas les moyens.

Ras Tschubaï s'appuya contre la cloison et considéra le mulot-castor.

— Ce que je vais annoncer peut sembler paradoxal. Tu as tout faux dans ton analyse, et pourtant tu as raison quand même. Est-ce que tu me comprends ?

L'Emir hocha la tête avec détermination.

— Bien sûr que je te comprends. (Il gratifia le téléporteur d'un regard scrutateur.) Mais que veux-tu dire par là ?

Ivan et Vania hurlèrent de rire au point que leur corps commun en trembla de plaisir. Ras Tschubaï se contenta de sourire.

Vexé, le mulot-castor se rallongea et ferma de nouveau les paupières.

— Il n'y a jamais moyen de discuter, avec vous, déclara-t-il d'une voix coléreuse. Je préfère méditer. Et ce que je lis de vos pensées est complètement absurde. Autant essayer de déchiffrer les cogitations d'un chou de Bruxelles…

Tandis que les trois mutants devisaient ainsi, le capitaine Eder réunit ses hommes dans le petit mess de l'équipage. Il leur exposa en détail la nature et l'objectif de l'opération puis conclut en ces termes :

— Vous savez tous que les deux Halutiens sont amis et alliés de Perry Rhodan. Ils nous ont déjà tirés de plus d'un mauvais pas. Il semble à présent qu'ils se trouvent à leur tour dans l'embarras. Il est donc normal que nous les aidions dans toute la mesure du possible. Le fait que le Stellarque ait estimé indispensable de nous adjoindre trois de ses meilleurs mutants devrait vous convaincre de l'importance que revêt pour lui cette mission. Je crois qu'il est inutile de vous en dire davantage là-dessus. Je sais pouvoir me fier à vous.

Un murmure approbateur parcourut l'assemblée. Selon l'opinion générale, cette explication avait été parfaitement superflue. Un des sergents louchait déjà en direction du comptoir derrière lequel somnolait un barman.

— Avons-nous maintenant droit à un jus de fruits ? se renseigna-t-il, sarcastique.

Le lieutenant Siebengel jeta un coup d'œil interrogateur au capitaine Eder. Ce dernier confirma son accord d'un signe de tête.

Le lieutenant se dirigea vers le zinc et y assena un vigoureux coup de poing. Le barman manqua de tomber de son siège et se rattrapa de justesse. Il se redressa péniblement.

— V-vous désirez ? bégaya-t-il.

— Un jus de fruits ! répondit Siebengel d'une voix qui ne souffrait aucune contradiction. Mais si possible un jus de fruits fermenté.

Le serveur consulta sa montre, réfléchit une seconde puis hocha la tête.

— On peut dire que vous avez de la chance. Sur ce navire, l'alcool n'est autorisé que durant une période de deux heures par jour.

Le lieutenant Siebengel opina du chef avec indulgence.

— Et ce serait bien si ces deux heures venaient juste de commencer. N'est-ce pas ?

Le barman hocha derechef la tête.

— Oui, elles ont débuté à l'instant, confirma-t-il.

Dans le poste central, le lieutenant Kramer initialisait au même moment la troisième plongée dans l'entr'espace.

*
* *

Le pilote avait en fin de compte réduit la longueur des étapes linéaires à une année-lumière. La *KC-41* réintégra donc le secteur de l'espace einsteinien constituant sa destination finale après dix heures de vol. L'équipement de navigation et de détection fut mis à contribution, et dix minutes plus tard la positronique affichait les résultats.

— Le soleil est une naine blanche gratifiée d'une très forte densité. Son système ne comporte qu'une seule planète, d'un diamètre d'environ mille huit cents kilomètres. Je pense qu'il s'agit d'un planétoïde capturé. Ce n'est rien de plus qu'un désert rocheux sans la moindre trace d'atmosphère. Par contre, sa pesanteur est bien trop élevée pour sa petite taille. Soit ce globe a une très forte masse, soit le champ de gravitation est artificiel. La température de surface est très basse, car en dépit de l'étroitesse de son orbite il ne reçoit pas assez de chaleur de la naine blanche. Somme toute, voici un monde très inhospitalier dont il ne faut pas escompter grand-chose. Pourtant, sauf erreur, c'est là qu'ont atterri les deux Halutiens. J'espère que nous les retrouverons. Lieutenant, veuillez vous assurer que notre centralcom reste continuellement à l'écoute.

Le lieutenant Kramer confirma d'un simple signe de tête. Il avait déjà assez à faire pour satelliser la corvette. Par mesure de précaution, il opta d'abord pour une orbite de fuite à trois mille kilomètres de la surface de la planète, ce qui impliquait l'usage des blocs-propulsion pour boucler cette trajectoire en un temps raisonnable.

A l'aide des capteurs à amplification et de l'appareillage de localisation, le major McCisom s'efforça de repérer la nef noire des deux Halutiens. Ce qui ne s'avéra pas aussi facile qu'il l'avait pensé. Le sol sans aucune végétation et les ombres crues des sommets montagneux n'offraient sur les écrans qu'une vue difficile à interpréter. En outre, les détecteurs s'affolaient.

Les chiffres ne cessaient de changer et ne formaient aucune valeur utilisable. Il devait y avoir sous la surface de la planète sans nom d'immenses gisements de métaux lourds et autres éléments pondéreux.

Cependant, lors de leur cinquième passage, le lieutenant Kramer pointa soudain le doigt vers l'écran panoramique et s'exclama :

— C'est lui ! Ce doit être le vaisseau des Halutiens !

A grande altitude, le décor ne se modifiait que lentement. McCisom eut le temps d'examiner de plus près le point en question. Kramer poussa encore le grossissement et le major vit ce qu'ils cherchaient. Sur une aire plane à proximité d'un groupe de collines se dressait le navire des Halutiens. Il se distinguait à peine du sol légèrement plus clair. C'était avant tout l'ombre de l'astronef sphérique qui avait attiré l'attention du lieutenant. Elliptique et allongée, elle dessinait comme une aiguille émoussée dirigée vers l'ouest. Le soleil était en train de se lever de l'autre côté.

Ici aussi, la détection relevait la présence d'énormes masses métalliques. Il était donc toujours impossible d'obtenir des valeurs précises. Les dispositifs munis de senseurs spéciaux enregistraient des rayonnements énergétiques variés dont l'origine restait inconnue.

Le major McCisom mémorisa la position du vaisseau halutien et ordonna au lieutenant Kramer de boucler une orbite supplémentaire autour de la planète. Dans la foulée, il invita par intercom les trois mutants et le chef de l'équipe d'intervention à le rejoindre sur la passerelle.

Quand le capitaine Eder, Ras Tschubaï, Goratchine et L'Emir furent rassemblés dans le poste central, McCisom les mit au courant de la situation actuelle. Le mulotcastor fit remarquer :

— Il faut évidemment pousser vos investigations plus profondément, major. Même si nous avons découvert le navire des Halutiens, il nous reste encore à capter leurs émissions. Si nous ne recevons rien, soit ils n'émettent pas et c'est délibéré, soit ils ne sont pas en mesure de le faire. En ce cas, ils se trouvent dans la mouise et notre devoir est de les en sortir.

— Je n'afficherai pas une telle précipitation, pondéra le chef de l'expédition. Nous avons enregistré quantité de signaux énergétiques. Il se peut très bien que leurs messages soient brouillés ou absorbés. Si cela se trouve, Icho Tolot et Fancan Teik émettent comme des fous sans que rien ne parvienne jusqu'à nous. Il nous faut nous attendre à tout.

— Ne devrais-je pas sauter là-bas ? suggéra L'Emir.

Ras Tschubaï lui posa la main sur le bras.

— Je te le déconseille, petit. Il t'est déjà arrivé plus d'une fois de te téléporter dans un champ d'énergie et d'être repoussé. Les conséquences en sont très douloureuses, comme tu le sais. Tu serais hors de combat pendant un bon moment.

Le mulot-castor jeta un œil vers l'écran panoramique.

— Qu'est-ce qui te fait penser qu'il y a un bouclier protecteur autour de cette planète ? Les senseurs énergétiques ont seulement capté des déperditions radiatives !

A cet instant, le lieutenant Kramer annonça du changement dans les relevés de la détection.

— Les signaux s'intensifient. Je ne vois qu'une explication possible à cela : il doit y avoir sous la surface des installations qui viennent de se mettre en marche. Il s'agit de générateurs nucléaires, sinon les rayonnements ne seraient pas aussi forts. Je crois que nous devons nous montrer prudents. Ce monde semble inhabité, mais ce n'est visiblement pas le cas. A moins qu'il ne s'agisse de systèmes automatisés entretenus par des robots. Mais à qui cela servirait-il ?

L'Emir soupira.

— Finalement, je pense que je ferais mieux de rester ici. (Il toussota.) Uniquement dans votre intérêt, bien sûr !

Entre-temps, la *KC-41* s'était approchée à mille kilomètres de la surface. Un opérateur du centralcom annonça la réception d'hypersignaux très faibles et incompréhensibles. McCisom bondit et s'écria :

— Ce ne peut être que les Halutiens ! Le *Krest* n'a également capté que du morse. Ils doivent être à court d'énergie.

L'Emir se dandina à sa suite, et le capitaine Eder leur emboîta le pas. Dans le centralcom, les enregistreurs étaient en fonction. D'un haut-parleur sortaient des bips étouffés, les uns courts, les autres plus longs. Le doute n'était plus permis, il s'agissait bel et bien de l'antique code morse qui n'était plus utilisé que dans les cas extrêmes. Les communications en phonie exigeaient au moins cent fois plus de puissance.

— Que donne la détection ? s'enquit le major McCisom auprès de l'opérateur.

— Cela provient de la planète. Les coordonnées ont été calculées.

— Très bien. Enregistrez tout ce que vous pourrez et faites-moi parvenir le texte en clair dans la centrale de commandement. Mais tâchez de vous hâter !

Toujours accompagné du mulot-castor et du capitaine Eder, il reprit le chemin de la passerelle.

Sur l'écran panoramique, l'image n'avait pas changé. Sur les moniteurs des détecteurs, les chiffres continuaient à danser, montrant que dans les profondeurs du globe inconnu de puissants générateurs étaient en activité.

La *KC-41* resta sur son orbite à mille kilomètres d'altitude.

L'opérateur arriva du centralcom avec un feuillet de plastopapier que le major Bob McCisom prit et parcourut. Sa physionomie s'assombrit et il annonça :

— Icho Tolot nous avertit de ne nous approcher en

aucun cas à moins de cinq cents kilomètres du planétoïde. Selon lui, il y aurait là en bas un système de pompage énergétique. Il explique d'ailleurs ainsi la faiblesse de son émission, car il mentionne plus loin que ses réserves sont opérationnelles mais ne délivrent qu'une puissance ridicule. Il ne peut malheureusement pas en dire plus. Il présume cependant que cet aspirateur d'énergie interdit également le décollage du vaisseau. Dans ces conditions, il est évident que nous ne pouvons prendre le risque de nous poser.

L'Emir s'avança.

— Il semble bien qu'à présent je n'aie plus qu'à me téléporter. Sinon, comment établir le contact avec les Halutiens ? C'est d'ailleurs peut-être dans cette optique qu'Icho Tolot nous a expressément demandé de venir.

— Je n'entrevois moi non plus aucune autre possibilité, confessa le major. Si les Halutiens ne sont pas en mesure de repartir avec leur propre navire, nous n'aurions certainement pas plus de succès avec le nôtre. Je pense donc justifié de faire appel à tes services.

Le mutant bicéphale Goratchine s'en mêla.

— Je suppose que c'est valable pour moi aussi ? s'enquit Ivan.

Le mulot-castor sauta en l'air et lui assena une tape sur l'épaule.

— Evidemment, petit. Tu viens avec Ras et moi. Que deviendrions-nous sans toi ?

— Je vous conseille de prendre des spatiandres de combat, intervint le major McCisom. Nul ne sait ce qui vous attend là-dessous. Puisque nous devons garder nos distances avec la corvette, nous ne pourrons pas grand-chose pour vous. Vous serez livrés à vous-mêmes. Tout ce que j'espère, c'est que les communications demeureront opérationnelles. Il est dommage que nous n'ayons pas de télépathe à bord, parce qu'alors L'Emir aurait pu rester en contact avec lui.

Les spatiandres de combat étaient dotés de toutes les fonctionnalités d'un spatiandre ordinaire. Mais ils offraient nombre d'autres possibilités : équipés de micro-propulseurs dorsaux et de générateurs anti-g, ils permettaient à leurs occupants de voler et compensaient tous les champs gravitationnels planétaires et artificiels imaginables. Ils disposaient également d'écrans déflecteurs rendant leurs porteurs invisibles et de boucliers énergétiques individuels de qualité supérieure, parant ainsi à la plupart des dangers.

— Eh bien, allons-y ! lança L'Emir.

Ras Tschubaï le retint.

— Doucement, petit. D'une part nous sommes pour le moment de l'autre côté de la planète, et d'autre part nous devons finir de nous préparer. Dans combien de temps serons-nous au-dessus de la position des Halutiens, major ?

— Dans vingt minutes environ. D'ici là, nous aurons aussi atteint l'altitude limite. Nous resterons en orbite à cinq cents kilomètres de distance. Au cas où il serait nécessaire de transmettre des informations importantes, l'un de vous pourra toujours se téléporter jusqu'ici.

Un quart d'heure plus tard, les trois mutants attendaient le feu vert du major McCisom. Les deux téléporteurs encadraient Goratchine en le tenant chacun par un bras.

Alors arriva – enfin – le moment crucial.

Le lieutenant Kramer, installé dans le fauteuil du pilote, fit un signe de tête au commandant qui répercuta le signal aux téléporteurs.

Un instant encore, et les deux hommes ainsi que le mulot-castor avaient disparu.

CHAPITRE III

Le vaisseau sphérique noir se dressait toujours, immobile, au cœur du désert de pierre grise. A l'arrière-plan, une chaîne de collines escarpées se découpait sur le ciel constellé de points brillants. Le soleil s'était levé. C'était un petit astre blanc qui ne prodiguait que peu de chaleur. Les étoiles étaient si proches les unes des autres que la voûte céleste en était presque opalescente. C'était un décor étrange et sinistre.

Dans le poste central de la sombre nef se tenaient Icho Tolot et Fancan Teik. Ils contemplaient les écrans, qui ne montraient pourtant pas grand-chose. L'énergie était à peine suffisante pour permettre de distinguer quelques contours. Les détecteurs avaient localisé la corvette terranienne. Tolot ne pouvait qu'espérer que ses faibles signaux avaient effectivement été captés. Il en eut confirmation quand la *KC-41* descendit vers la planète sans dépasser la limite des cinq cents kilomètres et se plaça en orbite à cette altitude.

— Cela ne se présente pas trop mal, dit-il à son compagnon. (Aux yeux d'un humain, les deux géants étaient presque indifférenciables l'un de l'autre. Ils se ressemblaient comme les gouttes d'eau bien connues.) S'ils ont des téléporteurs à bord, nous ne tarderons pas à avoir de la visite. Comme nous ne savons pas s'ils ont reçu notre premier message en entier, je me demande si le microbe est du voyage !

Les traits de Fancan Teik ne se départirent pas de leur inexpressivité. En tant qu'historien et savant, il bénéficiait d'un grand respect de la part de ses concitoyens – ce qui ne l'avait pas empêché de se lancer une fois de plus dans une aventure à l'issue incertaine.

— Par « microbe » je suppose que tu veux parler de L'Emir. Je serais vraiment heureux de le voir apparaître ici. On ne devrait pas le sous-estimer en raison de sa petite taille.

— Il n'y a pas de corrélation entre la taille et la valeur, approuva Icho Tolot.

Le mulot-castor et lui étaient d'excellents amis. Ils s'étaient déjà sortis mutuellement de plusieurs situations délicates. Cette fois-ci, il semblait bien que ce fût le tour de L'Emir de jouer le rôle du sauveteur.

Un mouvement indistinct se révéla sur l'un des écrans. Fancan Teik se pencha en avant pour mieux voir.

— Je distingue trois silhouettes. Une très grande, une moyenne et une minuscule. Avec un peu plus de puissance, je pourrais reconnaître leurs têtes.

— Pas la peine, répliqua Icho Tolot. Le grand doit être Goratchine, le moyen ne peut être qu'un téléporteur, donc Ras Tschubaï, et quant au petit, il s'agit évidemment du microbe.

— N'utilise pas ce mot devant lui, conseilla Teik quand son compagnon se leva pour aller accueillir leurs invités.

Comme le métabolisme d'un Halutien lui permettait de supporter le vide spatial pendant plusieurs heures, Tolot ne se fatigua pas à enfiler un spatiandre. Il se dirigea vers le sas, referma l'écoutille intérieure derrière lui et ouvrit le panneau extérieur. Puis il salua les mutants en agitant ses quatre bras.

Pour des raisons de commodité, Ras et L'Emir se téléportèrent dans le sas en emmenant Goratchine. Deux minutes plus tard, ils pénétrèrent dans la centrale de commandement et rabattirent leurs casques. L'échange de politesses fut bref mais chaleureux. Après quoi Ras Tschubaï entra directement dans le vif du sujet.

— Et maintenant racontez-nous, Icho Tolot. Quelle est exactement la situation et qu'envisagez-vous ?

Le Halutien leur indiqua des sièges et répondit :

— Il vaut mieux que vous vous installiez confortablement. Les explications prennent toujours du temps. Il doit y avoir sur ce monde des systèmes automatisés qui réagissent chaque fois qu'un vaisseau atterrit. Ils nous retiennent ici simplement en nous privant de l'énergie dont nous avons besoin pour décoller. Nous pouvons nous estimer heureux qu'ils nous en laissent assez pour permettre aux appareillages de survie du navire de continuer à fonctionner. *On* ne veut pas notre mort, mais *on* s'assure que nous ne partirons pas d'ici. C'est tout ce que nous savons. Fancan Teik est revenu d'une petite reconnaissance il y a une demi-heure environ. Je pense que le mieux est qu'il nous en parle lui-même.

Les trois mutants se tournèrent vers l'historien halutien, avides de l'entendre. L'intéressé se mit à discourir tout en restant parfaitement immobile dans son fauteuil.

— Il ne nous serait jamais venu à l'idée de nous poser sur ce monde si nous n'avions pas détecté une anomalie gravitationnelle pendant notre approche de ce système. Nous en avions déjà exploré plusieurs autres, sans toutefois rien découvrir de particulier. Là, c'était différent. Les instruments établirent clairement que la singularité concernait non pas la naine blanche, mais la petite planète qui tourne autour d'elle. S'il fallait en croire les données affichées, ce planétoïde devait être composé de métal massif. Cela nous intrigua. Nous nous sommes placés en orbite et nous sommes posés peu après pour nous retrouver cloués au sol, la machinerie souterraine s'étant automatiquement mise en marche pour nous retenir.

L'Emir, vautré dans un immense fauteuil qui aurait

aisément pu accueillir dix mulots-castors, ne put s'empêcher de glisser son grain de sel.

— Excuse-moi de t'interrompre, mais si nous sommes bloqués ici et qu'il y a danger, pourquoi ne pas sauter tout simplement dans la corvette ? Il n'y a pourtant rien de plus facile.

Fancan Teik leva le bras supérieur droit en signe de réfutation.

— Je n'ai pas fini de parler, L'Emir. Quand tu connaîtras toute l'histoire, tu changeras d'avis là-dessus. Quoi qu'il en soit, il est hors de question que nous abandonnions notre précieux vaisseau. Tu sais qu'il est irremplaçable. Et ce serait bien la première fois que nous capitulerions face à une machine. Car il ne peut s'agir d'autre chose. Il est très possible que ce monde ait encore été habité il y a quelques siècles, néanmoins ce n'est plus le cas aujourd'hui.

« Mais laisse-moi continuer. Je suis sorti du navire en emportant le détecteur portatif, qui m'a considérablement facilité la tâche. Il m'a fallu moins d'une demi-heure pour découvrir ce que je cherchais : un sas menant dans les profondeurs de cette petite planète. A ce moment-là il était déjà évident pour nous que nous ne pourrions quitter ce globe qu'en désactivant l'installation robotisée et surtout le système de pompage énergétique. Je me suis efforcé d'ouvrir le panneau, avec succès. En anticipant légèrement, je signale que ce monde est entièrement creux. S'il jouit cependant d'une pesanteur excessive eu égard à ses dimensions, au point de faire réagir nos détecteurs de masse à plusieurs heures-lumière, cela est dû à l'existence, sous la surface, de dispositifs d'une taille et d'une puissance astronomiques.

— Mais dans quels desseins ? questionna Ras Tschubaï, effaré. C'est pourtant une planète totalement insignifiante. C'est l'unique monde de ce système, il ne possède même pas d'atmosphère et n'est pas habitable. Pourquoi tant d'efforts ?

— Je ne puis encore vous donner de réponse satisfaisante. Mais laissez-moi d'abord terminer. Vous pourrez ensuite faire vos propres déductions, et je suis très curieux de savoir si vous aboutirez aux mêmes conclusions que moi.

« J'ai donc franchi le sas et me suis aventuré dans le sous-sol de la planète. Nous étions convenus, Icho Tolot et moi, de ne pas nous montrer trop téméraires. J'étais resté en contact avec lui car nos minicoms fonctionnaient toujours. Il m'a déconseillé de me hasarder plus bas. En tout état de cause, j'ai avancé jusqu'à atteindre un grand puits qui s'est soudain ouvert à mes pieds. Je pense qu'il s'agissait d'un ascenseur antigrav, mais il n'était pas en service.

« Au fond, il y avait plein de squelettes.

Fancan Teik marqua une pause. Goratchine et Ras Tschubaï le fixaient d'un regard horrifié. L'Emir s'agita nerveusement dans le fauteuil mais nulle question ne franchit ses lèvres.

Le Halutien reprit bientôt le fil de son récit.

— Ces ossements sont peut-être là depuis des millénaires. Malgré le sas, il n'y avait aucune atmosphère en ce lieu. C'est d'ailleurs la raison pour laquelle les squelettes sont aussi bien conservés. La lumière de mon projecteur se réverbérait des milliers de fois sur les restes blanchis. A cet instant, ce fut pour moi comme une plongée dans l'océan du temps. Car ce que je voyais là appartenait au passé. Un passé inconnu de nous, dont les vestiges ont subsisté jusqu'à maintenant. Car tous ces squelettes proviennent d'êtres dotés de deux jambes et quatre bras, avec des pieds à six orteils et des mains à six doigts, et une taille approximative de trois mètres. Autrement dit, au fond d'un puits qui perce la surface de cette planète gisent les dépouilles de milliers de représentants de ma race.

Dans le poste central régnait un silence presque palpable. Seuls étaient perceptibles les respirations des Terraniens et le chuintement du mulot-castor. Si la ressemblance entre les Skovars hexapodes et les Halutiens avait déjà stupéfait les voyageurs exilés de la Voie Lactée, ce que venait d'annoncer Fancan Teik était tout simplement renversant. Plus encore, c'était dramatique et ouvrait des perspectives susceptibles de modifier profondément la pensée terranienne.

L'Emir avait depuis longtemps oublié sa suggestion de ramener les Halutiens dans la corvette. Le récit de l'explorateur l'avait fasciné tout en déclenchant une alarme dans son esprit. Il comprenait l'effarement des deux géants et s'efforçait vainement de découvrir la connexion. Une telle ressemblance ne pouvait être due au hasard, c'était certain. Six membres – la clé de l'énigme devait être là. Les Dumfries – les soldats à tête de crapaud de la planète Truuktan – possédaient eux aussi six membres. Il semblait que pour nombre de peuples et de races de l'immense galaxie M 87 cette caractéristique morphologique soit la règle plutôt que l'exception.

Après un moment de silence L'Emir demanda, d'une voix accablée :

— Fancan, crois-tu que la véritable patrie originelle des Halutiens puisse n'être ni notre Voie Lactée ni les Nuages de Magellan, mais peut-être bien cette Nébuleuse ? Même si l'éloignement rend la chose difficilement compréhensible ?

Les deux Halutiens ne répondirent pas. Les archives de leur peuple remontaient pour certaines jusqu'à quatre-vingt mille ans. Une grande partie de cette histoire était connue mais nombre d'éléments restaient obscurs, notamment les événements antérieurs aux cinquante-deux derniers millénaires. Aucun document répertorié ne mentionnait une galaxie distante de plus de trente millions d'années-lumière de la Voie Lactée. Cependant, il y avait forcément un rapport. A ce niveau, le hasard était exclu.

— Sincèrement, qu'en pensez-vous ? avança Ras Tschubaï, circonspect.

Ce fut Fancan Teik qui reprit la parole.

— Il y a une relation, nous en sommes convaincus. Tout cela ne peut être dû aux caprices de la nature. Les ressemblances sont trop frappantes. Cependant je ne suis pas persuadé que ce soit un bien pour nous tous de découvrir ce lien. Il pourrait y avoir certaines répercussions…

Il se tut.

Comme en un flash mémoriel, L'Emir réalisa qu'il y avait d'autres corrélations. Il se remémora ce qu'il avait appris de l'invasion des Halutiens plus de cinquante millénaires auparavant. Les géants quadrumanes s'étaient alors comportés en guerriers fanatiques, attaquant et massacrant sans pitié toutes les races humanoïdes qui leur résistaient. Ils avaient été bien près de conquérir toute la Voie Lactée. Depuis étaient apparus les Gardiens Fréquentiels, les fameux Bi-Conditionnés. Ils étaient encore plus massifs et plus féroces que les précédents. Il ne faisait aucun doute que les policiers temporels étaient eux-mêmes apparentés aux Halutiens. Sur le plan organique, leur avance était simplement un peu plus grande. Ils étaient vraiment invincibles et pratiquement invulnérables. Sur l'échelle de l'évolution, un Gardien Fréquentiel était à un Halutien ce que celui-ci était à un Skovar. Partant de là, on ne pouvait qu'en conclure que les Skovars étaient la race originelle. Les Halutiens devaient en descendre – et, plus tard, un rameau de ces derniers avait évolué pour aboutir aux Bi-Conditionnés.

Ce déferlement de connaissances terrassa le mulot-castor. Effondré, il resta inerte dans l'immense fauteuil, son regard passant des hommes aux Halutiens. Dans ses yeux miroitait quelque chose ressemblant à de la crainte.

Icho Tolot eut alors la présence d'esprit de changer de sujet. Avançant l'un de ses bras, il désigna les témoins du pupitre de contrôle.

— Comme vous pouvez le voir, nos générateurs fonctionnent à pleine puissance. Et vous pouvez également vérifier la quantité d'énergie produite. Elle n'est même pas suffisante pour nous permettre de dresser un écran protecteur efficace. Nous sommes sans défense, à la merci de quiconque nous attaquerait. Pourtant, il est hors de question que nous abandonnions notre vaisseau. Que proposez-vous ?

Ivan Ivanovitch Goratchine commença à s'entretenir en chuchotant. Pour lui, cela n'avait rien de sorcier puisqu'il avait deux têtes. Ivan et Vania, qui partageaient le même corps, paraissaient n'être pas tout à fait d'accord. Personne ne pouvait entendre clairement ce qu'ils se disaient, mais il était évident qu'ils discutaient avec animation. Ce fut finalement l'aîné qui prit la parole.

— Nous n'avons pas trente-six options. Nous devons impérativement découvrir ce qui se cache dans le sous-sol de cette planète. Je suggère que Ras Tschubaï et L'Emir s'en chargent. Vania et moi resterons dans le navire. Nous pourrons ainsi assurer sa défense à tout moment, puisque nous valons largement un radiant à impulsions. D'autre part, les deux téléporteurs n'ont besoin d'aucune assistance. S'ils se trouvent en posture délicate, ils ont toujours la ressource de battre en retraite ici ou dans la corvette.

L'Afro-Terranien approuva d'un hochement de tête.

— C'est exactement ce que je m'apprêtais à dire. Pour L'Emir et moi, pénétrer dans une installation automatisée ne présente guère de risque. Nous pouvons sauter hors de portée du danger à tout instant – sous réserve qu'il n'y ait pas de piège parapsychique là-dessous. Ce qui est peu vraisemblable puisque ce monde semble n'être rien d'autre qu'une gigantesque machinerie robotisée. Nous ne nous absenterons pas longtemps.

— Soyez prudents, recommanda Icho Tolot. Même une installation automatisée est susceptible de disposer d'écrans énergétiques. Ce qui pourrait bien être le cas, étant donné l'ossuaire. Il s'agit sans aucun doute de squelettes de Halutiens – et vous êtes tous au courant de nos capacités physiques. Si tant des nôtres sont morts dans cette forteresse souterraine, c'est parce qu'ils devaient être réduits à l'impuissance. Et un dispositif capable d'ôter toute défense à un Halutien implique des ressources technologiques certainement en mesure de causer des soucis même à des téléporteurs.

D'un geste de la main, le mulot-castor balaya les arguments de Tolot.

— Ne t'en fais pas, grand. Après tout je suis déjà venu à bout de *Old Man*. Et ici je ne n'ai encore remarqué aucune tentative d'agression. Peut-être même arriverons-nous à couper l'aspirateur d'énergie, et en ce cas nous serons à nouveau libres de partir quand nous le voudrons. (Il se glissa hors du fauteuil et alla secouer Ras Tschubaï.) Alors, qu'attends-tu ? On y va ou pas ?

L'interpellé ne jugea pas utile de répliquer. Il vérifia son spatiandre de combat et referma son casque. L'Emir suivit son exemple et alluma immédiatement son microcom. Icho Tolot s'assura que la liaison fonctionnait. Tout était opérationnel, mais restait posée la grande question de savoir si tel serait encore le cas une fois que les deux téléporteurs auraient disparu sous la surface.

Quelques secondes plus tard, les deux Halutiens et le mutant bicéphale étaient seuls dans la centrale de commandement de la nef sphérique noire.

*
* *

La plaque dans laquelle était serti le sas d'acier était presque indiscernable du reste du décor minéral. L'Emir et Ras Tschubaï avaient localisé l'endroit après de brèves recherches. Le vaisseau des Halutiens se dressait à environ quinze cents mètres de là. Les téléporteurs n'avaient cependant aucune intention de se compliquer la vie avec des détails aussi inintéressants que l'ouverture du panneau.

La communication était toujours impeccable.

— Quand nous nous téléporterons, il faudra rester en contact, rappela L'Afro-Terranien en indiquant la plaque métallique. En aucun cas nous ne devons nous perdre.

Le mulot-castor donna une tape du plat de la main sur son radiant à impulsions.

— Qu'aucun robot ne s'avise de se poster en travers de mon chemin – ou je le transforme en une masse compacte de métal fondu !

Ils savaient que non loin de l'autre côté de ce sas s'ouvrait un puits descendant verticalement vers les profondeurs. Les indications de Fancan Teik étaient parfaitement claires. Ce conduit devait être le point de convergence de nombreuses galeries rayonnant dans toutes les directions. Avant de se téléporter, ils allumèrent leurs projecteurs frontaux.

Quand ils se rematérialisèrent, ils commencèrent à tomber en chute libre. Ils eurent la présence d'esprit d'activer sans tarder les générateurs antigrav de leurs spatiandres de combat. Le plongeon se mua en une lente glissade et ils regardèrent autour d'eux.

Des avancées d'approximativement deux mètres de large interrompaient l'uniformité des parois du puits tous les cinquante mètres. Chacune d'elles constituait une sorte de passerelle circulaire permettant l'accès à quatre galeries qui s'enfonçaient dans la roche à angle droit les unes des autres. Ces plates-formes étaient jonchées des squelettes qu'avait mentionnés Fancan Teik. Il était manifeste que ces êtres avaient tenté d'atteindre la surface en empruntant cette voie. Et leur destin les avait rattrapés. Les tunnels faisaient plus de quatre mètres de haut sur une largeur de cinq. Aucune lumière n'y brillait.

L'Emir et Ras Tschubaï continuèrent à descendre. Ils auraient pu entamer leurs recherches par les couloirs du haut, mais leur objectif principal était les générateurs. Et pour d'évidentes raisons de sécurité ceux-ci étaient presque certainement installés très loin sous le niveau du sol.

— Les squelettes, là – c'étaient bien des Halutiens, chuchota le mulot-castor. Cela ne fait pas le moindre doute. Je comprends à présent l'effarement d'Icho Tolot et Fancan Teik. Ils ont toujours cru appartenir à un peuple de seulement cent mille âmes et voilà que maintenant, à trente-deux millions d'années-lumière de la Voie Lactée, ils tombent sur les restes de milliers et de milliers de leurs compatriotes.

Après une interminable chute au ralenti, ils atteignirent enfin le fond du puits. Ici aussi s'ouvraient quatre passages orientés comme plus haut. D'infimes vibrations, se propageant depuis le sol dans leurs spatiandres et tout juste perceptibles par leurs microphones poussés à la sensibilité maximale, leur indiquèrent le chemin. Même à cette profondeur, il n'y avait toujours pas d'atmosphère. La seule certitude était qu'il y avait autrefois eu de l'air. Quand Ras Tschubaï posa la main sur l'acier spécial aux reflets mauves, il sentit un frémissement engendré par une machine en activité, très loin de là.

Ils s'aventurèrent dans la galerie correspondant à la direction d'où venaient les vibrations, mais ils se figèrent bientôt comme s'ils en avaient reçu l'ordre. Du côté droit, la paroi nue du tunnel s'interrompait pour être remplacée par une grille de fer. En réalité, ce n'était pas exactement une grille, mais un alignement de minces piliers espacés les uns des autres de vingt centimètres. De petites ouvertures dans le plafond prouvaient que cette barrière avait jadis été doublée d'un écran énergétique. Du côté opposé s'étendait une immense salle, dont le sol était couvert de montagnes d'ossements. C'était le plus horrible spectacle que les deux téléporteurs eussent jamais vu. Ils restèrent un moment immobiles et silencieux, contemplant fixement les témoins définitivement muets d'une terrible catastrophe.

Qui avait bien pu exterminer ainsi des prisonniers sans défense ?

Aucun bruit ne perturbait le calme ambiant. Seul l'écho des lointaines trépidations était perceptible grâce aux microphones. Et au lieu de troubler le silence, ce murmure ne faisait que lui donner plus de profondeur encore.

— Une prison ! Ceci était une prison ! (Ras Tschubaï prit appui contre une colonne, comme si ses jambes étaient devenues trop faibles pour le soutenir.) Peut-être que cette planète tout entière était une prison. Et tous les squelettes sont ceux de créatures halutimorphes. Même la taille correspond, puisqu'à vue de nez ils mesuraient entre trois mètres et trois mètres cinquante. C'étaient *forcément* des Halutiens !

— Même s'il s'agissait bien de Halutiens, ce que j'incline également de plus en plus à penser, pourquoi les a-t-on enfermés ici ? Pourquoi les avoir regroupés dans cet endroit pour les tuer ensuite ? Il doit bien y avoir une explication !

— Bien sûr qu'il y a une explication. Peut-être même la découvrirons-nous, mais j'en doute fortement. Ce qui s'est passé ici doit remonter à plusieurs milliers d'années. S'il y a jamais eu des gardiens organiques, ceux-ci sont morts depuis longtemps, eux aussi. Tout ce qui reste, ce sont les installations automatisées. Et nous devons faire tout ce qui est en notre pouvoir pour les localiser puis les désactiver.

Ils se remirent en marche. Ils passèrent devant nombre d'autres salles jonchées de squelettes. Les vibrations des machines ne se précisèrent pas mais semblaient désormais venir de partout. Ils ne pouvaient plus se fier aux microphones ultrasensibles. Les murs d'acier violacé se comportaient comme de parfaits conducteurs du son. Le murmure mécanique se propageait dans les parois et devait être détectable sur des centaines de kilomètres avec une intensité pratiquement égale.

D'autres couloirs s'embranchaient sur leur chemin, et les deux téléporteurs les suivirent. Ils déambulèrent ainsi plus de deux heures durant dans le labyrinthe souterrain et partout ils découvrirent de véritables ossuaires. Toute la planète n'était qu'une gigantesque prison équipée de sécurités démesurées. Heureusement pour les visiteurs, ces dispositifs de protection étaient actuellement désactivés. Mais ils ne pouvaient savoir si des automatismes n'étaient pas susceptibles de se réveiller et de remettre en service les systèmes défensifs – ni quand ils le feraient. Toute la forteresse pouvait se ranimer d'une seconde à l'autre, des robots surgir de n'importe où et les attaquer, des barrières radiantes descendre du plafond et les enfermer. N'importe quoi risquait de se produire, même les choses les plus fantastiques.

L'absence d'atmosphère avait contribué à préserver les squelettes des atteintes du temps. Même l'acier omniprésent ne montrait pas la moindre tache de corrosion. Ras Tschubaï estima qu'ils avaient déjà vu les restes de plusieurs centaines de milliers d'individus, ce qui était largement supérieur à la totalité de la population halutienne de la Voie Lactée. Et ils n'avaient parcouru qu'une toute petite partie de cette prison planétaire. Si, comme l'avait affirmé Fancan Teik, tout le planétoïde était ainsi évidé, c'était par millions que des Halutiens avaient trouvé une mort violente dans ses entrailles.

La seule évocation d'un tel holocauste était effroyable.

— Ceux qui ont édifié cette prison, déclara l'Afro-

Terranien, devaient savoir d'avance qui ils y enfermeraient. Toute la construction semble conçue pour tenir compte des capacités particulières des Halutiens. De simples murs d'acier auraient été insuffisants. Il fallait obligatoirement monter des parois d'une grande épaisseur et d'une résistance à toute épreuve. Et partout des écrans énergétiques. Ajoute à cela les dimensions des galeries, la taille des entrées et des cellules. Il ne fait pour moi aucun doute que les bâtisseurs de cette planète-prison ont agencé toute cette installation dans l'unique but d'exterminer les Halutiens. J'ignore si nous en connaîtrons un jour la raison. Mais il me revient à l'instant que ces mêmes Halutiens ont tenté il y a plus de cinquante mille ans de conquérir la Voie Lactée. Je me souviens de la cruauté avec laquelle ils avançaient et ravageaient tous les mondes qui se trouvaient sur leur chemin. Le même scénario se serait-il déroulé ici ? S'agissait-il donc d'un acte de vengeance ? Dans ce cas je pourrais comprendre l'existence de cette planète et les motivations de ses architectes.

L'Emir se tenait appuyé dos au mur. En face de lui, une autre rangée de piliers masquant partiellement un cachot plein de squelettes. Songeur, il contemplait le macabre spectacle.

— La race des Halutiens a beaucoup évolué au cours des derniers millénaires. Ils ont peut-être été sanguinaires autrefois, mais aujourd'hui ce sont des gens paisibles même s'ils ont l'esprit parfois aventureux. Regarde Tolot et Teik. Ce sont nos amis. Et c'est ça qui compte. Nous devons tout faire pour percer le mystère de cet endroit. Je pense que c'est une des clés – sinon la clé – de leur passé que nul ne connaît, même pas eux.

Ils reprirent leur progression sans se douter qu'au même instant un drame se préparait à la surface.

*
* *

Inquiet, Ivan Ivanovitch Goratchine faisait les cent pas dans le poste central du vaisseau halutien. Plusieurs essais avaient prouvé que le pompage énergétique agissait toujours sur le navire. L'installation de renouvellement de l'air fonctionnait cependant sans problème. On ne voulait pas attenter à leur vie.

Pas encore !

La chaîne de collines se dressait à quinze kilomètres de la nef noire. Le sommet le plus élevé était relativement isohypse et formait un plateau d'approximativement cent à cent vingt kilomètres carrés. Sur cette plaine était érigé un pylône de dix mètres de haut. Constitué d'un entrelacs de poutrelles d'acier, il était surmonté d'une sphère de cinquante centimètres de diamètre. Sous la clarté du soleil et des étoiles, ce globe miroitait dans des tons argentés.

Mais les chatoiements n'étaient pas uniquement dus aux reflets de la lumière.

La sphère était un détecteur d'impulsions individuelles.

Quand le Halutien Fancan Teik était sorti du vaisseau et avait découvert le sas d'accès au sous-sol, son schéma mental typique avait été décelé par l'appareil qui avait transmis l'information et déclenché l'alerte. Toutefois le fait qu'il n'y ait plus eu aucune créature de cette race vivant sur ce monde depuis plus de cinquante mille ans perturba et ralentit le travail des positroniques de sécurité. De nombreuses demandes de confirmation furent adressées au cerveau central profondément enfoui dans les entrailles du planétoïde. Les archives stockées furent consultées et analysées. La réponse fut sans ambiguïté : il n'existait plus un seul Halutien nulle part – ni sur cette planète, ni ailleurs dans aucun système stellaire de cet univers-île. Leur race avait été exterminée cinq cents siècles plus tôt, et il n'y avait pas eu de survivant.

Les dispositifs de protection se mirent finalement en marche, mais cela prit un certain temps. Dans l'intervalle, Ras Tschubaï et L'Emir avaient atteint le vaisseau des Halutiens, s'étaient entretenus avec ceux-ci et s'étaient téléportés dans la prison souterraine. Ce ne fut que deux heures plus tard que la station principale de contrôle, le commandant-robot, donna enfin l'ordre d'intercepter et de détruire les étrangers.

La planète morte revint brusquement à la vie.

A ce moment, Icho Tolot, Fancan Teik et Ivan Ivanovitch Goratchine avaient quitté le navire. Les deux téléporteurs n'avaient pas donné signe de vie, contrairement à ce qui était attendu. Teik guida ses compagnons jusqu'au sas métallique. Avant d'actionner le mécanisme d'ouverture, il essaya une dernière fois d'établir la liaison avec les explorateurs. Il y eut un retour, très faible mais néanmoins compréhensible.

— Je pense que nous en avons assez vu, conclut Ras Tschubaï. Nous savons désormais à quoi servait cette planète. Devons-nous continuer nos recherches ?

Fancan Teik lança un regard interrogateur à Icho Tolot. Ce dernier répondit à sa place :

— Je ne suis pas certain que cela soit utile. D'un autre côté, nous sommes toujours coincés ici avec notre vaisseau. Il serait donc souhaitable de découvrir le générateur responsable de l'aspirateur énergétique et de le mettre hors service. Le reste des installations ne présente que peu d'intérêt.

Goratchine n'intervint pas dans la conversation. Il se contenta de l'écouter tout en observant attentivement les alentours. Bien qu'ils fussent sur un monde mort, il pouvait y avoir du danger partout. Le soleil était actuellement au zénith et le décor se laissait percevoir dans tous ses détails, y compris les collines à quinze kilomètres de là. Ivan, la tête de droite – et l'aîné – ne quitta pas celles-ci des yeux tandis que Vania se concentrait sur la plaine. Les ombres étaient si courtes que la visibilité était parfaite.

Le mutant bicéphale possédait un des talents les plus remarquables de toute la Milice. Ses impulsions mentales altéraient les interactions entre les nucléons des atomes de calcium et de carbone. Comme ces éléments se retrouvaient dans d'innombrables composés, et pratiquement partout dans l'univers, Goratchine était en mesure de déclencher une explosion nucléaire au sein de quasiment n'importe quel corps reconnaissable à l'œil nu. Il suffisait pour cela que les deux têtes se focalisent sur l'objectif de manière à ce que leurs ondes psychiques se recoupent à son emplacement. Un processus de fission nucléaire s'amorçait alors à l'intersection.

Ivan sursauta soudain.

— Là, de l'autre côté des collines, Vania. Regarde bien. Il y a un objet brillant. Et il se rapproche.

Vania tourna la tête dans la direction indiquée. Cinq secondes plus tard, il répondit :

— Tu as raison, vieux. Quelque chose vient vers nous. En volant, qui plus est. Comme il n'y a pas d'atmosphère, seul un corps non organique peut voler ainsi. Un glisseur antigrav, par exemple. Je me demande de quoi ont l'air ses occupants.

Les Halutiens avaient interrompu leur conversation avec les téléporteurs. Mais L'Emir et Ras Tschubaï, avec leurs microcoms de casque, ne perdaient pas une miette de ce qui se disait à la surface.

Icho Tolot précisa :

— Ce sont des glisseurs-robots. Ils ressemblent beaucoup à ceux de la planète Truuktan. Ce qui montre à nouveau que tout semble bien être relié. Ils se rapprochent très vite – et je pense qu'ils sont dangereux. Il serait préférable que nous retournions au vaisseau.

— Pour quoi faire ? se renseigna Fancan Teik. Nous ne devons pas prendre de risques avec notre astronef. Je suis presque sûr que ces machines volantes en ont seulement après nous. Ce monde était une prison planétaire pour les Halutiens – et toi et moi, Icho, sommes Halutiens. Goratchine, vous pouvez aller vous abriter dans le navire. Il ne vous arrivera rien.

Ivan et Vania secouèrent la tête comme un seul homme.

— Pas question ! Vous avez besoin de moi. Voulez-vous assister à une démonstration de neutralisation de glisseurs-robots ? Ils sont encore à cinq ou six kilomètres. Faites bien attention au premier… Celui qui est un peu à gauche des autres.

Les véhicules ressemblaient à des forteresses miniatures. Celui qu'Ivan avait indiqué se mit à tirer. Les faisceaux radiants fondirent la roche, et des serpents de feu s'approchèrent du groupe en ondulant.

— Attention… Maintenant ! dit Ivan.

Dans la seconde qui suivit, un éclair fulgura à l'emplacement exact du blindé-cible. La lueur s'étendit dans toutes les directions et se mua en une boule de plasma. Le nuage ardent masqua un instant les étoiles avant de commencer à perdre progressivement sa brillance.

Goratchine détruisit ainsi l'une après l'autre sept des mini-forteresses volantes. Les trois dernières virèrent de bord et se dirigèrent vers la plaine. Elles ne battaient pas en retraite : c'étaient des robots. Il s'agissait simplement d'un changement de tactique.

— Descendez à l'intérieur ! pépia L'Emir, d'une voix presque imperceptible à ses auditeurs à cause de la transmission défectueuse. Vous y serez en lieu sûr, il n'y a plus personne depuis des éons.

Icho Tolot déclara :

— Il a peut-être raison. Puisque nous ne pouvons nous retrancher dans notre vaisseau, il vaut sans doute mieux que nous disparaissions dans le sous-sol. Le système défensif de surface devrait se calmer quand nous ne serons plus là, bien qu'il lui ait fallu plutôt longtemps avant de se réveiller. Finalement, nous serons plus en sécurité dans la prison elle-même !

Fancan Teik le prévint :

— Le décor là-dessous n'est pas particulièrement réjouissant, Tolotos. Mais après tout c'est l'occasion de dénicher les générateurs principaux. Si nous les coupons, plus rien ne fonctionnera, y compris les glisseurs-robots. De plus, nous pourrons repartir. Venez, maintenant. Je connais le chemin…

Un rideau d'énergie s'éleva juste avant qu'il ne se penche pour ouvrir le sas. Haut de cinq mètres, il encerclait le panneau d'acier comme une clôture scintillante. De semblables barrages se dressèrent un peu partout sur la plaine. La fuite vers les profondeurs du planétoïde leur était coupée.

— Reculez un peu, appela Ivan. Nous allons voir s'il n'y a pas moyen d'éliminer cet obstacle. Mettez-vous tout de même à l'abri, il pourrait y avoir une mignonne explosion.

Les deux Halutiens se replièrent à couvert derrière un gros rocher. Goratchine s'éloigna d'une cinquantaine de pas et se retourna. Il fixa la barrière énergétique, et quelques secondes plus tard une colonne de feu fusa en direction du ciel criblé d'étoiles. Quand elle s'éteignit, la grille radiante avait disparu. A l'emplacement du sas s'ouvrait un trou sombre.

— Eh bien, que demande le peuple ? grogna Vania, satisfait. Allez, Messieurs. La voie est libre.

Pendant que Fancan Teik et Icho Tolot s'enfonçaient dans l'excavation, le mutant bicéphale s'occupa de liquider les trois glisseurs-robots restants, qui avaient entamé une nouvelle approche après avoir contourné les intrus. Puis il s'introduisit dans le sous-sol à la suite des Halutiens. Par chance, il y avait une échelle de descente et elle n'avait pas trop souffert de l'explosion. Cependant, elle était tout juste capable de supporter le poids d'un Halutien et Icho Tolot dut attendre que son compagnon ait atteint la première plate-forme. Il l'imita alors, et Goratchine passa en dernier.

Bien qu'il ait été prévenu, Icho Tolot ne put retenir un frisson d'effroi à la vue des innombrables squelettes. Il se ressaisit toutefois rapidement et continua sa descente.

Une vive lueur apparut soudain au-dessus d'eux. Ils s'arrêtèrent et levèrent la tête. Un écran énergétique blanchâtre miroitait, fermant hermétiquement la sortie.

Ils étaient pris au piège.

CHAPITRE IV

Les ressources du poste automatique d'alerte dans les collines ne se limitaient pas à dix glisseurs-robots. Lorsque les deux Halutiens eurent disparu dans le sous-sol avec l'exploseur, un nouveau signal fut adressé à la station principale de contrôle. A partir de cet instant, les défenses se mirent réellement en place. Tolot, Teik et Goratchine se tardèrent pas à s'en rendre compte après avoir repris leur progression et rétabli le contact avec les deux téléporteurs. Ceux-ci n'eurent aucun problème à localiser les trois arrivants et à les rejoindre d'un saut à travers la cinquième dimension.

Partout dans la planète-prison, les installations automatiques revenaient à la vie les unes après les autres et réactivaient leurs dispositifs de haute sécurité.

Quand L'Emir et Ras Tschubaï se matérialisèrent, ils découvrirent Icho Tolot et Fancan Teik pétrifiés devant l'une des rangées de piliers. Les deux Halutiens contemplaient l'atroce spectacle offert par cette cellule. Il devait s'y trouver au moins cinq cents squelettes gisant dans toutes les positions possibles. Même s'ils ne laissaient transparaître aucune émotion, il n'était pas sorcier de deviner ce qui se passait dans les esprits des deux géants quadrumanes. Ils se tenaient face aux restes de leurs frères de race et pensaient certainement aux meurtriers. Qui avaient-ils été ?

Un rideau énergétique tomba du plafond de la geôle, de l'autre côté des colonnes par rapport aux spectateurs, brouillant la vue. Quelques-uns des tas d'ossements situés à proximité de l'écran se désagrégèrent et tombèrent en poussière. Le sol fut bientôt recouvert d'une couche de poudre crayeuse.

Les Halutiens reculèrent.

— La surface est devenue un enfer pour nous, annonça Icho Tolot. Si nous ne trouvons pas la station productrice d'énergie, nous sommes perdus. Avez-vous une idée de son emplacement possible ?

Ras Tschubaï fit un geste de dénégation.

— La détection est perturbée par les masses métalliques omniprésentes. Les vibrations sont perceptibles partout, bien que très faiblement, quoiqu'elles puissent aussi bien provenir de machines alimentées par des générateurs séparés. C'est le commandant-robot de cette forteresse souterraine que nous devons localiser. Si nous arrivons à le neutraliser, nous aurons gagné. Mais si toute la planète est évidée et aménagée, nous pouvons chercher longtemps.

L'Emir réagit brusquement en apercevant un mouvement du coin de l'œil. L'éclairage des lieux, uniquement dû aux projecteurs des spatiandres, était changeant et dessinait des ombres biscornues. Le mulot-castor pouvait s'être trompé, néanmoins il examina en hâte le plafond. Et alors il vit quelque chose.

— Courez ! Vite ! (Il saisit le bras de Goratchine.) Ras, occupe-toi de Tolot et Teik. Au besoin, téléporte-les sur au moins cent mètres !

Il avait à peine fini de parler que la plaque métallique dont il avait perçu le déplacement acheva de se rétracter dans la voûte du couloir. Le fût spiralé d'un canon pulsant apparut. L'embouchure de l'arme descendit et commença à pivoter en direction des deux Halutiens qui n'avaient pas bougé d'un pas, tétanisés. Il était évident que le dispositif offensif était entièrement automatique. Il tentait de localiser sa cible. Il passa sans s'arrêter sur Goratchine et L'Emir, qui ne s'étaient pas encore téléportés. Il cherchait les Halutiens – et ne les manquerait pas. Icho Tolot fut le premier à surmonter le choc. Il donna une vigoureuse bourrade dans le dos de Fancan Teik et se mit à courir. Il était temps. Les salves d'énergie du canon pulsant labourèrent et liquéfièrent le sol métallique de la galerie à l'endroit exact où les deux géants se tenaient moins d'une seconde plus tôt.

Ils se regroupèrent une bonne centaine de mètres plus loin.

— Il s'en est fallu d'un cheveu, dit L'Emir. Et il doit y avoir des gadgets de ce genre dans tous les coins. Nous devons faire très attention. Ne vaudrait-il pas mieux que nous remontions à la surface ?

— Cela ne nous avancerait à rien, répliqua Icho Tolot. Du moins tant que nous n'aurons pas trouvé et mis hors d'état de nuire le commandant-robot.

Leur quête continua. Ils s'enfoncèrent de plus en plus profondément dans le labyrinthe aux parois renforcées. Ils ne rencontrèrent aucun robot mais durent à plusieurs reprises éviter des installations belliqueuses. Chose étrange, aucun de ces systèmes de sécurité ne s'intéressa à L'Emir, Ras ou Goratchine. Ils paraissaient exclusivement attirés par les deux Halutiens. Ce qui achevait de prouver que cette prison avait été aménagée pour y incarcérer des êtres de cette race – ou qui en étaient très proches.

Les armes vibratoires employées étaient réglées pour tuer. Mesurant les hyperfréquences utilisées et la puissance mise en œuvre, Icho Tolot détermina qu'elles étaient conçues pour détruire le double encéphale d'un Halutien.

— Je ne serais pas étonné que le commandant-robot se terre exactement au centre de la planète, fit remarquer Ras Tschubaï en s'arrêtant.

Devant le petit groupe, le tunnel s'élargissait pour atteindre les dimensions d'une vaste halle brillamment éclairée. La lumière provenait autant des murs que du plafond, et le sol métallique immaculé la réverbérait mille fois. D'immenses machines rompaient l'uniformité des lieux. Elles avaient l'aspect de blocs de métal de formes indéfinissables, aux parois si épaisses qu'il était impossible d'identifier ce qui se trouvait à l'intérieur. Rien ne bougeait. Même les robots d'entretien habituellement omniprésents dans les stations automatisées manquaient à l'appel. De larges allées perpendiculaires séparaient les longues rangées d'appareils. A l'autre extrémité, la salle se rétrécissait pour redevenir un simple couloir.

— Une halle de distribution, supposa Icho Tolot. Si nous pouvions la détruire, cela rendrait certainement inoffensif une partie de l'armement. Mais nous n'avons pas l'équipement nécessaire. Goratchine, pensez-vous que... ?

Il fixa le mutant bicéphale. Les deux têtes dodelinèrent de concert et Ivan confirma :

— Un jeu d'enfant pour nous. Nous pouvons nous en charger, si vous le désirez. Mais d'abord il faut sortir d'ici et nous mettre à l'abri. Il suffira peut-être de démolir les machines individuellement pour éviter de déclencher une réaction nucléaire en chaîne. Dommage que tous ces bidules se ressemblent. Impossible de savoir lequel d'entre eux abrite un réacteur atomique – si même il y en a un.

Fancan Teik fit un bond en avant quand un rideau énergétique s'activa juste derrière lui. Le retour était coupé. Mais l'Emir les rassura.

— Pas de problème. Ce n'est pas un écran SH, et il est donc facile à franchir par téléportation. Je recommanderai cependant que nous ne prenions pas racine ici. Sautons, ça ira plus vite.

Il se plaça à gauche d'Icho Tolot. Ras Tschubaï fit de même à droite et ils se retrouvèrent presque immédiatement à l'autre bout de la salle. Puis ils revinrent, emportèrent Teik et enfin Goratchine. Toute l'opération dura à peine plus de dix secondes. C'était là le temps qu'il leur fallait pour se sortir d'un éventuel piège.

— Eloignez-vous dans le tunnel, ordonna Ivan. Nous allons nous occuper des machines à partir d'ici. La protection devrait être suffisante.

Ce qui se passa ensuite fut comme un cauchemar. L'un après l'autre, les blocs explosèrent sous l'effet d'une fission nucléaire volontairement limitée par le mutant bicéphale afin d'éviter une véritable tempête atomique. Un tel brasier s'allumant à l'intérieur du planétoïde aurait immanquablement eu des conséquences fatales. Même ainsi, cependant, le résultat s'avéra dévastateur. Tout un pan du plafond s'effondra, révélant que l'épaisseur de métal recouvrant la roche était d'au moins cinq mètres. Pour un Halutien, par ailleurs capable de transmuter sa structure cellulaire en une forme cristalline si dure qu'il était de force à traverser un mur d'acier, une telle profondeur était totalement infranchissable. Et il était permis de croire que l'ensemble de cette prison, plafond, murs et sol, était tapissé d'une semblable couche.

La jambe un peu raide, Goratchine rejoignit ses compagnons. Les deux têtes souriaient jusqu'aux oreilles.

— Mission accomplie, messieurs. Toujours à votre service.

En d'autres occasions, L'Emir se serait empressé de répliquer par un sarcasme. Pour une fois, il préféra se taire. Il était plutôt d'humeur soucieuse. Ce qui le mettait mal à l'aise n'était pas le danger qui le guettait, mais plus simplement le fait qu'il n'était pas libre de se téléporter à son gré. Il devait veiller sur les deux Halutiens, qui constituaient la cible principale de l'adversaire. Pour les transporter à l'abri, ainsi que le mutant bicéphale, il fallait à chaque fois trois sauts. Et dans certaines circonstances, dix secondes pouvaient être une éternité.

Ils atteignirent un puits antigrav qui se révéla opérationnel. Icho Tolot s'en assura très aisément en sortant un petit outil de l'une des vastes poches de son spatiandre et en le jetant dans l'ouverture du conduit rectangulaire. L'objet fut immédiatement détecté et pris en compte par les champs anti-g. Douze yeux le regardèrent descendre lentement.

Goratchine et Ras passèrent en premier, suivis par les Halutiens. L'Emir fermait le cortège. Ils évaluèrent à une centaine de mètres le trajet vertical parcouru avant d'atteindre le sol. Ils devaient à présent se trouver à environ cinq cents mètres sous la surface. L'aspect des lieux leur fit penser qu'ils avaient quitté le secteur de la prison proprement dite. Ils avaient à peine avancé de quelques pas dans la galerie principale, qui était considérablement plus large et plus haute qu'aux étages supérieurs, que la lumière jaillit du plafond. Le passage, dont la voûte s'élevait à approximativement dix mètres, mesurait près de cinquante mètres de largeur. Sa longueur était impossible à estimer. Au milieu s'étendaient deux chaussées équipées de glissières de guidage électronique. Il n'y avait aucun véhicule en vue. Des deux côtés, les parois étaient percées à intervalles réguliers d'ouvertures rectangulaires faisant penser à des vitrines. D'ailleurs, toute l'installation s'apparentait à une immense artère commerçante. Ce qui prouvait à nouveau qu'il n'y avait pas toujours eu que des robots. Tout ceci avait peut-être été pris en charge après coup par les machines, qui avaient alors achevé leur œuvre de destruction entamée plus haut.

— Quelle race était-ce là ! s'exclama Ras Tschubaï, fortement impressionné. Comment des créatures capables de telles réalisations peuvent-elles être assez cruelles pour commettre un génocide ?

Goratchine, qui n'avait pas oublié sa jeunesse bien

que plusieurs siècles se soient écoulés depuis[1], suggéra d'un air pensif :

— Une race de seigneurs, je dirais. Des constructions gigantesques d'un côté, des meurtres en masse de l'autre, voilà qui n'est pas nouveau.

Ils restèrent plantés là, indécis quant à la direction à choisir. Icho Tolot remit son équipement à contribution et établit que la principale source de vibrations se situait beaucoup plus bas. Les stations génératrices devaient se trouver très profond, peut-être même près du noyau de la planète.

— A pied, nous n'y arriverons jamais, décréta Ivan Goratchine. Une question, Ras. Serais-tu capable de téléporter Tolot, Teik ou moi-même sans l'aide de L'Emir ?

L'Afro-Terranien hocha la tête.

— Je crois bien. Sur une faible distance, tout au moins, cela irait plus vite qu'en nous y mettant à deux. Mais comme je viens de le dire – sur un parcours limité.

— Ce qui est déjà pas mal, apprécia Ivan. Je proposerai donc que nous attendions dans un endroit judicieusement choisi pendant que L'Emir s'efforce de dénicher la centrale principale de contrôle. Sinon nous ne sommes pas près d'en finir. (Il se tourna vers le mulot-castor.) Et si tu découvres le jackpot, L'Emir, ne tente surtout rien. Tu reviens immédiatement au lieu convenu afin que nous décidions ensemble de la suite des opérations. Il est clair que la station centrale doit être détruite. Il est tout aussi évident que les générateurs principaux doivent également être mis hors service, puisqu'ils alimentent le système de pompage énergétique qui empêche le vaisseau des Halutiens de quitter la planète. Je sais, tout cela semble aller de soi, mais ce n'est pas tout. Nous devons absolument réussir. Le major McCisom attend en orbite

1. Rappelons qu'Ivan Ivanovitch Goratchine est né en U.R.S.S. en 1945. *(N.d.T.)*

de pouvoir atterrir, ce qu'il ne peut faire tant que l'aspirateur d'énergie fonctionne.

L'Ilt opina calmement.

— Pas de problème pour moi. Je dénicherai la centrale robot, j'en suis certain. Et quand je l'aurai localisée, il suffira que j'y emmène Goratchine – et l'affaire sera dans le sac.

Ras Tschubaï secoua la tête.

— Ce n'est pas aussi simple, petit. Trouve déjà l'installation, *ensuite* nous déciderons.

Pendant que le mutant bicéphale et le mulot-castor discutaient, les deux Halutiens s'étaient légèrement écartés du groupe. Ils longèrent quelques vitrines avant de s'arrêter. Brusquement, un rideau d'énergie rectangulaire tomba du plafond et les enferma. Les deux silhouettes massives restaient facilement reconnaissables derrière la barrière scintillante. L'espace dont ils disposaient à l'intérieur dépassait à peine dix mètres carrés.

Les parois immatérielles commencèrent à se déplacer. Elles se rapprochaient lentement, dans le but évident de désintégrer les deux captifs.

Les deux têtes de Goratchine localisèrent la source du phénomène. Elles auraient probablement pu la détruire, mais au risque qu'une partie de la voûte se détache et aplatisse ceux qu'il fallait sauver.

— Sortons-les ! lança L'Emir en regardant Ras Tschubaï. Ce n'est qu'un écran ordinaire aisément franchissable pour nous. Allons-y en même temps, Ras. D'abord Tolot, puis Teik. Mais vite ! Nous n'avons pas plus de vingt secondes.

Comme la distance était infime, ils n'eurent guère à se concentrer pour traverser le rideau d'énergie. Ils se rematérialisèrent simultanément à l'intérieur de la cage radiante, saisirent Icho Tolot chacun par un bras et sautèrent derechef.

Dix secondes plus tard, les deux Halutiens étaient hors de danger. Le rideau énergétique s'éteignit.

— S'il existait encore le moindre doute, il est maintenant levé, commenta Ras Tschubaï. Toutes les installations de ce globe sont programmées pour réagir exclusivement à la présence des Halutiens. Alors que rien ne nous agresse, Tolot et Teik courent sans cesse le risque d'y laisser leur peau. Je ne sais pas depuis combien de temps cette prison planétaire était à l'arrêt, mais je suis sûr d'une chose : elle est toujours en parfait état de marche.

Ils revinrent vers le milieu de l'avenue souterraine afin de se tenir hors de portée d'éventuelles cages énergétiques susceptibles de s'activer à tout moment. Icho Tolot s'arrêta soudain. Les autres suivirent son exemple en apercevant la raison de la halte du Halutien. Un véhicule s'approchait, déboulant de la direction de laquelle eux-mêmes étaient arrivés. Il était à peu près de la taille d'un glisseur blindé, dont il avait d'ailleurs l'apparence. A l'avant pointait une pièce d'artillerie.

Icho Tolot se remit en marche en disant :

— Là-devant, à gauche, une galerie transversale ! Elle est trop étroite pour l'engin. Peut-être pouvons-nous nous y abriter.

Ils s'élancèrent au pas de course – à l'exception de Goratchine, qui ne bougea pas.

— Je m'en occupe, assura-t-il avec confiance. Mettez-vous à couvert et ne vous en faites pas pour moi.

Les deux Halutiens, Ras et L'Emir disparurent dans le tunnel adjacent. Quand ils stoppèrent pour regarder derrière eux, ils virent que le mutant bicéphale leur avait emboîté le pas, mais s'était immobilisé à l'entrée. Les deux têtes surveillaient l'extérieur. La silhouette bizarre du Sibérien était parfaitement visible, il était évident qu'Ivan et Vania se concentraient sur leur cible. Jaillit alors une lueur flamboyante qui envahit la galerie principale. Goratchine fit un bond en arrière. Faute d'atmosphère, l'explosion avait été totalement silencieuse et ne fut suivie d'aucune onde de choc, à l'exception d'un bref frémissement du sol. La clarté redevint normale et plus rien ne trahit qu'une des merveilles technologiques d'une civilisation ancienne venait d'être détruite. Le géant terranien rejoignit ses compagnons.

— C'était un blindé téléguidé équipé d'un canon pulsant. Ces trucs-là sont plus faciles à éliminer qu'un écran énergétique. Si seulement nous n'avions affaire qu'à de tels engins…

Le couloir latéral n'étant pas éclairé, ils avaient rallumé leurs projecteurs frontaux. Icho Tolot prit appui contre le mur de métal lisse.

— Je suis absolument certain que ce monde était un camp de concentration pour Halutiens, dit-il. Je ne parviens pas à saisir comment notre peuple a pu se retrouver dans une telle situation. Nous ne pouvons qu'avoir affronté un adversaire qui nous était supérieur. Qui cela pouvait-il être et pourquoi a-t-on voulu nous anéantir ?

— Ce en quoi ils ont échoué, déclara Fancan Teik. C'est évident, sinon nous ne serions pas là. Et il n'y aurait pas non plus de planète nommée Haluta dans la Voie Lactée. Mais comment y sommes-nous arrivés ?

Après ce commentaire, L'Emir comprit que son hypothèse était correcte : les Halutiens étaient bel et bien originaires du conglomérat stellaire dénommé M 87, où ils avaient été pourchassés et exterminés. Toutefois, quelques groupes isolés avaient pu se réfugier dans les Nuages de Magellan. Une partie d'entre eux avaient ensuite poursuivi leur chemin vers la Galaxie de l'humanité, où ils avaient constitué leur armée d'invasion et tenté d'asservir toutes les races humanoïdes.

Ils se remirent en route, Tolot et Teik devant avec Goratchine entre eux, et les deux téléporteurs derrière à environ vingt mètres. La clarté vacillante des projecteurs frontaux perçait l'obscurité du tunnel en y créant des ombres fantomatiques.

Et le fléau s'abattit sur eux.

*
* *

Un mur énergétique se dressa soudain entre les deux groupes. Mais ce n'était pas un rideau ordinaire comme les précédents, ni davantage un bouclier SH vert. C'était un ensemble de trois barrières distinctes – ou plus exactement trois écrans dont chacun était d'une couleur particulière.

Le premier d'entre eux émettait une lueur jaunâtre. Il était à moins de cinq mètres de L'Emir. Derrière ce premier barrage, le deuxième miroitait d'une clarté bleutée. Et le troisième, le plus proche des Halutiens et du mutant bicéphale dont les silhouettes étaient devenues indistinctes, était un rideau écarlate.

Ras Tschubaï retint le mulot-castor par le bras.

— Attends ! Ne saute pas tout de suite. Nous ignorons la nature de ces boucliers énergétiques. Ils sont peut-être dangereux pour nous.

L'Emir se libéra d'un geste brusque.

— Dangereux ou pas, c'est ce que nous devons découvrir. Nous ne pouvons pas abandonner les autres. S'il leur arrive quelque chose, nous en serons responsables.

— Goratchine a les moyens de neutraliser les canons radiants du plafond, et il ne s'en privera pas si cela s'avère nécessaire. Ce qui ne semble pas être le cas pour le moment. Qu'en est-il avec les microcoms ?

Il augmenta le volume.

— Allô, Goratchine ! Vous m'entendez ? Répondez !

La réponse arriva, très faible et presque incompréhensible.

— Nous vous entendons. La barrière n'est pas totalement imperméable. Mais un autre barrage s'est activé du côté opposé, à trente mètres de la première. Nous sommes pris au piège. Pouvez-vous nous en sortir ?

Ras Tschubaï renvoya :

— Nous n'en savons rien. Et nous ne tenterons de sauter qu'en cas de nécessité absolue. Vous serait-il possible de traverser l'obstacle ?

— Je n'en sais rien non plus. Je vais faire un test avant que vous n'essayiez de passer par la cinquième dimension. Attendez un instant.

A la demande de son collègue téléporteur – et à contrecœur –, L'Emir recula de cinq mètres. Ils se trouvaient à présent à dix bons mètres du premier rideau énergétique. Un petit renfoncement dans le mur de la galerie leur offrit une protection. Ils patientèrent. Les contours des trois prisonniers étaient toujours perceptibles. On distinguait des mouvements derrière les miroitements du piège tricolore.

La voix de Goratchine leur parvint soudain, stridente et paniquée.

— Le sol bouge ! Une fente s'ouvre entre les deux barrières. Elle s'élargit ! Impossible de traverser le barrage ! Et cela ne servirait à rien de sauter au-dessus de la fissure, la situation est la même de part et d'autre. Attends, Icho Tolot veut te dire quelque chose…

L'organe du Halutien gronda dans les écouteurs. Il ne trahissait aucun affolement.

— Je suis au bord du trou. La lumière de ma lampe n'atteint pas le fond, pourtant il me semble distinguer des points blancs. Ce doit être des squelettes. Ils sont au moins cinquante mètres plus bas. Goratchine a un spatiandre de vol. Pas nous, malheureusement. Et je ne crois pas qu'il puisse nous retenir. Nous-mêmes pourrions résister à une telle chute en nous transmutant à l'état cristallin, mais probablement pas nos combinaisons spatiales. Pouvez-vous faire quelque chose pour nous ?

L'Emir fut plus rapide que Ras.

— Bien sûr que nous allons faire quelque chose pour vous ! Nous sautons !

Il fit un signe de tête à son compagnon. L'Afro-Terranien à la peau sombre opina avec vigueur.

— Nous sautons ensemble. Soit nous passons, soit nous aurons des problèmes.

Se concentrer sur un objectif situé à trente-cinq mètres à peine n'était qu'une formalité.

— Go ! lança Ras Tschubaï.

Les deux téléporteurs se dématérialisèrent. Et ils eurent des problèmes.

Par la suite, il leur fut difficile à tous deux de reconstituer avec précision ce qui s'était produit. Ils se souvinrent seulement d'une douleur atroce qui leur fit presque perdre conscience. Ils resurgirent malgré tout entre les deux écrans. Ils s'effondrèrent au sol et les barrières radiantes s'éteignirent. En revanche, les plafonniers du tunnel s'allumèrent. Le passage était désormais bien éclairé mais il n'y avait plus aucune fissure dans le sol – et le mutant bicéphale, tout comme les deux Halutiens, avait disparu.

CHAPITRE V

La *KC-41* orbitait toujours à cinq cents kilomètres d'altitude autour de l'unique planète du système de la naine blanche. Après avoir dormi quelques heures, le major Bob McCisom était de retour dans le poste central. Le lieutenant Kramer l'informa qu'il ne s'était rien passé de spécial, sauf que depuis environ une heure le contact était rompu entre la corvette et les trois mutants. Mais il n'y avait pas d'inquiétude à avoir, car Ras Tschubaï avait signalé juste avant cela qu'ils s'enfonçaient à l'intérieur du globe et que les fantastiques concentrations de masses métalliques qui y abondaient absorberaient les ondes.

— Cette opération commence à me courir sur le haricot, ronchonna McCisom. Nous sommes là à tourner en rond autour de ce planétoïde sans rien pouvoir faire. Si nous nous posons, nous subirons le même sort que les Halutiens. Et alors, plus question de repartir. Le capitaine Eder commence lui aussi à s'énerver. Rhodan l'envoie en mission avec ses spécialistes et tout ce qu'ils ont à accomplir, c'est de poireauter dans ce navire. Il insiste de plus en plus lourdement pour prendre une navette et atterrir avec trois hommes. Je comprends parfaitement ses raisons, impossible néanmoins de lui accorder ce plaisir. Ils ne seraient pas capables de revenir. Tout au moins tant que le système de pompage énergétique est actif là en bas.

— Peut-être pourrions-nous les descendre grâce à une sonde de reconnaissance téléguidée, proposa le lieutenant

Kramer. Ces appareils ne disposent pas d'une source de puissance autonome mais sont alimentés depuis ici par un faisceau directionnel.

Le major secoua la tête.

— Et tu t'imagines que cela fonctionnerait ? Je crois que là tu te fourres le doigt dans l'œil. L'aspirateur d'énergie affaiblira tout bonnement notre faisceau directionnel au point que la sonde tombera. C'est un risque que je ne puis prendre.

Le lieutenant s'abstint de répondre et reporta son attention sur les écrans.

Le panneau d'accès de la centrale de commandement s'ouvrit, laissant passer le capitaine Eder. Celui-ci fit un geste négligent censé être un salut et marcha droit vers McCisom.

— Major, j'en ai marre. Oui ou non, allez-vous enfin me donner une navette ?

L'interpellé fit non de la tête.

— Je viens justement d'en discuter avec le lieutenant Kramer. Je le déplore autant que vous, mais c'est une responsabilité que je ne peux endosser. Nous devons tous attendre. Et vous aussi.

— Il y aurait donc eu une erreur quelque part, ou bien j'aurais mal compris ? En fait, je ne serais pas commandant d'une équipe d'intervention mais animateur d'un club d'oisifs ? Pas très réjouissant, convenez-en. Naturellement, j'obtempère à vos ordres.

— Vous n'avez pas tellement le choix, conclut sombrement McCisom avant de s'intéresser à son tour aux écrans.

A la surface du petit globe, rien n'avait changé sinon la lumière. Le vaisseau des Halutiens était toujours au même endroit et les ombres s'étaient allongées. Le soleil allait bientôt se coucher et laisser place à la nuit.

— Croyez-vous, capitaine, que cette attente me plaise ? déclara le major.

Il ne reçut aucune réponse. Le capitaine Eder avait quitté le poste central depuis un bon moment.

*
* *

L'Emir et Ras Tschubaï étaient seuls dans le tunnel. La faille dont les Halutiens et Goratchine avaient parlé avait disparu comme si elle n'avait jamais existé. Le mulot-castor se pencha et avança de quelques pas, inspectant le sol métallique parfaitement uni. Il ne découvrit aucune solution de continuité. Il se redressa et pivota.

Ses yeux s'écarquillèrent tout rond.

Il voyait l'Afro-Terranien, mais il voyait aussi à travers ce dernier. Le téléporteur était devenu transparent, comme une silhouette semi-matérielle.

— Ras – que t'arrive-t-il ? Est-ce que tu m'entends ?

— Je te vois et je t'entends, naturellement – sauf que tu as l'air bizarre. Quelque chose a dû mal tourner pendant notre saut. Nous ne nous sommes pas complètement rematérialisés.

L'Emir revint sur ses pas et toucha son compagnon – enfin, il essaya. Il ne sentit aucune résistance. Sa main pénétra l'Africain.

— Où sont passés Goratchine et les Halutiens ? Ils ne peuvent pas s'être volatilisés comme ça !

Le mulot-castor se souvint avoir déjà vécu une expérience semblable lors d'une téléportation au travers d'un écran énergétique. Là aussi, il ne s'était rematérialisé qu'à moitié. Toutefois l'étrange et sinistre processus s'était achevé sitôt le champ éteint. Cette fois, c'était différent. Les barrières radiantes avaient disparu depuis longtemps, et pourtant les deux téléporteurs étaient toujours dans cet état intermédiaire de rematérialisation incomplète.

— Aucune justification à ce phénomène ne me vient à l'esprit pour l'instant, Ras. Mais je crois que nous allons avoir d'autres sujets de préoccupation. Il y a des lumières qui se rapprochent depuis la galerie principale. Nous devons nous mettre à l'abri.

Ras Tschubaï secoua la tête.

— Tu t'es bien rendu compte que ta main me traversait ? Nous n'existons pas vraiment ici, nous n'y sommes que partiellement. Comprends-tu ce que je veux dire ? Nous ne risquons rien. Même si les systèmes-robots nous attaquent, ils ne peuvent rien nous faire. Voilà en tout cas un avantage à ne pas négliger. Nous aurons tout le temps de trouver une explication plus tard. Pour le moment, il faut que nous rejoignions les autres.

— Et par où préfères-tu commencer ?

Il ne reçut aucune réponse à sa question. Les fanaux grossissaient très vite et il s'avéra bientôt que leurs porteurs n'étaient pas des machines mais d'immenses silhouettes qui ressemblaient assez à Icho Tolot et Fancan Teik pour que la confusion fût possible.

C'étaient incontestablement des Halutiens.

— Ils sont au moins une dizaine, dit Ras Tschubaï d'un ton sec. Il ne peut pourtant plus y avoir de Halutiens vivants ici, c'est impossible ! Ne ferions-nous pas mieux de disparaître ?

— Si tu songes à une téléportation, laisse tomber. J'ai déjà essayé. Ça ne fonctionne pas.

— Tu veux dire que… ?

— Oui, je veux dire que, répliqua L'Emir. Nous sommes présentement dans l'incapacité de nous téléporter. Nous devons marcher. Espérons que nous trouverons à quoi rime tout ceci. Il y a un couloir transversal là-bas. Allons nous cacher.

Ce n'était qu'à quelques mètres. A peine l'eurent-ils atteint que de nouvelles lumières apparurent, mais venant de l'autre bout du tunnel. Les deux groupes se rejoignirent non loin des deux mutants. Tous ces êtres étaient des Halutiens. Certains parmi eux portaient encore aux poignets des bracelets d'acier démontrant indiscutablement que leurs porteurs avaient été enchaînés.

Et alors une chose étonnante se produisit : les géants se mirent à discuter entre eux. Ras Tschubaï et L'Emir les entendirent alors que les arrivants ne disposaient visiblement d'aucun équipement de communication. En outre, les prisonniers s'exprimaient dans l'idiome du Centre, la langue véhiculaire de la galaxie M 87.

Mais le plus surprenant dans tout cela, ce fut le mulot-castor qui s'en aperçut le premier.

— L'atmosphère ! Voilà qu'il y a tout à coup de l'air ! Comment est-ce possible ?

Son compagnon humain ne répondit pas, occupé qu'il était à manipuler quelque chose sur son spatiandre de combat. Il parvint finalement à lire les indications des instruments. A la suite de quoi il annonça :

— Tu as raison, L'Emir, il y a bel et bien une atmosphère. Ne me pose pas de questions, je ne comprends pas plus que toi. Mais cela explique pourquoi nous entendons les Halutiens à partir de nos micros extérieurs. Le moindre bruit nous est à présent perceptible. Et je me demande toujours où ont bien pu disparaître nos trois amis.

— Tais-toi, maintenant, chuchota le mulot-castor. Je voudrais savoir ce que les autres racontent, là dehors. J'ai l'impression qu'ils se sont évadés et cherchent un chemin vers la surface. Ils seront bien étonnés quand ils s'apercevront qu'il n'y a pas d'air là-haut.

— Ils le savent depuis longtemps, supposa Ras.

— J'en doute.

Les deux groupes de Halutiens continuaient leurs échanges verbaux. Les deux téléporteurs étant trop loin, ils ne saisissaient pas tout. Il ressortait cependant des bribes de phrases perçues que les arrivants avaient effectivement réussi à s'échapper de leurs geôles. Il s'avéra de plus qu'ils projetaient un soulèvement contre le pouvoir des robots-gardiens. Cette insurrection, dûment organisée, avait été préparée de longue date et venait juste d'éclater. Partout dans la prison planétaire les cellules s'ouvraient, les Halutiens en jaillissaient et s'attaquaient aux installations automatisées qui avaient été programmées pour les garder en captivité avant de les anéantir.

— Je n'y comprends plus rien, chuchota Ras Tschubaï.

— Je crois que je commence à piger, moi, déclara tout haut L'Emir en sortant de leur cachette. Inutile de continuer à prendre des précautions. Les Halutiens ne peuvent ni nous voir ni nous entendre. D'ailleurs, personne ne le peut. Nous n'avons aucune existence pour eux.

— Que veux-tu dire ?

— Viens, allons-y, décida le mulot-castor sans répondre à la question de son compagnon. Tu ne vas pas tarder à saisir ce qui nous arrive.

L'Afro-Terranien hésita un peu avant de suivre l'Ilt qui se dirigeait droit sur les Halutiens toujours en pleine discussion. Et il le vit alors traverser les géants quadrumanes comme s'ils n'avaient pas été là.

A moins que ce ne fût le contraire – les Halutiens existaient, mais pas le petit ?

Ras Tschubaï ne s'attarda pas à réfléchir à cette énigme. Il sortit de la cachette et suivit L'Emir.

*
* *

Ils se trouvaient plongés dans une situation si irréelle et si fantastique que Ras Tschubaï en avait complètement oublié le sort d'Icho Tolot, Fancan Teik et Goratchine. Ils s'avancèrent en silence, côte à côte. Ils revinrent dans la galerie principale éclairée *a giorno*, et constatèrent qu'ici aussi tout s'était transformé. De petits véhicules chatoyants profilés en goutte d'eau filaient le long des glissières de guidage électronique. Cependant les vitrines étaient toujours vides. Rien n'indiquait qu'il y eût dans la gigantesque prison d'autres êtres vivants que les captifs halutiens. Tout ce qui bougeait était de nature robotique. Aucune de ces machines n'avait de forme un tant soit peu humanoïde, toutes avaient été conçues dans un but purement utilitaire. Il s'agissait le plus souvent de blocs métalliques rectangulaires ou elliptiques montés sur patins ou sur roues. Tous étaient lourdement armés. Selon toute apparence, les robots étaient en état d'alerte rouge.

C'était une sensation insolite que de pouvoir se déplacer librement et à son gré sans être remarqué. L'Emir en usa et abusa en franchissant la large galerie commerciale et en faisant halte au beau milieu d'une des voies à guidage électronique. Horrifié, Ras Tschubaï vit un des véhicules foncer droit sur le mulot-castor – et le traverser. Lequel mulot-castor se contenta de s'esclaffer avant de se remettre en marche. Ras le suivit.

Et alors, d'une seconde à l'autre, l'enfer se déchaîna.

Des Halutiens évadés se déversèrent de tous les couloirs transversaux. Quelques-uns étaient munis d'armes radiantes qu'ils employèrent contre les robots. De féroces combats s'engagèrent, dans lesquels les insurgés avaient le plus souvent le dessous. L'artillerie pulsante avait une efficacité mortelle sur leurs doubles encéphales, mais ils ne renonçaient pas. Sans cesse apparaissaient de nouveaux groupes qui s'efforçaient de vaincre les machines.

Ras Tschubaï s'étonna soudain.

— Il y avait pourtant des ossements ici, tout à l'heure. Où sont-ils passés ? Aurais-tu *aussi* compris cela, L'Emir ?

Ils se tenaient au milieu d'un carrefour pendant qu'autour d'eux le conflit faisait rage. Un combat qui n'avait sur eux pas plus d'effet que s'ils regardaient une holo-projection. Le mulot-castor répondit par l'affirmative à la question de son compagnon.

— Tu veux savoir pourquoi les squelettes ne sont plus là ? L'explication est très simple, Ras. C'est parce qu'ils ne sont *pas encore* là. Saisis-tu ce qui s'est produit ? Nous avons sauté au travers de cette curieuse barrière énergétique – et avons été projetés de quelques millénaires dans le passé. Nous n'y sommes pas réellement, seulement sous une forme immatérielle. Nous sommes pris dans un champ temporel. Je n'ai pas d'autre hypothèse, mais je crois que celle-ci tient la route. Ce que nous voyons présentement autour de nous s'est déroulé il y a des milliers d'années. La révolte des Halutiens ! Il n'en restera que des squelettes – des milliers, des millions de squelettes. Et nous ne pouvons rien y changer.

Ras Tschubaï voulut machinalement prendre le bras de L'Emir mais ne fit que le traverser.

— Si nous sommes dans l'impossibilité d'aider les Halutiens, il y a quand même quelque chose que nous devrions savoir faire. C'est trouver la centrale productrice d'énergie, le commandant-robot, la station principale de contrôle, bref ce qui dirige les installations. Même si nous sommes dans le passé, elle se situe forcément à l'endroit exact où elle sera dans mille ou cinquante mille ans. Quand nous reviendrons dans le présent, nous saurons au moins où chercher.

Le mulot-castor opina avec fermeté tout en regardant un commando de robots lourdement armés encercler et tuer jusqu'au dernier un groupe de Halutiens.

— Bonne idée, Ras. Mais je pense que nous aurions intérêt à commencer par remonter faire un tour à la surface. Il se pourrait que nous récoltions là-haut quantité de réponses à nos questions. Il ne peut rien nous arriver. Il est juste dommage que nous ne parvenions pas à nous téléporter. Heureusement, il y a des ascenseurs.

Les deux compères traversèrent les groupes de combattants sans autre forme de procès. Bien qu'ils puissent se voir mutuellement, il était évident que ni les Halutiens ni les robots, qui vivaient dans le passé, n'étaient en mesure de remarquer leur présence. Ils étaient transparents, même aux détecteurs ultrasensibles.

Ils atteignirent le puits antigrav par lequel ils étaient descendus un peu plus tôt. Il était brillamment éclairé et visiblement en service.

— N'est-il pas étrange que nous ne passions pas à travers le métal ? questionna Ras. Si nous ne sommes que semi-matériels et que personne ne peut nous voir, pourquoi existerions-nous pour le sol et les murs ?

— Là, tu m'en demandes trop, Ras. Je n'ai pas d'explication à ce phénomène. Après tout, les robots sont eux aussi constitués de métal, pourtant nous n'avons pas plus de réalité pour eux que pour les Halutiens. Par contre, le fait est que dans le présent – que ce soit dans mille, dix mille ou cinquante mille ans – ces machines ne sont plus là. Alors que l'ascenseur et les parois des galeries existent toujours dans cet avenir qui est notre temps propre. Ce qui pourrait être la raison pour laquelle nous ne tombons pas tout simplement à travers tous les obstacles jusqu'au noyau de la planète. Bien sûr, c'est là une théorie purement spéculative qui ne résisterait probablement pas à un examen poussé. Mais il est rassurant d'avoir une explication. Que ce soit ou non la bonne, ça m'est égal !

Ras resta silencieux.

Ils atteignirent les étages supérieurs et trouvèrent à chaque fois un ascenseur antigrav qui les conduisait plus haut. Tout était exactement comme quand ils étaient descendus. Seules différences, les puits fonctionnaient et les squelettes avaient disparu.

Peu avant d'accéder à la surface, ils rencontrèrent une troupe d'une centaine de Halutiens. Il ne s'agissait cependant pas des évadés mais d'individus toujours en captivité. Chargés de lourdes menottes d'acier et presque immobilisés dans des champs de confinement énergétiques, ils étaient encadrés par une équipe de robots. Ils devaient être arrivés dans la prison souterraine très peu de temps auparavant car il ressortait de leurs rares échanges verbaux qu'ils n'étaient pas du tout au courant de la rébellion en cours dans les profondeurs de la planète. Ils se traînaient à pas lourds et lents, comme un troupeau stupide. Ils s'étaient résignés à leur destin. Pour L'Emir et Ras Tschubaï, qui ne connaissaient les Halutiens que comme d'opiniâtres combattants, cette vision avait quelque chose de déprimant. Le plus décourageant était de savoir qu'ils ne pouvaient rien y changer.

Ils étaient impuissants tout simplement parce qu'à cette époque ils n'existaient pas encore.

Le dernier ascenseur les ramena à la surface.

Et là, ils remarquèrent le changement dès le premier regard.

*
* *

Un ciel d'azur, sans nuages, s'étirait d'un horizon à l'autre. A l'est, le soleil était levé depuis deux ou trois heures. Il n'apparaissait pas vraiment blanc mais légèrement jaunâtre. L'air était pur et tiède. La plaine qui s'étendait sur les quinze kilomètres séparant le sas des collines au loin était emplie d'une activité fiévreuse. Au moins vingt lourds astronefs de transport étaient posés sur le sol rocheux. Pendant que les deux visiteurs contemplaient le spectacle, l'un des vaisseaux décolla avec une accélération phénoménale et disparut en quelques secondes. Un autre atterrit, livrant de nouveaux prisonniers.

— A l'exception des Halutiens, il n'y a toujours pas un seul être vivant en vue, constata L'Emir, déçu. Rien que des robots et encore des robots. Un environnement entièrement mécanisé. Un parfait monde d'horreur et de mort.

Quand un groupe de machines passa devant eux, Ras Tschubaï s'abrita instinctivement derrière un bloc de pierre. Il ne parvenait tout bonnement pas à s'habituer au fait qu'il était invisible, que dans la réalité de ce temps il n'existait même pas.

— Je pense qu'il est inutile d'essayer de contacter la *KC-41*…

C'était la première fois depuis qu'ils avaient quitté la galerie commerciale que le mulot-castor arborait un sourire.

— Logique, elle n'existe pas encore. Et nous… ?

— Nous non plus, décréta l'Afro-Terranien.

Un groupe de robots d'apparence presque humanoïde se dirigea droit vers eux, en provenance de l'aire d'atterrissage des vaisseaux. Ils se déplaçaient sur deux jambes mais avaient des armes en guise de bras. Ils avaient sans doute débarqué avec le dernier navire et étaient certainement là en renfort pour aider à mater le soulèvement des Halutiens. Ils passèrent à quelques mètres des deux téléporteurs sans les remarquer et disparurent à travers le sas pour mettre en œuvre leur programme de destruction.

— Ne restons pas là à ne rien faire, dit Ras Tschubaï. (Il paraissait s'être remis de son premier choc.) Il nous faut trouver la station principale puis la détruire. Et ensuite tenter de revenir dans le présent pour sauver les autres.

— Tu divagues, Ras. Nous ne pouvons démanteler maintenant le cerveau central, puisqu'il existe toujours à notre époque. D'ailleurs, il n'est même pas certain que nous le dénicherons. Mais tu as raison en affirmant que nous ne devons pas rester ici plus longtemps, car cela ne nous avance à rien. Redescendons et tâchons de mettre la main sur le poste de commande.

Ils retraversèrent le sas d'acier en se joignant à une escouade de robots et reprirent le chemin des profondeurs.

*
* *

Le capitaine Eder, chef des troupes d'intervention, perdit définitivement patience. Après un court échange de paroles avec le lieutenant Siebengel, il se précipita dans le poste central et vida son sac au major Bob McCisom.

— Maintenant, écoutez-moi bien, major. Vous êtes commandant de la corvette et par conséquent entièrement responsable de votre équipage, j'en suis conscient. Je conçois donc votre refus de mettre à ma disposition un glisseur ou une chaloupe. Mais de votre côté il faut que vous compreniez que mes hommes et moi ne puissions rester ici sans agir. J'ai reçu pour mission de ramener les deux Halutiens au *Krest*. Comment, c'est mon problème. Vous, major, avez envoyé sur ce monde trois mutants et jusqu'à présent personne n'est revenu. Je sais qu'il y a là en bas une espèce d'aspirateur d'énergie. On ne peut donc écarter le risque que nous nous retrouvions coincés à la surface sans possibilité de redécoller. S'il vous plaît, laissez-nous nous en soucier. Tout ce que j'attends de vous est l'autorisation de pouvoir partir avec une chaloupe armée. Nous atterrirons et même si le système de pompage énergétique clouait la navette au sol, ma tâche n'aurait pas déjà échoué pour autant. Nous localiserons et détruirons le générateur qui alimente ce dispositif. Nous libérerons les Halutiens et récupérerons les mutants. Faites-moi confiance, je suis un vétéran.

McCisom avait laissé l'officier parler jusqu'au bout sans l'interrompre. Sans se départir de son flegme, il lui présenta alors un fauteuil libre.

— Asseyez-vous, capitaine. Et par-dessus tout, calmez-vous. Je vous comprends mieux que vous ne le croyez, et je partage même votre point de vue. Mais vous ne pouvez oublier que même si vous n'appartenez pas à l'équipage normal de la *KC-41*, vous êtes également sous ma responsabilité. Mettez-vous à ma place, capitaine. Je sais qu'il est dangereux de trop s'approcher de cette planète. Les Halutiens nous ont alertés. Si malgré cela je vous laisse y aller et que vous ne revenez pas, on me fera porter le chapeau. Si les mutants ont échoué, vous ne réussirez pas mieux avec dix hommes – c'est le maximum que puisse emmener une chaloupe.

— Qui a dit cela ? voulut savoir Eder. Mes hommes et moi pensons que nous devons quand même essayer. Nous savons que nos chances sont faibles – mais pas nulles.

— C'est moi qui vous le dis ! assena McCisom. Et qui devra ensuite vous sortir du pétrin dans lequel vous allez vous retrouver ?

Le capitaine, qui était jusque-là resté tranquillement assis, bondit hors de son siège.

— Attendez au moins que nous y soyons, dans le pétrin ! Positionnez la *KC-41* afin qu'elle soit constamment au-dessus du vaisseau des Halutiens. Il vous suffit de reprendre un peu d'altitude et de vous placer sur orbite synchrone. Nous pourrons alors rester en liaison permanente. Je sais que vous n'êtes pas en mesure de nous aider tout de suite mais si vous nous donnez une chaloupe bien armée, nous devrions déjà pouvoir défendre notre peau. Il faut que vous tranchiez maintenant, major. Nous n'avons que trop perdu de temps jusqu'à présent.

Il n'y avait qu'à regarder McCisom pour s'apercevoir qu'il était déjà à moitié convaincu. Cela faisait plusieurs heures qu'il était sans nouvelles des Halutiens et des trois mutants. Nul ne savait ce qui se passait là en bas. La nef sphérique noire était toujours au même endroit, intacte. Rien n'avait bougé, à l'exception de dix glisseurs-robots que Goratchine, l'exploseur, avait détruits. Le major aurait aimé atterrir directement avec la *KC-41*, mais il estimait que cela aurait été imprudent. La proposition du capitaine Eder n'était donc pas dépourvue d'intérêt en soi.

McCisom finit par hocher la tête, à regret.

— C'est d'accord, capitaine. Vous aurez votre chaloupe armée. Choisissez bien votre équipe – et bonne chance.

Il se leva et tendit la main au chef des troupes d'intervention. Eder fut si surpris par ce soudain revirement d'opinion qu'il ne put prononcer un mot. Il salua, fit un demi-tour réglementaire et quitta la centrale de commandement. Dix minutes plus tard, il appelait pour dire que la chaloupe était parée à l'envol, lui et ses hommes à bord.

Dans l'intervalle, la corvette avait repris de l'altitude et changé d'orbite afin de se trouver constamment au-dessus du site d'atterrissage du navire des Halutiens. Le paysage qui s'affichait sur les écrans était toujours aussi figé. Ni les naufragés ni les mutants ne s'étaient manifestés.

— Départ dans trois minutes, capitaine Eder.

— Nous restons en liaison permanente, major. (Et après une courte hésitation, l'officier ajouta :) Et merci encore.

Trois minutes plus tard, la chaloupe franchissait le sas du hangar d'appontage et entamait sa descente. Elle avait la forme d'une torpille et mesurait approximativement sept mètres de long, ce qui offrait juste assez de place aux onze hommes du commando d'intervention. Un radiant à impulsions lourd était installé dans la proue, et en cas d'agression un bouclier SH pouvait être dressé.

Après une chute de trois cents kilomètres, le lieutenant Siebengel, qui pilotait, lança le bloc-propulsion. L'appareil se cabra, décrivit une courbe allongée, continua à perdre de l'altitude et passa la limite des cinq cents kilomètres.

Rien ne se produisit.

Siebengel posa finalement sans incident la chaloupe à proximité de l'astronef noir des Halutiens. Aucune trace d'un quelconque pompage énergétique ne se fit sentir. Les générateurs du petit vaisseau fonctionnaient parfaitement et délivraient une puissance nominale. Le capitaine Eder établit la liaison avec la corvette et fit un compte rendu préliminaire au major McCisom. Ni l'un ni l'autre n'avaient encore deviné que les installations robotiques de la planète étaient ainsi programmées qu'elles ne s'en prenaient exclusivement qu'aux Halutiens. Elles ne se préoccupaient des autres formes de vie que dans la mesure où celles-ci étaient en compagnie d'un ou plusieurs de ces géants à quatre bras.

— A partir de cet instant vous avez carte blanche, capitaine, répondit le major McCisom après avoir reçu le rapport. Essayez de retrouver Tolot, Teik et les mutants. Et soyez prudents. Si on vous attaque, défendez-vous sans états d'âme.

— Pour cela, soyez sans inquiétude, promit Eder d'une voix hargneuse.

Tous avaient enfilé leurs spatiandres de combat et sortirent de la chaloupe. Les hommes étaient armés jusqu'aux dents et en mesure de donner du fil à retordre à toute une compagnie de robots. Ils prirent la direction du nord, environnés du décor étranger et inanimé d'un monde sans nom.

*
* *

Le champ temporel perdurait.

Impuissants, Ras Tschubaï et L'Emir ne purent que regarder les armes meurtrières des robots accomplir leur macabre besogne. Les rayons pulsants tuaient les Halutiens rebelles mais ne détruisaient pas leurs corps. Partout, dans les galeries souterraines, aux carrefours, se multipliaient les cadavres, empêchant la circulation des véhicules à guidage électronique. Ce qu'éprouvaient mentalement les deux téléporteurs en traversant ces funèbres entassements sans même sentir leur présence était indescriptible. C'étaient deux plans temporels différents qui se croisaient en ce lieu et à cet instant. Aucun des deux n'avait la moindre influence sur l'autre. Peut-être étaient-ils simplement parallèles et ne faisaient que se frôler. Quoi qu'il en fût, le résultat restait identique, aucune interaction n'était possible.

Les canons pulsants motorisés s'infiltrèrent jusque dans les tunnels les plus petits et les plus éloignés et s'en prirent également aux Halutiens qui étaient restés dans leurs cellules. Le commandant-robot de la prison planétaire devait avoir ordonné une extermination totale.

L'Emir et Ras Tschubaï furent témoins de cet holocauste. Ils virent comment était anéantie une race entière que quelqu'un avait ici rassemblée, à l'intérieur de ce monde tournant autour d'un soleil nain. Ce fut par un pur hasard de leurs déambulations qu'ils atteignirent à nouveau la large et haute galerie commerçante. Dans l'intervalle, la situation avait progressé. Les Halutiens révoltés avaient réussi à repousser les gardiens-robots et à avancer. La circulation était complètement paralysée. Des montagnes de cadavres, ainsi que nombre de machines réduites à l'état de ferraille, entravaient l'approche des renforts mécaniques. Le conflit évoluait petit à petit en une guerre de positions. Il était néanmoins évident pour les deux téléporteurs que les insurgés étaient dans une impasse. Ils ne pouvaient plus rebrousser chemin vers l'intérieur de la planète, mais il leur était tout aussi impossible de poursuivre vers la surface. D'un côté comme de l'autre les gardiens-robots étaient aux aguets et attendaient l'occasion de braquer leurs canons pulsants sur les condamnés, pour l'instant hors de portée, qui auraient la témérité de s'avancer.

C'était une situation sans espoir.

— En face de nous s'ouvre le couloir dans lequel nous avons entamé notre périple temporel, dit Ras Tschubaï en traversant la large galerie. Et si nous faisions une nouvelle tentative ?

L'Emir le suivit en passant devant un blindé couché sur le flanc.

— Nous n'avons pas de temps à perdre. Si nous voulons sortir de ce chronochamp pour revenir au présent, le mieux est d'essayer à l'endroit où tout a commencé. Et c'est là, dans ce tunnel transversal. Donc allons-y.

En chemin, ils avaient plusieurs fois testé leurs facultés de téléportation. Le résultat avait toujours été identique : il ne se produisait rien. Ils restaient simplement là où ils étaient. Le mulot-castor, qui n'en était pas à sa première expérience de ce genre, avait ses théories personnelles sur les déplacements temporels. Pas en ce qui concernait leur nature profonde, car c'était hors de sa portée. Son instinct lui disait seulement que le retour ne devait être possible qu'à partir de l'endroit exact où la chute dans le passé avait eu lieu.

Des hordes de Halutiens évadés se précipitèrent vers eux – et les traversèrent. Ils se dirigeaient vers la galerie commerçante où s'étaient regroupés les survivants de l'expédition de destruction des robots. L'Emir et Ras savaient qu'ils couraient à la rencontre de leur funeste destin. Il était impossible de modifier le cours ancien des choses, et donc hors de question d'altérer l'avenir.

Ils atteignirent enfin l'emplacement où la barrière énergétique tricolore s'était dressée trois heures plus tôt – selon leur temps personnel.

— C'était ici, affirma L'Emir d'un ton péremptoire. Le petit passage latéral est là, en face. Tu le vois ? Quand nous nous sommes « rematérialisés » sous notre forme actuelle, nous étions exactement ici. Je me demande juste quelle direction nous devons prendre pour sortir du champ temporel – à condition que nous réussissions à sauter. As-tu une idée à proposer ?

— Je suis d'accord avec toi, nous sommes au bon endroit et c'est à partir d'ici que nous allons faire une tentative. Nous n'avons qu'à nous téléporter n'importe où, je ne pense pas que le vecteur ait la moindre influence sur le résultat. Si nous revenons dans le présent, nous devrions à nouveau nous heurter à l'écran d'énergie. Nous aurons alors gagné – enfin, je l'espère…

L'Emir opina du chef.

— C'est ce que je pense aussi. Alors essayons, mais bien synchronisés.

Ils s'assurèrent une dernière fois qu'ils se tenaient exactement là où il fallait. Ils visualisèrent alors l'emplacement où s'était trouvé le rideau tricolore, se concentrèrent – et sautèrent.

La seconde qui suivit dura cinquante mille ans…

CHAPITRE VI

Comme le capitaine Eder et ses hommes avaient pris la direction du nord, ils passèrent loin du sas d'acier – ou de ce qui en restait. En vue d'économiser l'énergie, ils avaient renoncé à utiliser les micropropulseurs de leurs spatiandres. Ils se contentèrent d'activer leurs antigrav afin de neutraliser la plus grande partie de la pesanteur, ce qui facilitait leur progression.

Entre-temps, le petit soleil blanc s'était couché. La différence de luminosité avec le jour n'était cependant pas flagrante étant donné l'énorme densité stellaire de ce secteur galactique. La clarté provenant presque uniformément de toute la voûte céleste, il n'y avait pratiquement pas d'ombres. Les sommets des collines se dressaient sur leur droite. Rien ne bougeait. L'hypothèse selon laquelle les dispositifs d'alerte étaient programmés uniquement sur les impulsions mentales des Halutiens semblait se confirmer.

Le major McCisom appela. La liaison était parfaite.

— Avez-vous déjà trouvé quelque chose, capitaine Eder ?

— Hélas non, major. Comparée à ce planétoïde, la Lune est un vrai champ de foire. Tout au moins pour ce que nous avons vu jusqu'à maintenant.

— Tâchez de découvrir une entrée. Si vos recherches n'aboutissent pas, il ne vous restera qu'à utiliser celle par où les Halutiens et les mutants ont disparu.

— C'est justement ce que je préférerais éviter. Je

pense que nos chances seront meilleures si nous nous infiltrons par un autre accès.

— Comme vous voudrez. N'oubliez pas d'appeler à intervalles réguliers.

Le bref échange n'avait pas ralenti l'avance du groupe. La faible pesanteur résiduelle permettait aux hommes de parcourir de grandes distances en quelques enjambées. Ils traversèrent un plateau au milieu duquel se dressait un cône montagneux. Cette éminence était leur objectif.

Les détails se précisèrent au fur et à mesure de leur approche. Le sommet était plat – ou avait été aplani, et sur cette aire reposait un bâtiment en forme de coupole étirée en hauteur. Il s'agissait apparemment d'un métal blanc qui réfléchissait vivement la lumière des étoiles.

Le mont ne faisait guère plus de cinquante mètres d'altitude et ses flancs lisses s'élevaient presque à la verticale sur tout son pourtour.

Eder et ses hommes firent le tour de l'éminence mais ne trouvèrent aucun accès.

— Nous n'avons qu'à passer par la voie des airs, proposa le lieutenant Siebengel. Sinon, à quoi bon trimbaler un équipement de vol ?

Deux minutes plus tard, les onze Terraniens prenaient pied sur le petit plateau. Le dôme en occupait exactement le centre et laissait tout autour un rebord de dix mètres de large. Le chef du groupe considéra l'étrange construction avec un certain embarras. Tout comme il n'y avait aucun moyen de gravir la pente pour accéder au sommet, on ne voyait pas davantage d'ouverture vers l'intérieur du semi-ellipsoïde. Sa surface ne présentait pas la moindre solution de continuité.

— On dirait un peu l'œuf de Colomb – mais en plus gros, déclara le sergent Proster. Je me demande comment nous allons nous y introduire.

Le capitaine estima cependant qu'il devait exister une

entrée. Elle était bien cachée, voilà tout. Il se pouvait aussi que cette coupole soit une station de surveillance automatique qui les avait repérés depuis longtemps et avait signalé leur présence. Dans ce cas, il ne tarderait pas à se passer quelque chose ici même. C'était là-dessus que comptait Eder, quoique cet espoir fût tempéré par la pensée que la petite troupe pourrait être assaillie par un peloton de robots supérieur en nombre et en armement.

— Une antenne sort du machin ! cria soudain le lieutenant Siebengel en désignant le sommet du dôme. C'était une tige de métal scintillant qui était en train d'en émerger, s'élevant rapidement. Le mouvement cessa quand l'axe se dressa verticalement sur une hauteur de dix mètres. Les hommes attendirent en silence, et durant presque dix minutes rien ne se produisit.

Alors apparut dans la coupole une fente assez large pour permettre à deux personnes de la franchir côte à côte.

Le capitaine Eder s'avança vers l'ouverture, le radiant à impulsions prêt à tirer. Il fit signe à sa troupe, qui lui emboîta le pas.

— C'est très aimable de leur part, commenta le sergent Proster. Espérons que ce ne soit pas un piège.

Nul ne lui répondit. L'un après l'autre ils pénétrèrent sous le dôme et ne furent pas étonnés quand la lumière s'alluma. Dans le même temps, l'entrée se referma.

Ils se retrouvèrent dans un espace totalement nu dont la forme générale correspondait à celle de l'extérieur. Au milieu de la salle s'ouvrait un puits de section carrée. Un garde-fou l'entourait entièrement, sauf en un point.

Eder alla jusqu'à la rambarde et plongea son regard dans un vide insondable. N'y voyant rien, il bascula l'interrupteur de son projecteur frontal. Le cône de clarté se perdit dans l'obscurité. Le capitaine se tourna.

— Il ne peut s'agir que d'un accès vers la prison

souterraine dont les Halutiens ont parlé. Ce puits doit être un ascenseur anti-g. Peut-être qu'il fonctionne encore. Et si tel n'est pas le cas, c'est sans importance. Nous descendrons avec les antigrav de nos spatiandres.

Le sergent Proster se balançait nerveusement d'un pied sur l'autre.

— Vous voulez que nous y allions tous, Monsieur ? Sans affecter personne à la surveillance ?

Eder secoua la tête.

— Pour quoi faire ? Nous savons que les communications ne passeront pas. Alors, à quoi bon poster un garde ici ? Il serait incapable de nous prévenir. Et c'est plus sûr si nous restons groupés.

Le puits était hors service. Ils se préparèrent donc au trajet vertical en activant leurs générateurs anti-g. Ils franchirent l'ouverture du parapet l'un derrière l'autre et se laissèrent flotter vers le bas en douceur.

Ils planèrent sur près d'un demi-kilomètre avant d'atteindre le sol.

A peine avaient-ils fait quelques pas dans le large couloir qui s'ouvrait à la base du conduit qu'un rideau énergétique se mit à flamboyer dans leur dos.

Le chemin du retour leur était coupé.

*
* *

La triple barrière énergétique rouge, bleue et jaune réapparut aux yeux des deux téléporteurs pour redisparaître aussitôt. L'ouverture au bord de laquelle se tenaient Icho Tolot, Fancan Teik et Goratchine commença à se refermer, comme si le temps repartait en arrière.

Tolot pivota sur lui-même.

— Finalement, ça a bien marché, dit-il sans montrer trace d'étonnement. Je craignais que vous ne parveniez pas à franchir le barrage – et en fait il s'est simplement évanoui.

L'Emir comprit que pour les trois autres ils n'avaient été absents qu'une fraction de seconde, alors qu'en fait ils avaient séjourné plusieurs heures dans une autre dimension. Il reprit sa respiration.

— Cela a un rapport avec la relativité, Tolot. Nous avons pas mal de choses à raconter. Mais commençons par quitter cet endroit. La prochaine fois pourrait se passer moins bien.

— Qu'est-ce qui pourrait mal se passer ? voulut savoir le Halutien, intrigué. (Ils longèrent le couloir en direction de l'ancienne galerie commerciale.) Fais-tu allusion à quelque chose de précis ?

Quand le mulot-castor revit la vaste avenue jonchée de squelettes, il ne put se retenir de lâcher un soupir de soulagement, bien que le spectacle soit tout sauf enchanteur. Toutefois, les ossements prouvaient qu'ils étaient bien tous dans le présent. Et « le présent » signifiait que la *KC-41* était en orbite autour du planétoïde. Ce qui impliquait qu'elle était accessible. En résumé, la matérialité des macabres vestiges équivalait à dire qu'il existait aussi un Empire Solaire, un Stellarque nommé Perry Rhodan, et un ultracroiseur du nom de *Krest IV*.

— Nous avons fait un petit tour dans le passé, dit L'Emir en montrant un renfoncement assez important. Allons nous installer là-bas, nous devrions y être en sécurité. La vue est dégagée dans toutes les directions et nous y serons à l'abri des surprises.

Icho Tolot et Fancan Teik lui emboîtèrent le pas sans piper mot. Goratchine discutait avec Ras Tschubaï, et les autres pouvaient suivre leur conversation dans les écouteurs de leurs casques.

D'abord avec quelques hésitations, puis de plus en plus aisément, le mulot-castor relata aux deux géants le génocide de leur peuple. Il leur confirma que les êtres qui avaient été faits prisonniers, déportés ici puis exécutés, étaient bel et bien des Halutiens.

En Fancan Teik, le scientifique s'efforça en premier lieu de trouver une explication à ce décalage temporel. Il n'arriva à rien de probant et ils convinrent de revenir là-dessus ultérieurement, quand les physiciens du *Krest* pourraient les aider. Ce fut ensuite Teik l'historien qui prit le relais. Après avoir cogité un moment, il aboutit à la conclusion que les Skovars et les Halutiens de cette époque reculée avaient une ascendance commune. Lorsque L'Emir attira son attention sur le fait que les seconds étaient presque deux fois plus grands que les Skovars actuels et avaient un œil de moins, Teik ajouta qu'il s'agissait probablement des conséquences d'une mutation.

Ras Tschubaï le dévisagea, surpris.

— Vous voulez dire que les Skovars seraient la race originelle et que vous, les Halutiens, en constitueriez une dérivée mutante ? Ne serait-ce pas plutôt le contraire ?

Le géant n'était pas de cet avis. Il était certain que les Halutiens descendaient des Skovars tels qu'ils existaient actuellement. Il y avait eu altération génétique à un moment donné. La question était de savoir s'il s'était agi d'une mutation naturelle ou si elle avait été artificiellement provoquée. La chose devait s'être produite soixante-dix ou quatre-vingt mille ans plus tôt. Car si le témoignage de L'Emir était exact, tous les Halutiens de M 87 avaient été rassemblés sur cette planète cinquante millénaires auparavant, et exterminés peu après.

Restaient à découvrir les raisons qui avaient entraîné cet holocauste.

— Nous ne pourrons guère aller plus loin dans nos déductions pour le moment, décréta Icho Tolot. Il est normal que nous fassions le point sur tous ces mystères, néanmoins nous avons d'autres soucis plus urgents. Nous sommes coincés ici ; nous devons trouver la station énergétique et la centrale de contrôle ; nous devons aussi couper l'aspirateur d'énergie ; et nous ignorons ce qui a pu se passer à la surface ces dernières heures.

— En ce qui concerne le dernier point, ça peut s'arranger facilement, proposa L'Emir. Attendez-moi ici, je fais un saut là-haut et je suis de retour dans cinq minutes.

Icho Tolot hésita. Mais le mulot-castor repoussa par avance toutes les objections d'un geste impérial.

— Que redoutes-tu donc ? Il ne m'arrivera rien, je ne suis pas un Halutien. De plus, je puis me téléporter. C'est l'affaire de quelques instants.

Personne n'insista.

L'Emir se dématérialisa donc en direction de la surface.

*
* *

— Ce n'est pas la peine de moisir ici, affirma Eder quand le barrage énergétique eut coupé la retraite au petit groupe. Il y a d'autres issues, et au moins nous ne risquons pas de voir arriver des robots par-derrière. Notre tâche est de retrouver les Halutiens et les mutants. Si nécessaire, les téléporteurs pourront nous ramener à la surface.

— Nous avons perdu le contact avec le major McCisom, annonça le lieutenant Siebengel.

— Comme il fallait s'y attendre. (Le capitaine jeta un œil dans le tunnel, d'abord d'un côté puis de l'autre.) Ce qu'il faut décider pour l'instant, c'est par quel chemin entamer nos investigations. Alors, prenons-nous à droite ou bien préférez-vous à gauche ?

Pour une fois, ce fut le sergent Proster qui fit une proposition pleine de bon sens.

— A mon avis nous devrions partir vers la gauche – et pour la bonne raison que c'est la direction du sud, c'est-à-dire celle d'où nous sommes venus. D'ailleurs, peut-être découvririons-nous l'entrée utilisée par les mutants.

Nul ne trouva à redire à cela. Ils tinrent leurs armes parées à faire feu et se mirent en marche.

La galerie n'était pas éclairée, cependant une lueur apparut bientôt au loin. Il devait donc y avoir quelqu'un ou quelque chose là-bas, ce qui incita le capitaine Eder à redoubler de prudence. Il divisa ses hommes en deux groupes, le premier avançant le long de la paroi de gauche tandis que l'autre faisait de même contre celle de droite. Eder fit une nouvelle tentative pour joindre le major McCisom, mais celui-ci ne se manifesta pas – à la différence d'un autre personnage, et à la surprise du capitaine.

Dans les casques de la troupe d'intervention résonna soudain une voix humaine :

— Je me doutais bien que votre curiosité serait la plus forte ! Par où êtes-vous entrés et où êtes-vous ?

— Est-ce vous, Goratchine ? Ou bien Ras Tschubaï ? interrogea Eder, ébahi.

— Nous sommes ensemble. Où vous cachez-vous donc ?

— Aucune idée. Nous avons déniché un accès sur une élévation dominant la plaine et sommes descendus par un ascenseur antigrav. Cinq cents mètres de profondeur, d'après mon estimation. Nous nous sommes posés avec une chaloupe juste à côté du vaisseau des Halutiens. A la surface tout est tranquille et personne ne nous a attaqués. Là où nous nous trouvons, il fait plutôt sombre. Pouvez-vous nous dire où vous êtes ?

— Si nous ne savons pas où vous êtes, vous, cela risque d'être difficile à expliquer. Entre parenthèses, c'est avec Ras Tschubaï, le téléporteur, que vous parlez. Icho Tolot, Fancan Teik et Goratchine sont près de moi. Le mulot-castor L'Emir s'est évaporé il y a deux minutes, destination l'air libre, si l'on peut dire !

— Le major McCisom commençait à se faire du mouron à votre sujet. Que vous est-il arrivé ?

— Nous en discuterons plus tard. Il faut d'abord que nous nous rejoignions. Nous avons fait halte dans une immense galerie de près de cinquante mètres de large, une espèce d'artère commerçante. Elle est orientée nord-sud. Mes instruments indiquent que vous êtes au nord par rapport à nous. Si vous débouchez dans cette avenue, longez-la en allant vers le sud. Ah, et elle est éclairée !

Le capitaine Eder signala qu'ils se déplaçaient déjà pratiquement dans cette direction et qu'il y avait de la lumière devant eux. Si on prenait en compte la distance parcourue à l'extérieur par les onze hommes du commando, les deux groupes ne devaient pas être à plus de dix kilomètres l'un de l'autre.

Ils convinrent de se mettre en route pour se retrouver sitôt que le mulot-castor serait revenu.

*
* *

Quand L'Emir se matérialisa à la surface, il soupira de nouveau malgré lui. Le ciel était constellé d'étoiles.

Il avait réintégré le présent, et la *KC-41* devait donc stationner quelque part au-dessus du globe. Il aurait pu s'y téléporter directement mais il estima avoir plus important à faire dans l'immédiat. Il lui fallait d'abord s'assurer que le vaisseau des Halutiens était toujours au même endroit, et intact. Il le découvrit tout de suite en regardant autour de lui. La coque noire masquait la clarté stellaire, formant un petit disque sombre sur l'horizon.

Il n'avait rien de plus à gagner par là, et il aurait en principe pu retourner dans les profondeurs de la planète, au lieu de quoi il régla son microcom et appela le major McCisom. Le centralcom de la corvette répondit sans délai, et vingt secondes plus tard il était en ligne avec le commandant du navire.

— Il commençait à être temps ! s'exclama ce dernier. Est-ce que tout va bien ?

— Dans l'ensemble, oui. Toutefois nous n'avons pas encore trouvé la centrale énergétique ni la station de contrôle. Elles se situent probablement beaucoup plus bas que nous ne sommes allés. D'après nos relevés de localisation, environ cinq à dix kilomètres. Les deux Halutiens sont régulièrement pris pour cible par les gardiens-robots. Nous pourrions les ramener à la corvette par téléportation, mais il est hors de question qu'ils abandonnent leur vaisseau.

— Je comprends très bien, L'Emir. D'ailleurs, je puis t'annoncer que le capitaine Eder est descendu avec dix hommes. Les avez-vous déjà rencontrés ?

— Pas encore. Cependant, je le signalerai aux autres et nous ouvrirons l'œil. Sinon, rien de neuf ?

— Non. Nous attendons. Nous sommes présentement sur une orbite stationnaire et restons donc en position stable au-dessus de votre site d'atterrissage. Nous espérons que les Halutiens seront bientôt en mesure de repartir, parce qu'ici ça commence à devenir monotone.

Le constat fit sourire le mulot-castor, ce que McCisom ne put évidemment voir.

— Monotone ? Pour vous dans votre grosse boule, peut-être, mais pas pour nous. Si vous voulez un peu d'animation, vous n'avez qu'à nous rejoindre. Ici, il y a tout ce qu'on peut désirer comme attractions : des robots retournés à l'état sauvage, des blindés qui attaquent avec des canons pulsants, des voyages temporels dans le passé, quelques millions de squelettes, et j'en oublie. Vous avez une préférence particulière ?

Le major toussota.

— Cesse de dire des bêtises, petit. Occupez-vous de remettre la situation en ordre là en bas, et ensuite revenez. Rhodan a autre chose à faire que d'écouter des plaisanteries de mauvais goût. Notre objectif consiste à sortir les Halutiens de là. Quand ils auront recouvré leur liberté de mouvement, notre mission sera terminée. Nous vous attendons.

L'Emir soupira.

— Donc, vous êtes chargé de délivrer les Halutiens ? Et qui doit faire le boulot, en réalité ? Moi, bien sûr ! Et plus tard, c'est vous qui recevrez une médaille. Enfin… J'ai l'habitude…

— Ne le prends pas mal, pctit. Ce n'est pas ce que je voulais dire. Si vous avez besoin d'aide, dites-le. S'il le faut, nous atterrissons avec la corvette et réduisons les robots à l'état de ferraille.

Le mulot-castor en oublia instantanément ses sarcasmes.

— Vous ne bougez pas de votre orbite ! Si nous ne trouvons pas l'installation de pompage énergétique, nous serons tous coincés ici. Et bonsoir la compagnie ! Alors vous restez bien sagement là-haut à nous attendre, et tant pis si vous vous ennuyez à mourir…

La seule réponse qui arriva de la *KC-41* fut un profond soupir empreint de résignation.

L'Emir se permit un dernier sourire et se concentra en vue de son saut vers la galerie commerciale souterraine du monde infernal.

Et, à la même seconde, le bouclier protecteur apparut.

Il s'étirait d'un horizon à l'autre. De toute évidence, il entourait complètement la planète-prison. Sa teinte glauque n'augurait rien de bon car elle rappelait au mulot-castor les écrans SH verts, imperméables aux téléporteurs. Ce qui signifiait qu'il leur était définitivement impossible de quitter ce monde, et plutôt deux fois qu'une : l'aspirateur d'énergie empêchait le décollage des navires et l'écran bleu-vert, s'il se révélait aussi efficace qu'un bouclier SH, interdisait la téléportation.

Mais ce dernier point n'était pas encore une certitude. L'Emir décida de s'en assurer sur-le-champ. Il se concentra sur un secteur situé à deux mille mètres d'altitude et sauta.

Une seconde plus tard, il se tordait de douleur – à l'emplacement exact de son point de départ.

L'écran était bel et bien impénétrable.

— Quelle vacherie ! pesta le mulot-castor. Si j'attrape le commandant de cette forteresse-robot, je lui écrabouillerai les condensateurs un par un avec un petit marteau. Je lui arracherai toutes les puces l'une après l'autre avec de jolies micro-tenailles. Et si cela ne suffit pas, je lui desserrerai légèrement toutes les vis. On verra alors s'il est toujours aussi prétentieux !

Il se concentra derechef sur l'avenue marchande, cinq cents mètres sous la surface, plus précisément sur le renfoncement où l'attendaient les deux Halutiens, Goratchine et Ras Tschubaï – et se dématérialisa.

*
* *

Eder et ses hommes avançaient à grands pas. Le tunnel qu'ils avaient emprunté débouchait bien dans la vaste galerie commerçante que Ras Tschubaï leur avait décrite. En partant de là, ils pouvaient se diriger plein sud. Dans la direction opposée, la carcasse renversée d'un blindé bloquait une partie du passage. Le reste était barré par une montagne d'ossements gigantesques. Près de là gisaient les vestiges plus ou moins amalgamés d'un bon nombre de robots.

— Joli coin, murmura le sergent Proster. Ce devait être un quartier accueillant, avant.

Nul ne répliqua à son commentaire. Le capitaine indiqua le sud et le groupe reprit sa progression. Un kilomètre plus loin, ils tombèrent sur une barricade semblable à celle qui coupait le chemin au nord : amoncellement d'os blanchis, de véhicules renversés et de débris métalliques aux bords fondus. Mais celle-ci faisait plusieurs mètres de haut et touchait presque le plafond.

— Utilisons nos micropropulseurs, suggéra le lieutenant Siebengel.

Par mesure de précaution, Eder appela Ras Tschubaï et lui décrivit brièvement la situation. Le téléporteur recommanda lui aussi de passer par-dessus l'obstacle avec leurs équipements de vol, et ajouta que le dernier membre de leur groupe était rentré.

— La planète est présentement englobée dans un écran de force impénétrable, conclut-il. Il y avait déjà l'aspirateur d'énergie, c'est désormais une deuxième entrave qui nous interdit le retour à la corvette. Nous n'avons dorénavant plus le choix. Il nous faut à tout prix dénicher cette satanée centrale génératrice et le commandant-robot. D'après nos détecteurs, nous devons chercher plus en profondeur. Maintenant, nous nous mettons en route pour vous rejoindre. Tout en avançant, regardez bien autour de vous s'il n'y aurait pas un puits menant vers le bas. Ainsi que nous l'a signalé L'Emir, le major McCisom commence à s'impatienter. Il s'ennuie.

Eder renifla ostensiblement.

— Alors il se morfond ? Peut-être cela lui passerait-il s'il était avec nous. Bon, nous venons à votre rencontre. J'estime que nous ferons la jonction dans une demi-heure.

Le franchissement de la barricade ne présenta aucune difficulté. De l'autre côté, la voie était de nouveau dégagée. Laissant leurs propulseurs dorsaux allumés, ils parcoururent deux kilomètres en cinq minutes. Rien ne perturba le fonctionnement des équipements et nul robot ni dispositif automatique ne les attaqua.

Quand ils découvrirent le puits principal, carré et de dix mètres de côté, ils furent contraints d'interrompre leur progression. Car de l'autre côté de l'orifice, la route du sud était barrée par une muraille d'énergie miroitant d'un blanc pur.

Elle ne pouvait être là que depuis quelques instants tout au plus car lorsque le capitaine Eder essaya d'entrer en contact avec Ras Tschubaï, le récepteur resta silencieux.

La liaison entre les deux groupes était coupée.

*
* *

C'était comme si les deux Halutiens portaient la poisse de par leur seule présence.

L'Emir, Goratchine et Ras Tschubaï pouvaient aller partout où il leur chantait sans que rien ne s'oppose à leur avance. Il arriva même qu'un robot en armes monté sur roues passât devant eux sans broncher, exactement comme s'il ne les avait pas remarqués. Mais sitôt qu'il eut les Halutiens dans le champ de ses senseurs, il sembla se réveiller. Ses petits canons se braquèrent sur Icho Tolot et Fancan Teik ; ils auraient ouvert le feu dans la seconde suivante si l'exploseur n'avait pas été là pour rendre l'engin inoffensif. Le mutant bicéphale était continuellement aux aguets pour faire sauter l'un ou l'autre dispositif au comportement agressif.

Un seul incident notable marqua leur progression vers le groupe d'intervention.

Goratchine avait repris la tête afin de pouvoir éliminer pendant qu'il en était encore temps les installations affichant des signes d'intérêt envers les Halutiens. Les deux géants le talonnaient tandis que les deux téléporteurs formaient l'arrière-garde. Quand ils eurent parcouru environ quatre kilomètres depuis l'abri où ils avaient séjourné, des robots de surveillance surgirent soudain des couloirs latéraux et face à eux. Par-derrière, la retraite venait d'être barrée par des blindés apparemment sortis de nulle part. Un nombre impressionnant de canons et de radiants furent pointés sur le petit groupe des deux Halutiens et des trois mutants.

Ras Tschubaï entreprit immédiatement de contacter l'équipe du capitaine Eder.

Il n'y eut aucun retour de signal.

— Eder ne répond pas. Il a dû se passer quelque chose, mais nous verrons ça plus tard. Juste sur notre droite, il y a un passage qui semble être resté libre. Je suggère d'aller nous y abriter en vitesse.

Ils avaient à peine commencé à courir que les blindés ouvraient le feu, en même temps qu'un gardien robot isolé. Des gerbes de métal en fusion giclèrent devant et derrière eux, éclaboussant sporadiquement leurs spatiandres heureusement à toute épreuve. Par bonheur, personne ne fut touché par un tir direct. Ils atteignirent le couloir transversal et s'assurèrent qu'aucun danger ne les menaçait dans ce tunnel sombre et étroit. Alors Ivan Ivanovitch Goratchine entra en action.

C'était la première fois que L'Emir voyait le mutant bicéphale déployer une telle activité. Bien que les capacités de l'exploseur fussent connues de tous, les deux téléporteurs et les deux Halutiens furent sidérés. Goratchine se révéla plus redoutable et plus efficace que n'importe quelle arme radiante à impulsions. Les blindés détonèrent l'un après l'autre dans un silence spectral, s'enflammèrent brièvement et cessèrent d'exister en tant que machines. Le scénario fut identique pour les gardiens robots, même s'ils étaient beaucoup plus petits. La représentation s'acheva au bout de dix minutes, laissant un décor complètement bouleversé. Partout gisaient les restes des tanks et les débris à moitié fondus des robots de surveillance. Quelques véhicules qui venaient d'apparaître en provenance du nord stoppèrent brusquement, demeurèrent immobiles pendant un court instant, puis repartirent par où ils étaient arrivés. Pour Ras Tschubaï, qui n'en avait pas perdu une miette, c'était un signe indubitable que la positronique centrale de la prison planétaire ne se contentait pas de suivre un programme préétabli mais était dotée d'une réelle capacité de réflexion et de jugement. Ce qui ne faisait que rendre cet adversaire plus dangereux encore.

Le groupe Eder restait toujours injoignable.

— Nous devons être à peu près à trois kilomètres d'eux, dit Goratchine dont les deux têtes rayonnaient de satisfaction. Je me suis sacrément défoulé – vu le temps que ça a pris ! N'allez pas vous imaginer que je sois dépourvu de pitié, car après tout les robots ne sont que des machines sans âme. Et c'est agréable de pouvoir collaborer aussi bien avec son petit frère.

Ce à quoi Vania répliqua :

— Mon grand frère ne pouvait faire autrement que de coopérer avec moi. Si je le laisse faire tout seul, c'est un zéro. Un *grand* zéro, puisque c'est le *grand* frère !

Ils reprirent leur marche vers le nord sans attendre que la discussion entre les deux têtes dégénère.

Ils avancèrent jusqu'à n'être plus qu'à quelques centaines de mètres de l'écran énergétique blanc scintillant qui barrait l'avenue comme un mur massif.

Ils savaient maintenant pourquoi le contact avec le groupe Eder avait été perdu.

— Ah, mes amis, si vous n'aviez pas votre L'Emir bien-aimé ! lança le mulot-castor. Je me téléporte de l'autre côté pour voir ce qui s'y trouve, et je reviens de suite !

Il se dématérialisa et disparut avant qu'aucun de ses compagnons ait eu le temps de prononcer un mot.

*
* *

— Il ne sert à rien de poireauter ici, répéta le capitaine Eder. Cependant, ce coup-ci nous ne descendrons pas tous. Il faudra laisser quelqu'un en surveillance car nous devons nous attendre à ce que les téléporteurs réapparaissent bientôt. Du moins, je présume qu'ils sont capables de franchir cette barrière. Lieutenant Siebengel, vous resterez ici avec cinq hommes. J'irai faire une reconnaissance en bas avec les quatre autres. Sergent Proster, vous m'accompagnez. Choisissez trois hommes.

Les soldats des troupes d'intervention étaient entraînés à réagir au quart de tour. Il s'écoula moins d'une minute jusqu'à ce qu'Eder et ses quatre compagnons sautent dans le puits antigrav – qui était opérationnel – et commencent une lente descente vers les profondeurs. Lorsqu'ils eurent disparu à la vue du lieutenant Siebengel, celui-ci se tourna et s'adressa aux cinq spécialistes qui étaient demeurés avec lui.

— Quand quelqu'un doit rester pour faire le guet, c'est toujours sur moi que ça tombe. Eh bien, espérons que cette attente nous sera profitable.

Son espoir ne fut pas déçu car il eut le plaisir, quelques minutes plus tard, de se faire écraser les pieds par un mulot-castor subitement rematérialisé à l'endroit même où il se tenait.

Pendant ce temps le capitaine Eder, le sergent Proster et les trois hommes désignés par ce dernier poursuivaient leur interminable descente. Le conduit paraissait n'avoir pas de fond.

— Cela doit bien faire déjà cinq kilomètres, avança Proster au bout d'une dizaine de minutes. Et toujours aucun signal d'en haut. Peut-être les ondes sont-elles absorbées. Les parois sont faites de métal.

— C'est un ascenseur de grande taille, affirma le capitaine. Ce n'est pas un puits ordinaire mais plutôt un monte-charge. Il devait servir au transport de marchandises, de ravitaillement et sans doute même de machines. Je crois que nous avons fait une découverte capitale.

— Les dieux nous entendent ! murmura le sergent, plein d'espoir. Sinon nous serions descendus pour rien.

Ils ne descendirent pas pour rien.

Vingt minutes s'étaient écoulées en tout quand ils atteignirent le fond du conduit. Celui-ci s'élargissait en configuration d'entonnoir renversé et débouchait dans une colossale halle de forme carrée, dont les côtés mesuraient à vue de nez entre quatre et cinq cents mètres. Au centre, là où aboutissait l'ascenseur, la voûte culminait à près de cinquante mètres.

Les cinq hommes avaient à peine touché terre que la lumière fut. La clarté sortait de partout – du plafond, des parois, et même du sol. Tout semblait en parfait état et d'une propreté immaculée – jusqu'aux caisses alignées contre les murs qui étaient empilées avec précision. Les vibrations, qui n'étaient détectables depuis la galerie commerçante que par les instruments, étaient à présent nettement perceptibles.

— Nous ne devons plus être très loin des machines, assura Eder. Si nous pouvons les trouver et les mettre hors d'usage, nous épargnerons du travail aux mutants. Le tout est de savoir dans quelle direction chercher.

S'ensuivit une discussion en règle, mais qui s'avéra stérile. Il était impossible de déterminer d'où provenaient les trépidations.

Ce fut l'instant que choisit le lieutenant Siebengel pour se manifester.

— Où êtes-vous, capitaine ? Les mutants et les Halutiens sont avec nous. Ils ont franchi le barrage énergétique par téléportation. Que faisons-nous maintenant ?

Eder l'informa rapidement de leur parcours vertical de dix kilomètres et des vibrations accrues. Il proposa que le reste des hommes, ainsi que les mutants et peut-être aussi les Halutiens, descendent les rejoindre.

La réponse vint de L'Emir.

— Ne bougez pas de là où vous êtes, Eder. Nous arrivons tous, y compris Icho Tolot et Fancan Teik. Il est hors de question de laisser quiconque en arrière. Combien avez-vous dit… ? Dix kilomètres ?

— Approximativement, oui, confirma le capitaine.

— Parfait. Attendez-nous, nous sommes là dans dix minutes.

CHAPITRE VII

Ils constituaient à présent un groupe de seize individus – treize Terraniens, deux Halutiens et un mulot-castor. C'était une force armée imposante, capable de résister à presque n'importe quel assaut, surtout avec Goratchine qui comptait pour largement plus de deux personnes. Un bref examen du contenu des caisses leur avait permis d'établir qu'il s'agissait de pièces de rechange. Ce détail à lui seul indiquait que la station principale ne pouvait plus être très loin. Supposition confirmée par Ras Tschubaï qui avait fait appel à son équipement de détection. Revenant vers les autres, il déclara :

— La vibration émane de tous les côtés, mais absolument pas du bas. Nous avons donc atteint le niveau des générateurs. Par contre, impossible d'en conclure que le cerveau central se trouve lui aussi à cet étage.

— Nous sommes à presque onze kilomètres sous la surface, rappela le capitaine Eder. C'est bien assez profond à mon goût. Et maintenant, dans quelle direction cherchons-nous ?

— Euh... En tout cas, restons groupés, décréta L'Emir. (Après une brève hésitation, il ajouta :) Enfin, à mon avis.

Comme Icho Tolot et Fancan Teik faisaient partie de la petite armée, ils devaient demeurer aux aguets au cas où auraient lieu de nouvelles tentatives d'agression. Rien ne fut cependant à signaler pour le moment. Ils traversèrent l'immense halle sans encombre et firent bientôt face à un haut et large mur de métal. Leur progression était provisoirement terminée.

Ras Tschubaï vérifia ses instruments.

— Nous sommes dans la bonne direction. Les vibrations se sont encore intensifiées et doivent provenir de l'autre côté de cette paroi. Comment allons-nous passer ? Il devrait y avoir un accès.

— Je pourrais me téléporter, déclara L'Emir. Mais je ne veux pas vous laisser seuls et sans défense.

Le lieutenant Siebengel toussa, et ce fut là le seul commentaire. Pendant ce temps, Goratchine avait longé le mur sur une vingtaine de mètres. Il s'arrêta brusquement, se retourna vers les autres et cria :

— Je pense avoir trouvé quelque chose. Venez !

Ce qu'il avait découvert devait être l'entrée. Elle était bien camouflée et totalement invisible de loin. La rainure, qui dessinait un rectangle de trois mètres sur quatre dans la paroi d'acier, était si fine qu'il fallait presque avoir le nez dessus pour la remarquer. Exactement au centre de ce quadrilatère, donc à deux mètres du sol, il y avait un minuscule bouton. Il était de la même couleur que le mur et s'en différenciait à peine.

— Reste à savoir ce qui se produit si quelqu'un le presse, murmura le capitaine Eder. (Il paraissait plutôt méfiant.) D'un autre côté, nous ne pouvons croupir là à attendre.

Goratchine leva un bras et approcha sa main du poussoir.

— Nous allons être fixés tout de suite, annonça Ivan.

Il appuya.

Pendant plusieurs secondes, il ne se passa rien du tout. Puis le rectangle glissa d'une pièce vers le haut, rentrant dans la paroi, et donna accès à une nouvelle salle. C'était un local carré d'environ dix mètres de côté. La lumière s'alluma automatiquement.

— On dirait un sas, fit remarquer Ras Tschubaï. (Il jeta un regard en direction des autres.) Nous entrons ?

— C'est pour ça que j'ai enfoncé le bouton, non ?

répliqua Goratchine en ouvrant la marche. (Il pénétra dans le singulier endroit dépourvu du moindre ameublement, alla jusqu'au milieu et s'y arrêta. Il fit signe au reste de la troupe.) Allez, venez. Nous ne savons pas combien de temps la porte demeurera ouverte.

Le groupe s'ébranla d'un bloc et en silence, les deux Halutiens fermant le ban. A peine eurent-ils tous franchi le seuil que le panneau rectangulaire redescendit et obtura de nouveau hermétiquement le passage. La lumière ne s'éteignit pas.

— C'est ce qui s'appelle foncer droit dans le piège, grogna le sergent Proster d'un ton manquant nettement d'assurance. Maintenant, ils peuvent faire de nous ce qu'ils voudront.

Il parlait encore qu'un faible sifflement devint perceptible à tout le monde. Infime dans un premier temps, il s'amplifia graduellement, devenant un fort chuintement. Ras Tschubaï consulta une fois de plus ses instruments avant de s'écrier, affolé :

— Des gaz ! On injecte des gaz dans la pièce ! Quelle est cette idiotie ? Le commandant-robot ne croit quand même pas pouvoir nous asphyxier, nous avons nos spatiandres ! Un instant ! C'est de l'oxygène et de l'azote ! De l'air ! C'est le mélange avec les proportions adaptées aux Halutiens, et qui nous convient également.

Goratchine opina des deux chefs.

— Tu avais raison, Ras. Nous sommes dans un sas atmosphérique. Tout se passe comme s'il y avait toujours de l'air là où se trouve la centrale énergétique.

L'injection du flux gazeux cessa peu après, et le calme revint. Une porte s'ouvrit dans la paroi opposée à celle par laquelle ils étaient entrés. Ils la franchirent à pas comptés et se retrouvèrent alors dans une gigantesque salle des machines. Puisqu'il y avait de l'air, les bruits divers émis par les installations étaient parfaitement audibles. Le sol vibrait sous les pieds des hommes.

Qu'il s'agît là de générateurs, les visiteurs en étaient réduits à le présumer. Solidement ancrés, les massifs blocs de métal s'alignaient en longues rangées, des canalisations miroitantes les reliant les uns aux autres. Et tout cela avait l'éclat du neuf, comme si ces dispositifs avaient été assemblés le matin même.

Vania Goratchine secoua la tête.

— Entreprendre dès maintenant de démolir tout cela serait un gaspillage de temps et d'énergie. Il doit y avoir là plusieurs milliers de machines, et nous ignorons quelles sont celles qui alimentent le système de pompage énergétique ou l'écran qui entoure la planète. Il serait à mon sens plus efficace de localiser la salle de contrôle.

— Elle ne peut être bien loin, supposa Ras Tschubaï.

Ils s'avancèrent entre les alignements. Soudain, quand ils eurent parcouru environ quatre cents mètres et se trouvèrent au milieu de la halle, les automatismes de surveillance réagirent à la présence d'Icho Tolot et Fancan Teik.

L'attaque fut si inattendue qu'ils faillirent ne pas avoir le temps de courir s'abriter derrière les blocs de machinerie.

Pour éviter d'endommager ces dernières, l'agresseur-robot ne fit pas appel aux armes radiantes mais utilisa exclusivement les canons pulsants. Ceux-ci n'étaient pas létaux que pour les Halutiens, ils tuaient aussi bien les Terraniens. Quand les premières décharges jaillirent du plafond en visant les intrus, Ras Tschubaï s'écria :

— Activez vos boucliers individuels ! Ils ne laissent pas passer les rayons pulsants. Mais ils ne résisteront pas longtemps à un pilonnage intensif. Goratchine, peux-tu... ?

Les arrivants étaient pris à partie non seulement par les batteries de la voûte, mais également par des machines de combat qui surgissaient à présent de toutes parts et n'attendirent pas d'être tout près pour ouvrir le feu.

Le mutant bicéphale avait compris à demi mot la requête de Tschubaï et entra dans la danse. Il neutralisa tout d'abord les pièces d'artillerie du plafond et s'intéressa ensuite aux robots agresseurs. Ceux-ci explosèrent l'un après l'autre. Les hommes d'Eder ne se donnèrent même pas la peine de sortir leurs propres armes. De toute façon, les choses allaient trop vite. L'assaut fut brisé presque avant d'avoir réellement commencé.

— A partir de maintenant, ça va devenir coton, déclara Icho Tolot. La défense est alertée et sait à quoi s'attendre. Elle sait aussi qu'il y a des Halutiens parmi nous. Elle était au courant depuis longtemps mais désormais elle possède en plus la certitude que nous nous approchons de la salle de contrôle. Le commandant-robot est conscient du danger qui le menace. Nous devons donc compter sur des mesures de rétorsion plus élaborées.

Les deux têtes de Goratchine dévisagèrent Tolot. Ivan ricana.

— Aucune importance. Nous nous en occuperons aussi.

La petite troupe se remit en mouvement, avec cette fois l'exploseur en tête. Les Halutiens et L'Emir se placèrent à l'arrière. Les restes calcinés des robots de combat étaient éparpillés partout. Ils étaient encore chauds et le mutant bicéphale dut à plusieurs reprises chercher un autre chemin. Ils parvinrent finalement de l'autre côté de la halle, dont le diamètre frisait le kilomètre – et se trouvèrent confrontés à un nouvel obstacle.

C'était une barrière énergétique triple : jaune, bleue et rouge.

*
* *

Tout le mur, sur une surface dépassant six cents mètres carrés, était couvert de haut en bas de témoins lumineux et d'afficheurs numériques ou analogiques. Plus de la moitié d'entre eux clignotaient continuellement. Les plus grands indicateurs étaient rouges mais de nombreux autres scintillaient dans toutes les couleurs du spectre. Diverses tonalités retentissaient en synchronisation avec les voyants écarlates, quoiqu'il n'y eût personne pour les entendre.

Les signaux avertisseurs atteignirent le cerveau du commandant-robot. Celui-ci se trouvait au cœur de la station centrale – un énorme dôme métallique chatoyant de reflets violine, de quinze mètres de haut pour le double en diamètre à la base. Il était là depuis une éternité, édifié par ses mystérieux constructeurs dans un passé si lointain qu'à cette époque l'Impérium de Lémuria disparu depuis cinq cents siècles était encore dans les limbes tandis que les Terriens de la Première Humanité utilisaient toujours des haches de pierre.

Le bloc formé d'un métal inconnu sur Terre, qui le dotait d'une capacité de réflexion proche de celles d'un être vivant intelligent, avait fondu petit à petit au fil des millénaires et ne mesurait plus guère que cinq centimètres de côté. Le commandant-robot était au courant de cela, et connaissait également la durée approximative qui le séparait de l'arrêt – qu'il espérait provisoire – de ses facultés mentales.

Aucun Bestian vivant n'avait foulé le sol de ce monde depuis des dizaines de milliers d'années. Et voilà qu'apparaissaient soudain deux de ces créatures honnies, déclenchant du même coup l'alerte générale. L'événement était inexplicable mais la résolution de ce problème ne faisait pas partie des attributions du cerveau central. Celui qu'il avait à résoudre était plus simple : les Bestians devaient être détruits.

Il initialisa les mesures de répression.

De la surface parvint l'information qu'un autre navire spatial s'était posé. C'était un très petit vaisseau dont étaient sortis onze êtres vivants. Le message certifiant qu'il ne s'agissait pas de Bestians, le commandant-robot ne prit donc aucune disposition envers ces nouveaux arrivants. L'aspirateur d'énergie, qui était installé dans les collines, resta focalisé sur la nef sphérique noire des ennemis jurés.

Le cerveau central explora ses archives mémorielles qui confirmèrent qu'il n'y avait plus le moindre Bestian dans cette galaxie, tous les représentants de cette race ayant été exécutés cinquante mille ans plus tôt. L'unité de temps utilisée était naturellement différente, mais il fut par la suite attesté que la durée en question correspondait à cinquante mille orbites de la Terre. D'où surgissaient donc ces deux-là ?

De nouveaux témoins d'alerte se mirent à rougeoyer. Les signaux associés indiquaient que les Bestians étaient parvenus au niveau inférieur de la forteresse planétaire en compagnie d'autres êtres vivants et en passant par le monte-charge antigrav principal. Le commandant-robot ordonna une fois de plus la destruction des intrus et découvrit quelques instants plus tard que toutes les tentatives s'étaient soldées par un échec. Les gardiens mécaniques avaient été détruits et les canons pulsants mis hors service.

Dix minutes après ce constat, le dispositif d'alerte annonça que les indésirables se trouvaient juste à l'entrée de la salle de contrôle.

Le cerveau central réalisa que la menace le visait directement.

Il activa le chronochamp protecteur.

*
* *

— Cette barrière est de nature identique à celle qui vous a valu votre petite excursion temporelle, conclut Goratchine après que L'Emir eut dûment manifesté sa contrariété. Vous ne pouvez vraiment pas la franchir par téléportation ?

Ras Tschubaï leva les mains en un geste de refus.

— Je préfère ne même pas essayer. Qu'est-ce qui garantit que nous arriverions à revenir une deuxième fois dans le présent ? Il doit exister un autre moyen de traverser cet écran. Je parie que la centrale se trouve juste derrière.

— Ou tout au moins la salle de contrôle, corrigea Goratchine. Bref, quoi qu'il y ait de l'autre côté, nous devons l'atteindre. (Il leva les yeux vers le plafond jusqu'auquel montait le rideau d'énergie.) Peut-être pourrions-nous commencer par le haut.

Si on y regardait d'un peu plus près, la barrière semblait être non pas triple mais sextuple, avec une parfaite symétrie. Elle se réfléchissait en fait sur un mur de métal lisse et nu. Ivan donna ses instructions, que Vania critiqua rien que pour tenir tête à son frère plus âgé que lui de deux secondes et des poussières. Cela aurait une fois de plus dégénéré en une querelle familiale si L'Emir n'était pas intervenu. Eder et ses hommes allèrent s'abriter derrière les carters des machines les plus proches. Les deux Halutiens en firent autant. Goratchine avait le champ libre.

Les deux têtes fixèrent soigneusement les électrodes afin de les neutraliser une par une et éviter ainsi une explosion nucléaire dévastatrice. Quand les premiers éléments détonèrent, il ne put cependant empêcher un pan de plafond de tomber à terre. Un trou apparut dans le rideau tricolore, par lequel le mur de métal devint parfaitement visible. Il semblait très épais et d'un seul tenant.

— C'est trop petit, estima Ras Tschubaï. Nous ignorons jusqu'où s'étend l'effet temporel au-delà de la limite.

— Je sais, répondit le mutant bicéphale. Nous continuons.

Il s'intéressa cette fois aux électrodes du sol, de crainte que toute la voûte ne finisse par se détacher. De nouvelles déflagrations eurent lieu, mais sans causer d'autres dégâts. Le barrage énergétique s'éteignit centimètre par centimètre. La brèche atteignit bientôt quatre mètres de large. Les trois écrans se dressaient toujours de chaque côté.

L'Afro-Terranien sortit de derrière son abri et fit signe au mulot-castor.

— Je pense que nous pouvons maintenant essayer de nous téléporter de l'autre côté du mur. Nous ne devrions pas subir les effets de la barrière temporelle. Nous y allons ensemble ?

L'Emir considéra la paroi puis ferma les yeux. Nul ne s'avisa de prononcer une parole. Tous avaient compris que le petit être effectuait un sondage télékinésique pour évaluer son épaisseur. Quand il rouvrit les paupières, ce fut sur un regard légèrement ahuri.

— Ce mur mesure cinq mètres de profondeur. Cela n'a aucune incidence pour une téléportation, mais je trouve cette particularité peu commune. Si je ne me trompe, ce rempart doit protéger quelque chose de très spécial.

— Bien sûr qu'il y a quelque chose de spécial – la salle de contrôle, et probablement aussi le cerveau central de cette forteresse-prison.

Goratchine héla d'un geste Eder et ses hommes.

— Vous pouvez revenir. Je pense qu'il n'y a plus de danger. (Il se tourna vers les deux téléporteurs.) Lequel d'entre vous saute ? A moins que vous n'y alliez ensemble ?

L'Emir posa une main sur le bras de Ras Tschubaï.

— Il est préférable que j'y aille seul. Tu restes ici en réserve. Si je ne suis pas de retour dans une minute, vous filez d'ici – ou bien tu me suis.

Sans attendre de réponse, il se concentra sur le mur épais – et disparut.

Ras secoua la tête, chagriné.

— Il me met toujours devant le fait accompli, se plaignit-il sans détourner le regard de la massive paroi.

Goratchine jeta un œil sur son chronographe.

— Encore cinquante secondes, annonça-t-il.

*
* *

L'Emir se rematérialisa juste devant le commandant-robot. Naturellement, à ce moment-là il ignorait encore que le cerveau central était à l'intérieur de cet hémisphère de quinze mètres de haut et d'un égal rayon au sol. La salle dans laquelle se dressait l'artefact n'était, toutes proportions gardées, pas très grande. Elle était carrée, ainsi que cela semblait être la règle en ces lieux, chaque côté mesurant à vue de nez cinquante mètres. Les murs étaient littéralement couverts de dispositifs variés ; l'un de témoins lumineux, l'autre de panneaux de contrôle, un troisième d'appareils non identifiables… Des plafonniers procuraient une vive clarté qui éclairait le local comme en plein jour.

L'intrusion du mulot-castor ne donna lieu à aucune réaction perceptible.

L'arrivant s'approcha du dôme et posa les mains à sa surface. Il sentit distinctement une trépidation, tandis que ses micros extérieurs lui transmettaient d'incessantes tonalités ressemblant à des signaux d'alarme.

— Je crois que nous y sommes, murmura-t-il pour lui-même. Tu ne bourdonneras plus longtemps, mon cher.

Quand les Halutiens s'occuperont de toi, ce sera pour te réduire en ferraille.

Il resta songeur encore quelques secondes puis se concentra sur le retour et se dématérialisa. Il s'était focalisé sur Ras Tschubaï dont il percevait faiblement les impulsions mentales. Le mur d'acier de cinq mètres n'absorbait pas seulement les ondes hertziennes, il affaiblissait également les influx psychiques. Cependant, ce ne fut certainement pas ce détail à lui seul qui fit rater le saut du mulot-castor. Lorsque L'Emir regarda autour de lui, ce qu'il vit ne fut pas ses compagnons mais la surface de la prison planétaire. Il sentait des élancements douloureux lui parcourir les membres, toutefois il n'eut pas le temps de s'y attarder.

De tous côtés, des glisseurs-robots et de petits blindés se mirent à converger vers lui et ouvrirent le feu. Leur cible se téléporta sans réfléchir, non sans avoir instinctivement visé les sommets des collines à l'horizon, ce qui lui évita un saut dans l'inconnu. Quand il se rematérialisa, il se tenait sur un plateau situé à plus de cinq cents mètres d'altitude comparativement à la plaine sur laquelle le vaisseau des Halutiens se détachait comme un point noir. Au centre de cette mesa se dressait une construction en forme de coupole surmontée d'une longue antenne. Il était désormais à l'abri d'une attaque des robots. Il lui fallait à présent décider de ce qu'il allait faire ensuite. D'une part il ne pouvait abandonner ses compagnons dans les entrailles du planétoïde, et d'autre part il ignorait complètement leur position relative par rapport à lui.

Le cerveau central ne devait pas être étranger à son saut raté. Il existait probablement un dispositif de défense contre les mutants.

Des signaux indéchiffrables saturèrent ses écouteurs. Il dut baisser le volume pour ne pas être assourdi. L'émetteur était assurément tout proche. Le regard de L'Emir accrocha par hasard l'antenne au-dessus du dôme, et il compris.

— Toi, tu ne vas pas m'embêter longtemps, grommela-t-il.

Il fureta dans les poches de son spatiandre de combat et finit par dénicher la petite grenade atomique. Il en ôta la sûreté et s'approcha de la coupole jusqu'à la toucher. Il découvrit rapidement un creux dans le sol juste à la base de la construction, dans lequel il déposa son cadeau. Puis il se téléporta dans la plaine en contrebas.

Un éclair éblouissant accompagna l'explosion du bâtiment hémisphérique. L'Emir avait vaguement espéré que l'écran bleu-vert qui enveloppait la petite planète s'éteindrait ou serait au moins affecté, maïs tel ne fut pas le cas. Aucune brèche n'apparut et le bouclier n'eut pas même un frémissement. Toutefois, le silence revint dans ses écouteurs.

— Eh bien, c'est toujours ça, se dit le mulot-castor en pensant à voix haute. (Il localisa la nef des Halutiens et se téléporta.) Maintenant, tout baigne à nouveau dans l'huile. Il ne me reste qu'à rejoindre les autres et à partir d'ici, c'est tout simple. Je connais plein de repères sur la route.

Il sauta jusqu'au sas d'acier éventré, et de là dans le sous-sol.

*
* *

Goratchine consulta à nouveau son chronographe.

— Deux minutes, dit-il. Il a dû se passer quelque chose, sinon L'Emir serait revenu depuis longtemps. Que comptes-tu faire, Ras ?

Le téléporteur désigna le mur d'un geste vif.

— Sauter, quoi d'autre ? Il a besoin d'aide.

Ivan et Vania secouèrent leurs deux têtes. Exceptionnellement, le mutant bicéphale était d'accord avec lui-même.

— Je te le déconseille. Si le petit n'est pas réapparu, c'est qu'il y a un piège là-derrière, et tu y plongerais aussi. Je ne vois qu'une seule solution au problème : percer l'obstacle. Puis-je te demander de retourner te mettre à l'abri ? L'explosion risque d'être phénoménale !

Ras hésita un peu puis se décida à donner son aval à ce plan. Le capitaine Eder et ses hommes regagnèrent leur planque et le sergent Proster murmura, assez fort pour que tous puissent l'entendre :

— Et c'est ça qu'on appelle une mission spéciale ! Depuis des heures nous ne faisons rien d'autre que de jouer à cache-cache entre des blocs de métal. Si mon officier instructeur savait cela… !

Icho Tolot et Fancan Teik s'abritèrent également, mais un peu plus loin afin qu'en cas d'agression les Terraniens ne soient pas pris sous le feu. En dépit de leur force et de leur relative invincibilité, ils se sentaient vulnérables. Cette prison-ci avait été conçue pour des Halutiens, donc les mesures défensives et offensives avaient été déployées en conséquence. Leurs capacités particulières ne leur étaient d'aucun secours et la mort planait continuellement au-dessus de leurs têtes.

— Prêt ? s'enquit Ivan, l'aîné.

Après un dernier regard pour s'assurer que tout le monde était à couvert, Goratchine s'éloigna d'environ cinquante mètres et se protégea lui-même derrière un bloc haut de seulement deux mètres, qui ne lui arrivait donc qu'à mi-poitrine. Les deux têtes se mirent alors à fixer le plafond. L'écran énergétique tricolore brasillait toujours de part et d'autre de la brèche. Mais son éclat pâlit quand brusquement, juste au centre du pan de mur dégagé, se forma un point de lumière d'un blanc éblouissant. Sa taille crût rapidement et bientôt il atteignit le diamètre apparent du Soleil.

Alors la paroi explosa.

Le mutant bicéphale s'accroupit derrière son rempart de fortune une fraction de seconde avant que l'onde de choc ne passe au-dessus de lui. Celle-ci fut suivie d'une vague de chaleur que les spatiandres de combat amortirent aisément. Des fragments chauffés à blanc fusèrent dans les espaces entre les machines, mais tout le monde était bien à l'abri et personne ne fut touché.

Dans la muraille béait à présent un trou aux bords déchiquetés et encore rougeoyants, laissant apercevoir de l'autre côté le cerveau central bien visible sous le puissant éclairage de la salle principale. Le dôme avait été atteint par des débris de métal projetés par l'explosion, comme en attestaient les éraflures brillantes parsemant sa surface. Quelques morceaux avaient perforé des panneaux de contrôle, y causant de sérieux dégâts. Une sirène hurla.

Goratchine quitta son abri et se précipita vers le lieu du sinistre, tout en s'exclamant :

— Si nous parvenons à mettre la centrale de commande hors service, tous les générateurs devraient s'éteindre. Je crois que nous sommes presque au bout de nos peines.

— *Presque* au bout, grommela le sergent Proster, de plus en plus grincheux, en sortant à quatre pattes de derrière son refuge. Ce que j'aurai surtout appris lors de cette mission, c'est à courir dans tous les sens. Plutôt désagréable.

La base de l'orifice n'était qu'à un mètre du sol. L'exploseur passa en premier puis les autres le suivirent. Quand les deux Halutiens pénétrèrent à leur tour dans la salle de contrôle, le hurlement de la sirène devint assourdissant, tandis que simultanément une pléthore de témoins avertisseurs viraient à l'écarlate et que la vibration sous leurs pieds devenait plus forte.

— Ce bidule fonctionne toujours, dit le capitaine Eder en désignant la coupole.

Ras Tschubaï tourna la tête dans toutes les directions, parcourant du regard l'ensemble de la halle.

— Je me demande où est passé L'Emir.

— Il ne tardera pas à réapparaître, déclara Goratchine avant d'entamer son œuvre de destruction.

Il s'attaqua en premier lieu au mur sur lequel brillaient les alarmes. Il déclencha en divers points des micro-explosions nucléaires en brisant les noyaux des atomes de calcium et de carbone par petites quantités. Malgré leur nature, ces réactions atomiques étaient si localisées qu'elles prenaient l'apparence de simples combustions spontanées. Un peu partout sur les panneaux de contrôle éclorent des flammes aussitôt éteintes, l'intense chaleur dégagée faisant éclater les connexions et goutter le métal. Il y eut des coupures intempestives dans le réseau électrique, tandis que d'autres contacts s'établissaient par courts-circuits. Le hurlement de la sirène fut l'une des dernières manifestations d'alarme audiovisuelles à mourir.

Icho Tolot et Fancan Teik avaient contourné le commandant-robot pour faire halte du côté opposé à l'« entrée ». Nul n'était en mesure de deviner les pensées qui agitaient présentement les esprits des deux Halutiens. Ils avaient devant eux l'assassin de leur race, bien que l'assassin en question n'ait été qu'un exécuteur obéissant à sa programmation. De fait, quel qu'ait été celui qui avait fourni l'injonction de destruction, cette chose métallique avait accompli l'holocauste.

Tolot ouvrit son casque et intima à son compatriote de faire de même. Puis il lui chuchota à voix si basse que personne d'autre ne pouvait l'entendre :

— Crois-tu qu'il puisse nous dire qui lui a donné l'ordre final ? Tout doit encore se trouver dans ses archives mémorielles, mais comment lui tirer les vers du nez ?

Fancan Teik médita un instant là-dessus avant de s'exprimer :

— Cela ne servira à rien de le lui demander, il ne réagira pas. Il a été programmé pour la destruction et il ne s'intéresse à rien d'autre.

— Pourquoi ne pas essayer ?

— Personne ne nous en empêche, Tolotos. Pose-lui la question.

Icho Tolot se rapprocha d'un pas du cerveau central. Une impression étrange l'envahit quand il se trouva juste devant le colosse hémisphérique. Il ne savait pas si le commandant-robot était *capable* de lui répondre. Et il ignorait également s'il pouvait l'entendre. Malgré tout, il se lança :

— Je suis un Halutien et tu as assassiné les miens. Pourquoi ma race a-t-elle été détruite ? Il y a forcément une motivation à cet holocauste et je voudrais la connaître. Peux-tu me répondre ? Es-tu autorisé à me répondre ?

Tout se passa comme l'avait prédit Fancan Teik : le cerveau positronique n'eut aucune réaction et resta silencieux.

Pendant ce temps, Ivan et Vania avaient continué leur entreprise de démolition. La paroi qui avait accueilli les indicateurs n'était plus qu'un magma à moitié fondu. Rien ne pouvait plus y fonctionner. Toutes les lumières étaient définitivement éteintes et aucun signal sonore n'émettait plus le moindre son. Goratchine s'attaqua au deuxième mur, celui qui supportait les contrôles des générateurs. Une nouvelle pétarade constella la cloison d'explosions nucléaires miniatures et réduisit la merveille technologique à l'état de ruine.

Subitement, une voix puissante retentit dans toute la salle. Nul ne put déterminer d'où elle sortait, mais tous en comprirent les termes. Pourtant, plus tard, personne ne fut capable de dire de quelle langue il s'était agi. Les scientifiques expliquèrent le phénomène en hasardant l'hypothèse que des impulsions hypnotiques avaient été diffusées en même temps que les paroles, permettant à chacun de saisir le sens de ces dernières.

— VOUS AIDEZ LES BESTIANS, ET POUR CETTE PREMIÈRE RAISON VOUS ÊTES CONDAMNÉS À MORT, PROCLAMA LA VOIX. DEUXIÈMEMENT, VOUS AVEZ PÉNÉTRÉ À L'INTÉRIEUR DU MONDE INTERDIT QUE NUL ÊTRE VIVANT N'EST AUTORISÉ À QUITTER. ET TROISIÈMEMENT, VOUS AVEZ FAIT BIEN PIRE EN DÉVASTANT UNE INSTALLATION CRÉÉE POUR LE BIEN DE TOUTES LES RACES DE L'UNIVERS. TROIS FOIS VOUS AVEZ MÉRITÉ LA MORT – ET TROIS FOIS VOUS MOURREZ.

Goratchine avait suspendu son saccage aussitôt que les premiers mots avaient commencé à résonner. Mais dès que la voix se fut tue, il reprit son activité avec une ardeur décuplée. Les panneaux de contrôle détonèrent à la chaîne. Brusquement, la triple barrière énergétique disparut entièrement. Les circuits correspondants venaient d'être mis hors d'usage. Au même instant de nouveaux bruits parvinrent de l'immense halle aux générateurs, comme ceux de pièces métalliques frottant les unes sur les autres.

Ras Tschubaï s'empressa d'aller jeter un coup d'œil par la brèche. Quand il se retourna vers ses compagnons, il était blême.

— On nous attaque ! Il y a au moins trois ou quatre cents petits robots de combat. Nous ne pourrons jamais vaincre une telle armée, même avec Goratchine.

Ivan, l'aîné, ne se départit pas de son calme, ou peu s'en fallait.

— Attends un peu, Ras. Je crois que tu ne m'as encore jamais vu en pleine action. (S'adressant au reste du groupe et en particulier au capitaine Eder, il ajouta :)

Vous, ne bougez pas d'ici. Quoi qu'il advienne, ne sortez pas ! Je vais faire d'une pierre deux coups et profiter de l'occasion pour démolir également une partie de la halle et des générateurs. Ma patience a des limites.

Le mutant bicéphale se dirigea à grands pas vers le trou dans le mur et intima à Ras Tschubaï de rejoindre le reste de la troupe. Il regarda à l'extérieur. Le téléporteur n'avait pas menti. De petits engins de combat rappliquaient de partout, encombrant les allées entre les blocs de machines et convergeant vers la station principale. Il y avait même plusieurs blindés qui approchaient en empruntant le large passage médian.

Le commandant-robot s'apprêtait à exécuter sa sentence contre les intrus qu'il avait condamnés à mort.

Ivan et Vania échangèrent un signe de tête, prirent une profonde inspiration et se concentrèrent sur le premier rang des attaquants.

*
* *

L'Emir se téléporta par petits sauts le long de la galerie commerçante jusqu'à se trouver à hauteur du puits principal qui menait dix kilomètres plus bas. A son grand étonnement, il perçut les impulsions mentales de ses compagnons. Elles étaient certes très faibles, néanmoins elles étaient bien compréhensibles et à peine brouillées. Le mulot-castor prit alors conscience que les barrières énergétiques avaient auparavant fait obstacle non seulement aux rayonnements hertziens, mais aussi aux ondes psychiques. Ces écrans devaient s'être brutalement effondrés. Il localisa Ras Tschubaï et apprit que Goratchine était en plein travail de démolition. Ce qui expliquait du même coup la disparition des barrages.

Il fut un tantinet mortifié de constater qu'aucun des autres ne semblait se faire de mouron à son sujet. Après tout, il s'était volatilisé sans laisser de traces et aurait pu être mort depuis longtemps. Pourtant personne ne croyait à cette éventualité. Tous étaient fermement convaincus qu'il se trouvait en sécurité quelque part, quoique chacun eût sa propre hypothèse quant à la raison pour laquelle il n'était pas revenu dans le délai prévu. Ainsi le lieutenant Siebengel était-il persuadé que le mulot-castor se déchaînait comme un beau diable au milieu des circuits de distribution les plus importants du cerveau central, cassant par télékinésie tout ce qu'il avait sous les yeux. L'Emir sourit en déchiffrant ces pensées flatteuses. Mais il eut tout à coup mauvaise conscience. Que faisait-il là à rêvasser en haut du monte-charge alors qu'il aurait dû avoir depuis longtemps rejoint ses compagnons ? D'accord, il était tombé dans un petit piège parapsychique qui l'avait expédié à la surface. Là-haut, il avait jeté un coup d'œil, détruit un terminal – et c'était tout.

Il se concentra à nouveau sur les impulsions mentales de Ras Tschubaï, localisa son collègue avec précision et se téléporta.

Il s'était à peine rematérialisé qu'une onde de choc l'envoya heurter un des panneaux de contrôle dévastés. Il lui fallut quelques secondes pour récupérer de sa surprise et se redresser. Il vit alors que tout le monde s'était placé à couvert tandis que Goratchine, posté devant la brèche du mur, démolissait méthodiquement les robots assaillants. Ce qui expliquait l'onde de choc.

Il acheva péniblement de se remettre sur pieds.

— Serait-ce le comité d'accueil ? (Il regarda autour de lui.) On dirait qu'il y a eu du changement pendant mon absence. A part la décoration, quoi de neuf ?

Icho Tolot, qui s'était abrité derrière le commandant-robot, se rapprocha du mulot-castor.

— A ta place je me tairais, L'Emir. Mais il y a effectivement du nouveau. La positronique centrale nous a tous condamnés à mort.

L'interpellé hocha la tête.

— Je sais, je sais. La drôle de voix était assez forte pour que je l'entende. Et c'est à la suite de cela que Goratchine a commencé à faire le ménage ?

— Il aurait dû s'y mettre de toute façon, parce que nous avons été attaqués.

Le mutant bicéphale marqua une pause et se tourna. Ivan, la tête de droite, parla :

— Alors, petit, où étais-tu passé ? Incidemment, je te conseillerais de baisser le crâne, vu qu'il va très bientôt y avoir une reprise du chahut.

— Ma première téléportation a été perturbée. J'ai dû être pris dans un écran anti-psi qui m'a rejeté à la surface. J'en ai profité pour y démanteler une importante station de contrôle.

Vania sourit largement.

— Comment peux-tu être certain que c'était une station importante ?

Si Icho Tolot ne l'avait pas retenu, L'Emir se serait dressé de toute sa hauteur.

— Quand je détruis quelque chose, c'est forcément quelque chose d'important, se révolta-t-il. Et si tu ne me crois pas je me colle tout contre toi, dans ton spatiandre !

Cette fois, ce fut Ivan qui répliqua :

— Tu y tiens vraiment ? C'est toi qui risques d'en souffrir. Et maintenant, à l'abri ! Je passe au deuxième service.

Le mutant exploseur se concentra de nouveau sur l'adversaire, et quelques secondes plus tard les robots recommencèrent à voler en éclats un peu partout. Plus d'un générateur eut également droit à une petite fission du carbone inclus dans son acier et s'effondra sur lui-même sous l'effet de l'intense chaleur dégagée. La gigantesque halle ne tarda pas à ressembler à un site industriel dévasté par une pluie de météorites. Il y avait des trous dans le plafond, là où l'épais revêtement métallique était tombé, laissant apercevoir la roche nue.

Le cerveau central ne s'était plus manifesté depuis l'énoncé de son verdict. Il était toujours opérationnel car il disposait de sa propre source d'énergie. Par contre, il semblait avoir perdu le contact avec ses principaux relais. Ce fut la conclusion à laquelle parvint L'Emir, couché par terre près du Halutien, en effectuant un sondage télékinésique. Ras Tschubaï profita d'une accalmie dans le combat mené par Goratchine pour rejoindre le mulot-castor en quelques bonds rapides. Il se laissa tomber au sol à côté de lui.

— Sérieusement, qu'est-ce qui s'est passé là-haut ? se renseigna-t-il.

— En principe rien, répondit L'Emir. Les deux vaisseaux sont toujours au même endroit. J'ai effectué un petit détour par les collines et j'ai fait sauter une des coupoles. Elle était peut-être vraiment importante.

— Possible… Mais tu aurais dû revenir plus vite. Nous nous sommes inquiétés pour toi.

— Il n'y avait pas de quoi, Ras. Tu sais bien que je ne prends jamais de risques inutiles.

Les déflagrations s'espacèrent peu à peu puis finirent par cesser complètement. Le mutant bicéphale s'écarta du trou et annonça que tous les robots y étaient passés. Il n'y avait plus de danger – pour le moment.

— Il serait temps d'appliquer le même traitement à la positronique principale, non ? suggéra le capitaine Eder après s'être relevé.

Ivan et Vania Goratchine considérèrent un instant l'objet du ressentiment général, puis les deux têtes acquiescèrent à l'unisson.

— D'accord. Mais il est préférable que vous remontiez d'abord à la surface, vous et vos hommes. Je conseillerais à Icho Tolot et Fancan Teik d'en faire autant. Je reste ici pour m'occuper de transformer ce commandant-robot en un tas de ferraille inerte et les téléporteurs me ramèneront ensuite près de vous. Je pense que c'est la méthode la plus sûre.

La proposition fut approuvée à l'unanimité. Ras Tschubaï et L'Emir, infatigables, se chargèrent d'emmener en lieu sûr Eder, les dix hommes de la petite troupe d'intervention, et pour terminer les deux Halutiens. Le tout fut effectué en huit sauts aller-retour. Icho Tolot fit l'objet du dernier voyage, et les téléporteurs le déposèrent près du sas d'acier, où les autres attendaient déjà. Alors qu'ils s'apprêtaient à rejoindre Goratchine, le Halutien les retint.

— Détruisez le cerveau principal – c'est l'assassin de ma race. Bien qu'il ne soit qu'une machine positronique, il a mérité l'élimination. Malheureusement, nous ne savons toujours pas qui a ordonné ce génocide. Je crains qu'après cinquante mille ans il soit désormais impossible de le découvrir, et le commandant-robot se refuse à toute explication. Faites vite. Pendant ce temps, nous retournerons aux navires. Nous vous attendrons dans le poste central de mon vaisseau.

Les deux téléporteurs revinrent dans la salle de contrôle de la planète infernale.

Et ils faillirent bien se retrouver pour de bon en Enfer.

CHAPITRE VIII

Les réactions passablement molles du commandant-robot étaient dues au cumul de plusieurs causes. L'une d'entre elles était que toute l'installation avait sommeillé dans l'inaction cinquante mille ans durant, donc que certains circuits dotés de pièces mécaniques s'étaient grippés et ne fonctionnaient plus ou ne l'avaient fait qu'à retardement. Le temps que ces dysfonctionnements puissent être compensés, les intrus en avaient profité pour s'introduire relativement en paix à l'intérieur de la planète-prison. Et lorsque le cerveau central avait enfin réagi, il était trop tard. En outre, à ce moment-là Goratchine avait déjà coupé la majeure partie des liaisons au départ de la salle de contrôle. Quand le commandant-robot lança son ordre de destruction, tous les signaux n'atteignirent pas leur destination.

Quelques-uns passèrent cependant.

L'exploseur fut attaqué peu avant le dernier retour de L'Emir et Ras Tschubaï. Une ouverture ronde était apparue dans le plafond de la salle de contrôle, exactement au-dessus de l'hémisphère abritant la positronique principale. Des grappes de projecteurs disposées à intervalles réguliers s'abaissèrent, et quelques secondes plus tard la coupole fut entourée par un écran énergétique blanc. Les générateurs de champ modifièrent petit à petit leur orientation et le bouclier s'élargit – approchant progressivement du mutant bicéphale.

Ce dernier fit un bond en arrière, jusqu'au mur, et constata que la seule issue existante, à savoir la brèche qu'il avait lui-même ouverte, était obturée par un deuxième rideau d'énergie. Il lui était désormais impossible de provoquer une explosion atomique d'une certaine ampleur sans se mettre en danger. Sans compter que les deux téléporteurs pouvaient revenir d'un instant à l'autre.

Mais il n'avait pas vraiment le choix.

— Les projecteurs de notre côté, souffla Ivan.

Vania opina du chef.

Ils remirent leur talent en action par touches chirurgicales, et les électrodes détonèrent l'une après l'autre. Le bouclier protecteur du commandant-robot s'éteignit peu à peu. Il présenta bientôt une lacune de plus de deux mètres de largeur. Quand Ras Tschubaï et L'Emir se rematérialisèrent, ce fut heureusement assez loin de l'écran énergétique. Ils perçurent cependant la soudaine vague de chaleur et reculèrent, surpris. Ils découvrirent Goratchine dans un coin de la halle, là où il était le plus éloigné de la barrière immatérielle, et le rejoignirent en toute hâte. Sur un signe du mutant bicéphale, ils se jetèrent au sol.

— Que s'est-il passé ? s'enquit le mulot-castor tout en allumant d'un geste précipité le climatiseur de son spatiandre de combat. (L'Afro-Terranien s'empressa de suivre son exemple.) La bête est repassée à l'offensive ?

Vania se chargea de répondre.

— Exactement. Nous sommes justement en train de neutraliser son bouclier énergétique. Et ensuite nous ferons sauter le commandant-robot. Cela ne présente pas de difficulté sauf que ce n'est possible qu'à partir d'ici, puisque je suis obligé d'avoir ma cible sous les yeux. J'essaierai de déclencher une explosion nucléaire – et il faudra nous téléporter dans la même seconde, sinon nous sommes tous fichus. Comprenez-vous bien ?

Ras Tschubaï hocha la tête.

— C'est parfaitement clair – et espérons que cela marchera. Chaque dixième de seconde compte.

— En fait, précisa Vania Goratchine, ce n'est pas réellement critique à ce point. Une fois la réaction initiée, il lui faut un peu de temps pour s'épanouir. C'est ce délai de latence, qui est d'un peu moins d'une seconde, que nous devons mettre à profit. Ça ira ?

— Je pense que c'est faisable. N'y a-t-il aucun signe avertisseur ? Il ne servirait à rien de sauter trop tôt.

Ce fut au tour d'Ivan de répliquer.

— Nous arriverions peut-être à gagner trois ou quatre secondes si nous initions un précurseur sur lequel se greffera la réaction principale. Ce qui amène la marge à quatre secondes. Vous aurez le temps de vous concentrer, et nous pourrons nous téléporter aussitôt que je vous aurai donné le signal.

— Nous réussirons, assura L'Emir. L'essentiel est de rendre cet œuf de dinosaure inoffensif à jamais.

— Cela devrait marcher, conclut Ivan en adressant un signe de tête à son frère. Il n'y a plus de temps à perdre. Le barrage d'énergie continue de s'étendre, et il vaudrait mieux qu'il ne nous atteigne pas avant que nous ayons « éteint » le cerveau central. Au boulot…

Les secondes qui suivirent furent un véritable cauchemar, dont les participants ne prirent cependant réellement conscience qu'une fois tout terminé. Tant Goratchine que Ras Tschubaï et L'Emir, ils s'accordèrent plus tard pour ne jamais réitérer ce genre d'expérience dans des conditions semblables. Mais tout cela n'était que pure spéculation. Le plus probable était que si la même situation se représentait ils réagiraient pareillement et sans hésiter. De l'endroit où ils se tenaient, ils pouvaient voir que le rideau blanc s'était déjà écarté pour atteindre les murs de la halle. A partir de là, il se rapprochait latéralement des trois mutants. Toutefois sa rupture médiane de vingt décimètres subsistait et ce fut à travers elle qu'Ivan et Vania ciblèrent leur objectif, un pan de l'hémisphère situé à environ deux mètres de hauteur. Ils avaient choisi cet emplacement car il devait leur permettre de provoquer l'effondrement total de l'artefact en une seule explosion.

Dix secondes s'écoulèrent avant que n'apparut sur le revêtement du commandant-robot un point blanc aveuglant qui se dilata rapidement. Les deux téléporteurs, éblouis, fermèrent les yeux et se concentrèrent sur leur destination – le sas d'acier à la surface. Ils tenaient chacun une main de Goratchine, et attendirent le signal convenu.

Qui arriva deux secondes plus tard – par une simple pression de la paume.

Ils s'évanouirent tous trois une fraction de seconde à peine avant que le cerveau central ne se transforme en plasma sous l'effet de la déflagration nucléaire. Les radiations émergentes pénétrèrent partiellement dans l'espace quintidimensionnel en s'engouffrant dans la brèche ouverte par les téléporteurs et non encore refermée, altérant le champ que ceux-ci avaient créé. Les coordonnées du point de sortie en furent légèrement modifiées.

Quand L'Emir et Ras Tschubaï se rematérialisèrent avec Goratchine entre eux, ce ne fut donc pas près du sas d'acier ni même à la surface de la planète. Ils apparurent au contraire près du plafond d'une immense salle en forme de dôme et commencèrent immédiatement à tomber vers le sol de métal uni. La hauteur était d'environ cinquante mètres et ils eurent tout juste le temps de ralentir leur chute à l'aide de leurs antigrav – plus un soupçon de télékinésie du mulot-castor – pour se poser sans casse.

La halle était éclairée *a giorno*. Circulaire, elle avait un diamètre de trois cents mètres et était entièrement vide.

— C'est sûrement à cause de l'explosion, déclara L'Emir. Elle nous a légèrement perturbés, mais rien de grave.

Il se tut en sentant brusquement le sol vibrer fortement sous lui. Il aurait perdu l'équilibre s'il n'était pas resté cramponné à Goratchine.

— C'était quoi ?

— L'onde de choc de la déflagration dans la salle de contrôle, expliqua Ras Tschubaï. Elle s'est propagée à travers les parois métalliques. Il ne doit rien rester là-bas.

Et soudain une voix emplit la vaste salle. Elle semblait provenir de partout, résonnant comme un timbre d'outre-tombe. Elle s'exprima dans l'idiome du Centre, que les mutants comprenaient grâce à leurs dernières séances à l'indoctrinateur. De plus, il ne s'agissait pas d'un organe de synthèse mais incontestablement de mots prononcés par un être vivant.

— Le commandant-robot et la salle de contrôle sont hors service ! proclama la voix. La prison planétaire doit être immédiatement annihilée. Dispositif d'autodestruction enclenché !

Les trois mutants s'entre-regardèrent. Avant que le mulot-castor ait ouvert la bouche, Ras Tschubaï s'écria :

— Téléportation ! Au sas d'acier, c'est plus sûr. Nous ne savons pas combien de temps le système mettra à exécuter la décision. D'ailleurs, qui a lancé cet ordre ? Etait-ce une annonce enregistrée ?

— Nous discuterons de cela plus tard ! le coupa L'Emir en affermissant sa prise sur la main de Goratchine et en s'assurant que son collègue agissait de même de son côté. Sortons d'abord d'ici ! Direction le sas !

Cette fois, le saut se passa conformément aux prévisions. Les trois mutants se matérialisèrent à la surface du planétoïde.

Le ciel était de nouveau clair et dégagé. Le bouclier bleu-vert n'existait plus. Il faisait encore nuit. Non loin d'eux, masquant les étoiles, se dressait le vaisseau noir des Halutiens.

— Et maintenant, au poste central de la nef sphérique ! ordonna le mulot-castor.

Deux secondes plus tard, Icho Tolot, Fancan Teik, le capitaine Eder et ses dix hommes les accueillaient avec un soulagement général.

Au même instant, la planète infernale se mit à trembler dans ses fondements.

*
* *

Le major Bob McCisom sut que le sas du hangar d'appontage était refermé presque avant que le témoin vert ne s'allume. Il donna aussitôt au lieutenant Kramer l'ordre de lancer la *KC-41* hors de son orbite, avec accélération maximale. La chaloupe était revenue saine et sauve et la nef noire des Halutiens planait dans l'espace, non loin de là.

Quand le capitaine Eder entra dans le poste central pour faire son rapport, le petit soleil blanc sans nom diminuait déjà à vue d'œil. Au même instant, une deuxième étoile apparut tout près de lui – plus grosse et plus brillante que son astre tutélaire.

La prison planétaire avait explosé.

Les onze hommes du commando d'intervention, les deux Halutiens et les trois mutants avaient réussi à quitter *in extremis* ce monde de squelettes et de robots de surveillance. Les deux vaisseaux prirent de concert le chemin du retour vers le *Krest*. Goratchine, Ras Tschubaï et L'Emir étaient allés s'octroyer un peu de repos dans la cabine qu'ils partageaient pour cette mission. Leurs physionomies étaient graves. Tous étaient conscients de n'avoir échappé à la mort que de justesse. Mais ce n'était pas seulement cela qui les rendait soucieux et les plongeait dans de sombres pensées.

Ce fut le mulot-castor qui exprima tout haut ce que tous ruminaient.

— Que dira Perry Rhodan quand il apprendra qu'il a existé des Halutiens dans cette galaxie – et qu'ils ont été pourchassés et exterminés sans pitié ? Ce constat est en contradiction absolue avec ce que nous savions jusqu'ici. Que fera-t-il de ces révélations ? Il faudra bien qu'il les intègre dans ses projets à venir.

— C'est ce qu'il va décider, déclara Ras Tschubaï d'une voix songeuse. Que des découvertes sur l'histoire d'un peuple aient un impact sur le présent et l'avenir n'est pas chose rare. Et il n'en ira pas différemment cette fois-ci. Je pense que Tolot et Teik voient désormais notre entreprise d'un autre œil.

— Il ne nous reste qu'à attendre, conseilla Ivan Goratchine.

Juste avant que la *KC-41* ne se glisse dans l'espace linéaire, le major Bob McCisom jeta un dernier regard sur les écrans. Les deux soleils étaient toujours là, flamboyants, au milieu de l'image. L'un des deux avait commencé à perdre de sa luminosité et ne tarderait pas à s'éteindre. Il n'en subsisterait bientôt rien de plus qu'une ceinture d'astéroïdes ou un nuage de gaz en expansion continuelle.

Ils n'avaient pas le temps de vérifier ce qu'il en serait exactement.

Une chose était cependant certaine : la planète infernale avait cessé d'exister.

FIN

L'équipe envoyée par Perry Rhodan au secours des Halutiens a permis de lever un des voiles qui masquent le mystérieux passé de ceux-ci, en offrant un atroce aperçu de l'histoire de la Nébuleuse M 87.

Ainsi, depuis cinquante mille ans, tous les peuples de cette galaxie n'ont qu'une seule devise : les Bestians – qui ne sont ni plus ni moins que des Halutiens – doivent mourir !

Toutefois, cette recherche de la vérité ne doit pas éclipser le souci primordial des Terraniens égarés : trouver quelqu'un qui pourra les aider à retourner vers la Voie Lactée. Pour ce faire, Perry Rhodan, Roi Danton, John Marshall et Ras Tschubaï n'hésiteront pas à bientôt perturber les jeux des Jinguisem – mais avant cela, de nouvelles épreuves et révélations les attendent à travers LES LABYRINTHES DE M 87…

Premier Fanclub français
PERRY RHODAN

Embarquez à bord du

BASIS

Fanzine trimestriel
et ses principales rubriques :

Hyperondes en cours, extragalactiques
Présentation de l'équipage
Schéma Technique
PR en France, en Allemagne
Les Peuples
Le Bazar Cosmique

Astroport : 16, Grande Rue
58400 La Charité-sur-Loire

Association loi 1901
Jean-Michel Archaimbault
Claude Lamy

Achevé d'imprimer sur les presses de

BUSSIÈRE
GROUPE CPI

à Saint-Amand-Montrond (Cher)
en juin 2001

FLEUVE NOIR
12, avenue d'Italie
75627 Paris Cedex 13
Tél. : 01-44-16-05-00

— N° d'imp. 13511. —
Dépôt légal : juillet 2001.

Imprimé en France